天津市高校人文社科重点研究基地

南开大学性别文化与社会发展研究中心

资助出版

多元视角下的

美国女性主义文学研究

刘英　李莉著

人民出版社

目　录

导　论

第一节　西方女性主义理论概述

西方女性主义理论的勃兴伴随着 20 世纪 60 年代的女性主义运动而起，在长达半个多世纪的发展历程中，女性主义的理论建设在"内外夹击"的"逆境"中越战越勇，逐渐走向成熟：其间既有来自外部的挑战，如来自男性主流话语的指责和质疑；又有出自内部的论争，如女性主义内部不同流派的分歧。但今日看来，不论是外部的批评还是内部的辩论非但没有阻止西方女性主义理论发展的步伐，反而令其在反戈一击和激烈讨论的过程中博采众长，逐步建立起一个多元并存、多学科渗透的思想体系。

本节梳理西方女性主义理论的发生和发展历程，探索西方女性主义理论的思想精髓，并展望西方女性主义的未来趋势。虽然理论一向被认为晦涩难懂，但本节力图使理论的阅读成为"悦读"，从而实现两个目标：一是重新认识和评价那些被认为习以为常、理所当然的事情；二是在质疑和批判中学习建立新的理论体系。

一、追根溯源：西方女性主义的前身

"女性主义"（feminism）首次出现在字典词条中是 1933 年版的《牛津英语字典》附录（*Oxford English Dictionary*），其定义为：女性主义以两性平等理论为基础，倡导女性权利。其实，西方女性主义运动最早可追溯到 1789 年开始的法国大革命时期。在战火纷飞的法国大革命期间，妇女们齐心协力积极投身到推翻封建君主制的斗争中，为革命的最终胜利立下了汗马功劳。但制宪会议随后通过的《人权与公民权宣言》（*Declaration of the Rights of Man and the Citizen* 1789）虽然表达了全人类对自由平等的热切期望，但对于与他们并肩作战的女性盟友却不屑一顾，这令以玛丽-奥林普·德·古日（Marie-Olympe de Gouge）为代表的广大妇女既失望又愤怒。于是，作为对《人权宣言》的有力回击，1791 年她所撰写的《女权宣言》（*Declaration of the Rights of Women*）问世，明确要求女性被赋予与男性完全平等的权利。虽然她因此不幸被雅各宾派押上断头台，但她在争取女性权益方面所表现出的澎湃激情和不懈努力与大洋彼岸的女性主义者们遥相呼应，激励着女性为争取自己的权力而斗争，并最终形成破竹之势，迎来第一波女性主义运动浪潮。

在海峡对面的英国，玛丽·沃斯通克拉夫特（Mary Wollstonecraft）也发出了女权主义的宣言。也许，玛丽·沃斯通克拉夫特这个名字读起来绕口陌生，但若知道她就是英国著名诗人雪莱（Shelly）夫人玛丽·雪莱的母亲，便会肃然起敬。玛丽·沃斯通克拉夫特是女性主义的奠基人，创作了第一部伟大的女权主义著作《女权辩护：关于政治和道德问题的批评》（*A Vindication of the Rights of Woman: with Strictures on Political and Moral Subjects* 1792）。其女儿玛丽·雪莱亦非等闲之辈，她创作的《弗兰肯斯坦》（*Frankenstein*）开科幻小说之先河。母女二人都可谓当时女性主义者成功的典范。

沃斯通克拉夫特生活的年代，启蒙主义正光芒四射，浪漫主义运动接踵而至，美国独立战争和法国革命遥相呼应。这是一个风雷激荡，思想活跃，人文主义精神发扬光大，个体权利受到尊重，主体意识日益觉醒的时代。正是在这种时代氛围的感染下，她创作出《女权辩护》。该书以性别差异为切入点，展开关于男女平等与妇女权利的论述。在那个年代，还没出现"gender"（社会性别）一词来描述在社会文化中形成的属于男性和女性群体特征和行为方式，但她已经意识到了生理性别差异与社会性别差异的不同，社会性别差异是人为形成的，因此可以改变。在题为"论由社会建立的非自然差异所产生的恶劣影响"一章中，沃斯通克拉夫特指出：是社会束缚了女性的自由发展，使她们只注重美貌而忽略了心智。如果占人类一半的女性遭到心灵的囚禁，人类就不能正常地发展。男性压迫女性，女性就会使人类文明堕落。因为女性担当着子女启蒙教师的社会角色。① 在"论国民教育"一章结语处她再次重申道:"只有让女性成为自由和理性的公民,她们才能成为优秀的妻子和母亲。"②

玛丽·沃斯通克拉夫特对后来女性主义的发展(女性主义运动第一波和女性主义运动第二波)的激发和铺垫功不可没。第一波女性主义运动取得的许多成果都曾是玛丽在《女权辩护》中明确提出的奋斗目标,第二波女性主义对男权的声声讨伐也都回应着《女权辩护》的呐喊。

二、发展回顾:西方女性主义的三次浪潮

西方女性主义大致经历三次浪潮,其侧重点和目标各有不同:第一次强调男女之间的共性和平等,第二次强调男女之间的两性差异,第三次则强调女性内部的差异。每一阶段的女性主义运动都势如海潮,一波退去,一波又来,后者聚集前者的力量不断向前推进。

1. 女性主义第一波运动(19 世纪 40 年代到 20 世纪 20 年代)

1840 年,第一次国际反奴隶制大会在伦敦召开。美国派出的女性反奴组织被拒绝代表资格,激发了女性代表的愤

---

① Mary Wollstonecraft, *A Vindication of The Rights of Woman*, New York: Penguin Books, 2006, pp.90-101.

② Mary Wollstonecraft, *A Vindication of The Rights of Woman*, New York: Penguin Books, 2006, p.113.

怒。这直接导致了 1848 年在纽约州色内加瀑布市（Seneca Falls，New York）第一次妇女大会的召开。玛格丽特·弗勒（Margeret Fuller）具有影响力的著作《十九世纪的妇女》（*Woman in the Nineteenth Century*，1845）为该大会定下基调。她受美国超验主义的影响，将其自我实现的价值观推广到女性，主张女性应该享有与男性同等的权力，尤其是受教育和工作的权力。

这场大会标志着争取女性权利政治斗争的开始。会议仿照《独立宣言》，主要由伊丽莎白凯蒂斯坦顿（Elizabeth Cady Stanton）执笔，起草了《情感宣言》（the Declaration of Sentiments），其中对女性的财产权和选举权作了明确的要求。大会的精神很快遍及全美，在时隔三年后的马萨诸塞州伍斯特市（Worcester）举行的第二次妇女大会上，妇女选举权问题成为最中心的议题和目标，掀起了全国范围的女性争取选举权的浪潮，并于 1923 年获得最终的胜利。

除了选举权，第一波女性主义运动还在许多方面取得了可喜的成果，如已婚妇女财产权、离婚权、子女监护权、教育权和就业权等。但受一战和经济大萧条的影响，女性主义运动逐渐走入低谷，陷入近半个世纪的沉寂期。

2. 女性主义运动第二波（20 世纪 60 年代到 80 年代）

第二波女性主义运动的功臣当属贝蒂·弗里丹（Betty Fredan）。贝蒂·弗里丹的《女性的迷思》（*The Feminine Mystique*，1963）首次打破中产阶级女性满足于快乐家庭主妇的神话，深度挖掘其"绝望主妇"的极度苦闷和沮丧。这本书在欧美引起巨大反响，千万妇女对长期不得其解的困惑如醍醐灌顶，意识到自己的处境不是个人问题，而是广大姐妹同胞共同的经历。因此，这一时期的口号是"个人的是政治的（Personal is political）"。弗里丹号召妇女重新点燃女性主义第一波的火种，开启女性主义的第二次征程。

这一次的任务是揭露和推翻一切形式的压迫，包括阶级压迫、性别压迫，同时积极争取妇女在社会各个领域中的所有权益，如妇女在受教育、就业、工资等领域的平等权利与机会，并关注家庭暴力、色情文化、托儿福利、生育技术（如避孕、人工流产等）。

与第一波不同，第二波女性主义运动的阵营分化成实践和理论两个。除了像早期女性主义运动一样，这一时期涌现出大量的女性组织以及相应的争取女性权益的示威游行，大学学院和研究机构成为女性主义运动的第二战场，并且势头更加强劲，使得女性主义理论研究一跃成为与其他主流学科齐头并进的热点领域，并将关注的焦点从第一波要求男女平权转向对女性自身特性的关注。

3. 女性主义运动第三波（20 世纪 80 年代至今）

如果说第二波女性主义强调的是两性之间的差异（difference between men and women），那么第三波女性主义关注的则是女性之间的差异（difference among women）。第二波女性主义对两性之间差异的强调，是出于号召女性联合起来的需要使然。但随着有色女性、族裔女性、第三世界女性、同性恋女性、工人阶级女性等纷纷争取获得女性主义一席之地，20世纪 80 年代的女性主义将视线转移到女性之间的种族差异、阶级差异等。克里斯蒂娜·克罗比（Christina Crosby）一语中的："关注差异似乎成了当今女性研究的固定内容。"①

　　理论界对女性内部差异的关注首开先河的当属 1981 年举行的第三届美国妇女学学会，大会围绕着妇女内部的种族主义问题展开。随后，女性内部在阶级之间、受教育程度之间、年龄之间的差别分别成为这一阶段女性主义理论和实践的中心议题。因此，女性主义不再是单数形式（feminism），而是基于不同类别进行研究的复数（feminisms），多元化的女性主义成为贯穿这一时期的鲜明特征。

　　纵观女性主义运动 200 多年的发展历程，期间虽然取得了许多可观的成就，如教育权、参政权、离婚权、工作权等，但这并不意味着女性主义者们已经完成了历史赋予他们的使命，人类社会已经进入所谓的后女性主义时代。男女同工同酬、妇女参政议政问题仍是目前围绕着女性主义运动的关键议题，即使在以民主著称的英美等国女性从政的比例仍然很低，而担任要职的更是凤毛麟角，偶有英国的"铁娘子"撒切尔夫人、德国的总理默克尔、美国国务卿希拉里等进入公众的视野，却总

———————

① Christina Crosby, "Dealing with Differences", in *Feminists Theorize the Political*, *Butler & Scott* (*eds.*), London：Routledge，1992，pp.130-134.

给人以装点门面或粉饰太平的印象。当美国人面临是黑人男总统还是白人女总统的问题时，宁愿要黑人也不要女人成为绝大多数选民的指导方针。因此，虽然西方女性主义的发展历经了漫漫长路，期间也取得了辉煌的成就，但要达到理想的彼岸仍非朝夕之功。

三、百家争鸣：西方女性主义理论的主要流派

西方女性主义理论体系像是对话性的多声部叙事，林林总总的女性主义派别之间虽然存在理论分歧，但其思想或目标却存在重叠，就连发展脉络与中心人物也有时空上的交集。迄今为止比较具有影响力的女性主义理论流派不下10个，而有的流派如生态女性主义下面还有自由生态主义、文化生态主义等数个分支。面对如此纷繁复杂的女性主义理论流派，短短一个章节自然无法做到毫无遗漏面面俱到。因此鉴于篇幅所限，本章将选取几大最具代表性与生命力的女性主义理论分支，重点从理论发端、理论主张、理论核心人物等角度着手，看每一流派如何另辟蹊径，成为女性主义阵营中的劲旅。

1. 自由主义女性主义（Liberal Feminism）

自由主义女性主义的理论基础是自由个人主义（Liberal Individualism），认为个体具有理性且受自由意志支配，理性不分种族和性别。自由女性主义不主张推翻现存的经济社会秩序，而是强调通过对现有法律进行改革而实现女性平等的受教育机会和同工同酬的权利。自由主义女性主义类似"改良派"，

而不是"革命派"。

　　自由主义女性主义早期的代表思想是提倡理性，主要论著有上文提到过的沃斯通克拉夫特的《女权辩护》。在《女权辩护》中，出现频率最高的词汇是"理性"（rational，reason），构成该书的核心概念。玛丽沃斯通克拉夫特反复强调人类应该用理性获得智慧和美德，而理性没有性别之分，是人类的共性，女性同样具有理性能力，因此，她强烈呼吁应给女性理性教育，使女性成为有思想有美德有抱负的全人，追求崇高的事业，而不仅仅囿于家庭，为社会作出更大的贡献。

　　在沃斯通克拉夫特之后，女性主义第一波的泰勒（Harriet Taylor）、斯坦顿（Cady Stanton），女性主义第二波的弗里丹等人所代表的自由主义女性主义主张女性走出家庭，进入公共领域，争取机会均等。泰勒在1851年出版的《妇女的选举权》中指出，妇女不应该仅仅寻求同等的受教育机会和选举权，她们应该同样寻求机会成为男人在工作上的伙伴，家庭中的物质支持者，否则，就没有真正的男女平等。① 弗里丹在《女性的迷思》中揭示了众多美国中产阶级主妇所经历的"无名问题"（the problem that has no name），为什么这些受过教育的女性感到日常生活就像关禁闭，令人窒息？今天看来，这其实是因为其自我实现的需求被抑制的结果。但在当时弗里丹就已前瞻性

————————

①　［美］罗斯玛丽·帕特南·童：《女性主义思潮导论》，艾晓明等译，华中师范大学出版社2002年版，第22页。

地指出"那种认为女性一旦成为妻子或母亲就无暇关注事业的想法限制了女性作为个体的全面发展",因此,"当代妇女需要在全日制的公众劳动大军中找到有意义的工作"。① 自由主义女性主义主张在法律上保障男女同等的竞争机会。

自由主义女性主义的主张在实践中取得了非凡的战绩。在家庭内部,女性不再是附属品,而是男人的伴侣;在工作领域,记者队伍中绽放着"战地玫瑰",商企界活跃着"女CEO";在政治舞台,女性承担了位高权重的角色。这些充分显示了自由主义女性主义的特色,即,理论与运动实践的紧密结合。两个多世纪以来,自由主义女性主义一面为妇运铺垫理论基石,一面接受妇运实践的检验。

总的来说,自由主义女性主义对女性权利的争取非但没有破坏男女两性之间的和谐,反而架起两性相互理解的桥梁。尽管人们常说男人来自火星,女人来自金星,但自由主义女性主义却为男女两性相互认识相互尊重,并一同建设地球美好生活提供了理论平台。

但自由女性主义仍存在不少理论上的缺陷。首先,它局限于中产阶级白人经验,忽视种族和阶级差异,弗里丹对于女性境况的诊断和提出的解决途径并不适合工人阶级和有色人种。另外,自由女性主义对于理性的一味强调,和对身体的忽

---

① Rosemarrie Tong, *Feminist Thought: A More Comprehensive Introduction*, Boulder: Westview Press, 1998, p.26.

视和排斥，意味着这种建立在头脑／身体二元对立基础上的理论并没有完全摆脱男性价值中心主义，因此势必会引发其他流派女性主义理论的出现，如激进女性主义、社会主义女性主义和后结构女性主义等。

2. 激进女性主义 （Radical Feminism）

"Radical" 一词在英语中包含两层意思，一是"激进的"，一是"根本的"。顾名思义，激进女性主义之"激进性"和"根本性"体现在：它相对于自由女性主义而言，更具革命性和彻底性。它认为女性受压迫的根源是男权制，而不是法律体系。男权制是一切形式压迫的根源。因此，女性主义要想实现平等，必须对男权社会进行根本变革和秩序重组。如果不推翻男权制统治，所谓正义和平等就是一纸空谈。

早期激进女性主义伴随女性主义第二波而兴起。20 世纪 60 年代，在黑人民权运动、反战运动和巴黎五月革命的影响下，女性主义者意识到单纯依靠改革无济于事，必须要找到导致数千年来女性屈从地位的根源并进行彻底清除。凯特·米勒特（Kate Millett）是第一个系统地把两性关系与男权社会权力结构联系起来论述的人，是将男权制概念（Patriarchy）引入女性主义理论的第一人。除了米勒特的《性政治》（*Sexual Politics*，1968）之外，葛瑞尔（Germaine Greer）在《女太监》（*The Female Eunuch*，1970），玛丽·戴利（Mary Daly）在《妇科／生态学：激进女性主义的元伦理学》（*Gyn/Ecology：The Metaethics of Radical Feminism*，1978）中从不同角度出发，纷纷将矛头对准了男权制，指出男权制通过性、政治、文化等帮凶合理化男人对女人的支配与压迫。

激进女性主义内部分为两大阵营，一是"激进文化女性主义"（Radical Cultural Feminism），一是激进自由女性主义（Radical Libertarian Feminism）。两者观点概括如下：

以米勒特、费尔斯通（Shulamith Firestone）为代表的激进自由女性主义，将女性受压迫的根源归结为性别差异，消除不平等就要消除性别角色的分工。因此，激进女性主义将身体作为关注的焦点，并普遍认同这样一个逻辑：男性通过对统治女性身体来实现对女性的压迫，而男性对女性的压迫是一切其他压迫的根源，如种族主义、阶级压迫等。男权制社会通过意识形态和实践两种手段共同实现对女性身体的控制。费尔斯通在《性的辩证法》（*The Dialectic of Sex*，1970）一书中，开创性地提出"性别阶级"（sex class）这一生理本质主义概念，认为历史发展的动力并非经济而是性别阶级。她同时指出女性因为生育和哺乳身体变弱不得不依附于男性，因此要想从根本上改变女性的附属地位就必须通过"生物革命"使女性从生育的功能中解放出来，在撼动女性传统角色定位的同时，颠覆男性"一家之主"的地位[1]。法国激进女性主义代表莫妮卡·威蒂格（Monique Wittig）提出了更为大胆的论断，认为女性生育的

[1] Schulamith Firestone, *The Dialectic of Sex*: *The Case for Feminist Revolution*, New York: William Morrow and Company, Inc., 1970, pp.192-202.

职责实际上也是男权制社会后天强加于女性的。到了 70 年代末，这种生物差异论进一步发展，一些同性恋女性主义者认为是男性的生理原因导致了女性的被压迫现实。男性天生具有攻击性，有暴力倾向，控制欲强，因此妇运的最大敌人是社会和男人。

激进文化女性主义不认同自由女性主义以消除性别差异为代价所追求的所谓"男女平等"，因为这种做法严重低估了女性价值观的重要性。激进文化女性主义认为，社会应该重新评价女性气质中的独特之处。女性在私人领域所表现的关怀、合作、群体意识非但不应该被贬低，反倒应成为女性的有利资源，应得到赞美和弘扬，并作为建设人与人之间、人与自然之间可持续发展关系的有效途径。玛丽·戴利在《妇科 / 生态学》一书中指出："在父权制社会之前一度存在着独特的女权制社会。在这个以女性为中心的社会中女性得以全面发展。她们掌控者自己的生活，与他人、动物和自然自由而快乐地维系在一起。"① 法国女性主义学者海伦·西苏（Helen Cixous）和露西·伊瑞盖瑞（Lucy Irigaray）也强调回归女性文化，露西·伊瑞盖瑞提出要尊重生育和抚育行为，尊重女性文化和价值。②

---

① Rosemarrie Tong, *Feminist Thought: A More Comprehensive Introduction*, Boulder: Westview Press, 1998, p.256.

② Luce Irigaray, *je, tu, nous: Toward a Culture of Difference*, Alison Martin (trans.), New York and London: Routledge, 1993, pp.11-91, pp.107-129.

激进女性主义从男权制和生理差异等独特角度对女性的受压迫根源进行了重新阐释，也提出了建设性的目标和对策；同时，在争取女性堕胎自由、反对色情制品、设立受暴女性救助中心等实践方面也功不可没。但它视所有男性为敌人的极端主张和对性别决定因素的片面强调不仅招致了其他流派的猛烈批评，也引起阵营内部的分歧。

3. 马克思主义女性主义（Marxist Feminism）

"马克思主义女性主义"是女性主义与马克思主义结合的产物，常常与社会主义女性主义（Socialist Feminism）列在一起，两者都坚持历史唯物主义，都以马克思主义的妇女解放理论为基石，都认为女性解放与社会主义的目标一致。不同的是，马克思主义女性主义认为阶级压迫是最基本的压迫形式，而社会主义女性主义认为，资本主义社会与父权制共同作用是女性受压迫的根源。①

劳动的性别分工或按性别的劳动分工（gender division of labor）是马克思主义女性主义和社会主义女性主义讨论的焦点问题。朱丽叶·米歇尔（Juliet Mitchell）和玛格丽特·本斯通（Margaret Benston）利用马克思的生产和再生产、交换价值与使用价值、使用价值与剩余价值的概念框架，揭示妇女的无偿家务劳动是资本主义社会使妇女处于从属地位的经济根源。②

---

① 李银河：《女性权利的崛起》，文化艺术出版社 2003 年版，第 162 页。
② 秦美珠：《女性主义马克思主义：思想历程、理论特征及其意义》，《当代国外马克思主义评论》2008 年第 1 期。

她们认为资本主义社会通过意识形态，迫使女性从事只有使用价值没有交换价值的家务劳动，因此女性主义者主张将家务劳动社会化，将其转化为社会创造利润的形式。

以海迪·哈特曼（Heidi Hartman）为代表的社会主义女性主义理论家认为，按性别的劳动分工是资本主义和男权制相互作用的结果。资本主义在不同时期以不同的方式维持着和男权制的伙伴关系。19世纪时，劳动的性别分工要求女性待在家里从事没有任何报酬的家务劳动，扮演丈夫专属女仆的角色。此时资本主义与男权制的共谋关系体现在资本家付给工人数量足够多的"家庭工资"，来保证妻子安心在家照顾丈夫的生活。在女性逐步进入劳动力市场之后，按性别的劳动分工继续确保了资本主义和男权制的合作，以维护男性对女性的持续统治："按性别分工是资本主义的基本机制，它维护男人对妇女的优势，因为它坚持在劳动市场给女人较低的工资，低工资使女人依赖男人，这么一来，等级制家庭分工被劳动力市场永久化，反之也一样。"① 鉴于此，社会主义女性主义者向资本主义和男权制同时宣战，主张为建立平等、自由、相互依赖的社会主义而奋斗。

总之，马克思主义／社会主义女性主义理论丰富了马克思"社会关系总和"的思想，强调社会关系包括阶级、性别、地域

---

① ［美］海迪·哈特曼：《资本主义、家长制与性别分工》，王昌滨译，载李银河主编《妇女最漫长的革命》，三联书店1997年版，第47—49页。

等各种形式的关系，而且各种社会关系相互联系和制约。同时，马克思主义女性主义又是马克思主义精神在性别平等领域的继承和发扬，成为探讨女性的地位、作用和贡献的重要理论工具。

4. 精神分析女性主义（Psychoanalytic Feminism）

20 世纪 70 年代，女性主义运动如火如荼之时，女性主义者们却感到了前所未有的困惑。一方面，女性在很多领域取得了独立平等的地位；但另一方面，女性本身还是摆脱不了对男性的过分依赖。女性主义者甚至开始怀疑：难道男权真是生理决定的吗？是否存在其他的理论能够解释女性为什么不能毅然决然地走出旧日的阴影？

弗洛伊德的"无意识"（the unconscious）概念为女性主义学者提供了解开谜团的钥匙。朱丽叶米歇尔（Juliet Mitchell）的《精神分析与女性主义》（*Psychoanalysis and Feminism*（1974））是第一部以"无意识"解释女性不自觉重复传统角色的专著，开启了精神分析女性主义理论的形成。

在朱丽特·米歇尔之前，女性主义学者包括西蒙·波伏瓦、米勒特、费尔斯通等对弗洛伊德的理论基本持否定态度，因为弗洛伊德曾从生物解剖学入手提出女性在生理意义上属于不完整的男性，因而会产生阳具崇拜（Penis Envy），以期获得阳具所象征的权威。上述女性主义学者对这种阳具中心主义的论调猛烈开火，与当时女性主义运动第二波的任务目标"提高思想觉悟"（consciousness-raising）正相契合。为提高女性思想认识，女性主义运动第二波选择从心理入手，于是将矛头直指弗氏理论中的阴茎崇拜论。但米歇尔认为，女性主义不能全面否定弗氏理论。事实上，对于女性主义的理论发展来说，弗氏理论功大于过。弗氏关于性征（sexuality）是后天形成而非先天既定的理论在当时具有革命性的意义，为推动女性主义第二波运动奠定了理论基础。在该书出版的 25 年后，米歇尔在 1999 年的"千禧年之际的女性主义与精神分析"（Feminism and Psychoanalysis at the Millennium）一文中指出，女性主义对待弗洛伊德的态度已经发生逆转，女性主义已经将精神分析作为理论工具来认识和分析社会性别的建构性和性差异的后天形成性。[①]

弗洛伊德之外，对精神分析女性主义影响深远的理论家当属雅克·拉康。拉康用"费勒斯"（the Phallus）替代弗氏的"阳具"，并将"费勒斯"定义为两性均无法获得的、标志着完整的超验能指（transcendental signifier）。拉康指出"语言，而非菲勒斯，对我们的意识和无意识进行塑造和构建，进而使自我身份得以形成"[②]。也就是说，在语言符号系统下，女性的性别身份并不取决于阳具，而是取决于语言。他的这一观点为女性主义者提供了新的视角。

法国女性主义便是受到雅克·拉康（Jacques Lacan）理

[①]　Juliet Mitchell, "Feminism and Psychoanalysis at the Millennium", in *Women: A Cultural Review*, Vol.10. No.2（Summer 1999）, p.185.

[②]　Charles E. Bressler, *Literary Criticism: an Introduction to Theory and Practice*, Pearson Education, Inc., 2003, p.147.

论影响的产物。伊瑞盖瑞、朱丽亚·克里斯蒂娃、海伦·西苏（Luce Irigaray，Julia Kristeva，Helene Cixous）是代表法国女性主义的"三剑客"。针对语言对于个体身份的构建作用，法国女性主义主张冲破男性中心的文化和思想模式，提倡建立"阴性书写"（l'ecriture feminine）。海伦·西苏在"美杜沙的狂笑"（The Laugh of Medusa）中，伊瑞盖瑞在《此性非一》（*This Sex Which Is Not One* 1977）中，倡导"女性语言"来凸显一种流动的、非理性意识的女性主体。"女性语言"不同于男性语言，如果男性语言倾向于理性、清晰、逻辑性，那么女性语言则是非逻辑的、非线性的。克里斯蒂娃也提出"母性语言"（Maternal language）的概念，用以颠覆传统的语言和文化体系，使女性摆脱"客体""他者"的地位。事实上，无论是"女性书写""母性语言"或"女性语言"都是一种不能被界定、只能意会的"语言"，它所表达的更多是向男权挑战的姿态和立场，是一种颠覆男权传统的策略，而不是一种物理的存在。

伊瑞盖瑞结合精神分析和后现代主义理论探讨女性的性别差异。在《此性非一》中，她指出：女性的性征一直是以男性为参数被描述的，因此被称为"缺失"（Lack）、"萎缩"（atrophy）、"黑暗大陆"（Dark Continent）。这完全是在男性视角统治下的定义。如果从女性视角下看，男性岂不是"乳房萎缩"？因此，重要的是要颠覆这种标准的单一性。伊瑞盖瑞进一步分析了"性别差异"：女性的性征有别于男性的特征：首先，它具有非一性，多元性，这源于其性感区的分散和多元；

其次，它具有不可言说性，即，在男权的语言范畴下不能得以表述。[①] 伊瑞盖瑞认为，要想表述女性的性征，就要对性征标准和语言体系进行重组。这种新型的语言不作为真理的单一代表，没有单一含义，不存在等级。总之，伊瑞盖瑞没有明确界定"女性语言"的形式和内容，因为界定行为本身就违背了"女性语言"的宗旨，即多元性、流动性和开放性。"女性语言"是女性主义者为颠覆菲勒斯罗格斯中心主义所采取的策略，其终极目的还是帮助女性成为自主的女性主体。

精神分析女性主义理论提出的很多设想固然振奋人心，也为女性解放提供了全新视角，但它也存在不少问题，如，其空想色彩和理想主义就遭到学界的批评。精神分析女性主义似乎不能解决女性的实际问题，表现出政治的无能。另外，它还忽视了种族、经济等其他重要因素。

5. 生态女性主义（eco-feminism，或 ecofeminism）

产生于 20 世纪 70 年代的生态女性主义是性别研究与生态伦理学相结合的理论流派，包含"生态的女性主义"（ecological feminism）和"女性的生态主义"（feminist ecology）两层含义，既强调女性主义和生态批评在理论上的相互借鉴，也强调女性解放与生态保护之间的在实践上的鱼水关系。

这一概念由法国女性主义者弗朗索瓦·德·欧本纳

---

① Luce Irigaray，"This Sex Which is Not One"，Claudia Reeder（trans.），in *New French Feminism*，*Elaine Marks and Isabelle de Courtivaron*（*ed.*），New York，1982，pp.99-106.

(Francoise d'Eaubonne）率先提出，后经凯伦·瓦伦（Karen J Warren）、内斯特拉·杨（Ynestra Young）的推动于 20 世纪 80 年代形成一种时代思潮，并迎来了 20 世纪 90 年代的蓬勃发展。生态女性主义强调女性与自然之间天然的亲密联系，认为女性的压迫和自然的掠夺背后是几千年来占统治地位的逻各斯中心主义二元对立体系。通过对这种男权思想的批判，生态女性主义者志在打破这种根深蒂固的等级制二元关系模式，建立一个多元复杂的、人与自然和谐相处的乌托邦。

受后结构主义方法论的启发，生态女性主义者将矛头指向男权中心主义（androcentrism）和人类中心主义（anthropocentrism）赖以存在的西方二元对立等级思想。他们中的许多人如麦西特（Carolyn Merchant）、格里芬（Susan Griffin）、丁内斯坦（Dorothy Dinnerstein）、比格沃（Carol Bigwood）虽然理论侧重点有所不同，但对二元对立思想的批判是一致的。在《大地女神：女性主义、自然、艺术》（*Earth Muse：Feminism，Nature，Art*，1993）中，比格沃指出男性对女性的压迫与人类对自然的滥用源自同样的哲学体系。亚里士多德所提出的男性／女性、艺术／自然的二元对立等级思想成为西方世界的存在模式和白人认识世界的理论基础。因此，女性的解放和生态的保护都取决于这种二元对立等级思想的根除。①

---

① Deborah L. Madsen，*Feminist Theory and Literary Practice*，Beijing：Foreign Language Teaching and Research Press，2006，p.128.

　　女性与自然之间的相似是生态女性主义理论框架中最根本的命题。他们认为，女性和自然在许多方面是共通的，如，二者在男权社会中都处于被动受压迫受掠夺的境地，而且其根源都可以追溯到二元对立等级思想。瓦伦从话语的角度论证了女性与自然如何在男权社会中被归属到一类的。她指出在英语中随处可见女性"被自然化"（naturalized）和自然"被女性化"（feminized）的例证。母牛、母狗、母鸡、蛇、猫等都是对女性带有侮辱性的指代。同理，在英语中，自然常常以女性的形象出现，如被强奸、被征服、被驾驭、被进入等。① 另外，女性主义者还从生态批评的角度指出女性和大自然一样，天生具有孕育和哺育后代的能力，而且相对于男权社会的等级森严和单一化，女性更强调万物的平等与个体的多样性，就好像自然界中的所有生物，虽然千差万别却可以和谐共处。

　　颠覆二元对立等级模式，建立和平、互助、多元复杂的乌托邦是生态女性主义者共同的奋斗目标。就实现目标的途径而言，他们中有人认为应该重回古代女神崇拜，有人认为应该与男性文化划清界限。其中，马尔蒂·基尔（Marti Kheel）在"从英雄的伦理到全面的伦理：生态环保的女权主义挑战"（From Heroic to Holistic Ethics：Ecological Challenge，1993）一文中将矛头指向父权制叙事，揭示父权制叙事刻意强化诸如

---

① 　Rosemarrie Putnam Tong，*Feminist Thought：A More Comprehensive Introduction*，Boulder：Westview Press，1998，pp.246-247.

人类／动物、人类／自然的对立和权力关系，并迫使我们在二者中进行选择。她认为对这些两难选择最有效的回应是拒绝作答，并提出女性主义者自己的问题，编织全新的故事。她总结指出如果生态女性主义者真的渴望生活在一个对所有生物都没有暴力的世界中，就必须互相帮助，将已经继承下来的世界观重新拼合。但是这种拼合并非碎片的简单拼凑，而是必须把所有的古老故事和叙事重新编织成一个多样的毛毯。①

6. 后殖民／第三世界女性主义理论（Postcolonial Feminism/The Third World Feminism）

当第二波女性主义高扬"全球姐妹联盟"（Universal Sisterhood）的大旗，誓将普天下所有受压迫的女性聚于麾下时，有色人种女性对此提出了质疑和抗议。她们认为，这种盲目乐观的"全球姐妹联盟"口号掩盖了西方女性主义理论中的种族主义和帝国主义、殖民主义。之前的各种女性主义理论，不管是自由主义女性主义、社会主义女性主义还是激进女性主义，其实质都是以白人、中产阶级女性为参照点的理论，这有悖于女性主义本身的逻辑，因为，如果男人不能代表人类，白人女人也不能代表所有女人。

后殖民女性主义理论家钱德拉·莫汉蒂（Chandra Mohanty）指出：强调女人受压迫的普遍性，不能以忽视不同种族和阶级女

---

① [美]詹妮特·A.克莱妮：《女权主义哲学：问题，理论和应用》，李燕译，东方出版社2006年版，第639页。

人的经历特殊性为代价。① 因此，女性主义的理论和实践要充分
考虑女性之间的差异，认识到女人的经历和诉求具有特殊性，与
其种族、阶级、年龄、健康 / 残疾等多重因素有关。美国黑人女
性主义理论家芭芭拉·史密斯（Barbara Smith）也指出：女性
主义理论和实践的目标是解放所有女性：即，不仅包括享有经
济特权的白人女性、异性恋女性，还包括有色人种女性、工人
阶级女性、同性恋女性、残疾女性、贫穷女性和老年女性。②

　　可以看出，后殖民女性主义与美国黑人女性主义在立场
和目标上有很多共同之处，这是因为后殖民女性主义者大部分
是有色人种，是来自第三世界而今居住在第一世界的有色人
种；美国黑人女性主义者是美国土生土长的有色人种。因而，
前者也被称为"第三世界女性主义"③，后者被命名为"美国第
三世界女性主义"④。这为后殖民女性主义者、美国第三世界女
性主义者与第三世界女性主义者建立联盟（coalition）奠定了

---

① Chandra Mohanty，*Feminism without Borders*：*Decolonizing theory*，
Practicing Solidarity，Durham：Duke University Press，2003，pp.106-
23.

② K-K Bhavnani & M. Coulson，"Transforming Socialist Feminism：the
Challenge of Racism"，in *Feminist Review*，1986（23），pp.81-93.

③ 胡玉坤：《后殖民研究中的女权主义思潮》，《妇女研究论丛》2001 年
第 3 期。

④ Chela Sandoval，"US Third World Feminism：Theory and Method of
Oppositional Consciousness in the Postmodern World"，in *Genders*，10
（1991），pp.14-15.

基础。

后殖民女性主义的主要代表人物有斯皮瓦克（Gayatri Spivak）、钱德拉·莫汉蒂（Chandra Mohanty）、安妮·麦克林托克（Anne McClintock）等。后殖民女性主义理论的主要贡献有：

（1）促使后殖民理论关注性别问题，因为"脱离了社会性别权力理论，就无法理解帝国主义，社会性别秩序是维护帝国主义的根本"[1]。殖民主义和帝国主义话语本身就充满性别代码，比如，"处女地"（Virgin）就是以女性身体代表有待于被帝国主义侵入和占领的殖民领土。因此，后殖民理论应清楚认识殖民主义、帝国主义与男权制的共谋关系，将国家和民族解放与女性解放密切联系起来。

（2）质疑西方女性主义为第三世界女性的"言说"，忽视第三世界女性的民族和文化差异。钱德拉·莫汉蒂指出，"第三世界女性主义"应致力于两项任务：一是批判霸权的西方女性主义，二是建构属于自己的理论体系。当今西方女性主义学者总是将第一世界女性和第三世界女性看作是二元对立的群体，前者被描述为现代开放、受教育程度高、有事业追求，而第三世界女性则代表落后、无知、贫穷等。[2] 这种做法实际上

---

① Anne McClintock, *Imperial Leather*, *Race*, *Gender and Sexuality in the Imperial Context*, London：Rutledge, 1995, pp.6-7.

② Chandra Mohanty, "Under Western Eyes：Feminist Scholarship and Colonial Discourses", in *Feminist Review*, 1988（30）, pp.61-88.

与殖民主义如出一辙。斯皮瓦克在著名的《属下能够说话吗?》中控诉,第三世界女性在男权制、殖民主义、帝国主义的重重压迫下丧失了话语权。① 因此,西方女性主义应突破其欧洲中心主义,重新认识和评价第三世界女性。

从 20 世纪 70 年代发展至今,后殖民女性主义理论经历"批判"和"建构"两个阶段,前期主要是批判西方白人女性主义和后殖民理论,后来走向建构后殖民女性主义自己的分析方法。在认清第一世界和第三世界女性之间的差异基础上,后殖民女性主义开始致力于推动两者的对话和联合,寻求全球化背景下女性主义的新策略。

四、超越差异:西方女性主义理论的发展趋势

1. 跨国女性主义(Transnational Feminism)

从 20 世纪 60 年代开始,女性主义理论便高涨着研究"差异"的激情。这种"激情"不仅表现为对"差异"的认可,更表现为执着地以"差异"作为性别研究的主要范式。美国女性主义学者苏珊·弗里曼首先肯定了差异研究所取得的成就,但同时她理性地提醒:"女性主义理论与实践对差异研究的过分关注会导致我们忽视了人类本身对求同的渴望以及全球化现实

---

① Gayatri Chakravorty Spivak, "Can the Subaltern Speak?", in *Colonial Discourse and Post-colonial Theory*: *A Reader*, *Patrick Williams & Laura Chrisman* (ed.), London: Harvester Wheatsheaf, 1993, pp.66-111.

世界中正在出现的跨文化、身份混合（hybridity）现象。"①

以多元文化主义和后结构主义、后殖民理论为武器的后现代女性主义理论，反对西方白人女性主义、异性恋女性主义等一统天下的霸权倾向，倡导女性主义多样化发展，强调女性之间的差异。然而，女性主义理论对于女性之间差异的过分强调，突出强化了女性内部不同种族、不同阶级、不同宗教之间的群体差异，从而掩盖了不同群体之间的"间质空间"（liminal space）的存在。

跨国女性主义（transnational feminism）是建立在"间质空间"理念上的在全球化背景下提出的一种新策略。弗里曼指出，"跨国女性主义"并非"全球女性主义"（Global Feminism），因为后者有推崇西方女性主义为普适原则的嫌疑。但跨国女性主义是基于后殖民主义理论，质疑知识从一个中心向世界边缘单向传播的概念。倡导跨国女性主义的代表性学者诸如莫汉蒂（Chandra Mohanty）、银德帕·格雷瓦尔（Inderpal Grewal）等，都致力于创造一个"能够让处于不同或不平等历史、社会和文化地位的女权主义者真正开展交流并享有话语权的空间"②。

---

① Susan S. Friedman, *Mappings：Feminisms and the Cultural Geographies of Encounter*, New Jersey：Princeton University Press, 1998, p.7.

② 张璐：《全球女性主义：关于女权主义的全球想象》，《妇女研究论丛》2010 年第 2 期。

　　关于跨国女性主义在全球化时代的任务，美国布朗大学的王玲珍教授指出："跨国女性主义需要一种具有批判性的、全球的、多层次的女性主义政治与实践视角，并致力于在女性中建立一种跨国的政治联盟。但要实现这些目标，必须不断抨击以四海皆准（universal）和不均衡（asymmetry）关系为模式的女性主义活动，认识到，父权制的霸权不是靠一种模式建立起来的，在不同的文化和不同时期呈现不同的形态。"①

　　2. 游弋的女性主义 （Migratory Feminism）

　　面对当代社会中全球化给女性主义提出的新问题，苏珊·弗里曼提出女性主义进一步发展的新思路，即，建立"游弋式的女性主义（migratory feminism）"②。它是动态的跨界的女性主义，强调身份形成中的互动性、交往性、混杂性、混合性，它主张超越"差异研究"，但绝非"后差异女性主义"，因为它首先肯定"差异研究"存在的必要。所谓"超越"，是霍米·巴巴意义上的，在"差异研究"与"兼质空间研究"之间的运动。③

①　王玲珍：《跨国女性主义及其对中国性别研究的影响》，载何成州等主编《性别、理论与文化》第一卷，南京大学出版社 2010 年版，第 24—30 页。

②　Susan S. Friedman，*Mappings：Feminisms and the Cultural Geographies of Encounter*，New Jersey：Princeton University Press，1998，p.102.

③　Susan S. Friedman，*Mappings：Feminisms and the Cultural Geographies of Encounter*，New Jersey：Princeton University Press，1998，p.103.

"游弋式的女性主义"既非单纯的"差异研究",又非单纯的"混合性研究",因为前者对"差异"的强调有抑制女性联合团结的倾向,而后者对"混合"的突出亦有破坏组织的集体性和稳定性的危险。"游弋式的女性主义"不在两极之间做单选,而是在其间做动态的游弋,这或许有点乌托邦,但可以是一种努力的方向。

西方女性主义理论发展至今,经历了几次重要的范式转型。这些范式转型见证了西方女性主义理论的成长,勾勒出其对权力、身份和社会变革的理解逐步走向成熟的轨迹。西方女性主义理论从关注现实的经验世界入手,从去殖民运动中、从种族平权运动、生态主义运动、同性恋运动等各种运动中获得启示,并且,在认识论和方法论上将马克思主义、精神分析、后结构主义、生态理论、族裔理论、后殖民理论等的思想精华兼收并蓄。从发轫至今,西方女性主义理论与各种理论联姻,与各种实践结合,在多种学科间穿梭,这种"跨界"和"创新"的姿态彰显出西方女性主义理论在知识革命和知识传播中的先锋作用,为中国女性主义理论建设提供了借鉴。

第二节　女性主义文论研究的GPS:《图谱: 女性主义与当代文论的碰撞》

过去半个世纪以来,女性主义与当代文论的碰撞、交汇,使得女性主义文论呈现出地貌复杂、地形多变的图景,其纵横的山脉、交错的河道，让探索者在该领域常常迷失方向。然而，《图谱：女性主义与当代文论的碰撞》（*Mappings：Feminism and the Cultural Geographies of Encounter*，以下简称为《图谱》），以"定位（position）""轴线（axis）""位置（location）"等空间术语，将看似错综复杂的女性主义理论和研究勾勒出一幅清晰的立体"地图"，使女性主义文论的发展轨迹和走向一目了然。但《图谱》的特色又不仅止于梳理和比较女性主义各家观点，更在于反思女性主义所面临的困境，指出女性主义发展中的症结，同时提出建设性的方案。

《图谱》由普林斯顿大学出版社于 1998 年出版，并于出版次年获得美国"叙事文学研究优秀学术专著奖"，被美国、印度、中国台湾多所大学用于研究生教学的指定阅读书目。出版 21 年来，《图谱》一直得到学界的高度评价。南加州大学的约瑟夫·布恩教授（Joseph A. Boone）指出：《图谱》最重要的贡献在于其提出的女性主义的"地缘政治"（geopolitical）概念，拓展了女性主义理论的疆域。[①] 理查德·皮尔斯教授（Richard Pearce）认为："当今最具抱负和魄力的学术研究当数那种勇于对理论提出问题，检视边界和混杂性（hybridity），阐释各种

① Susan S. Friedman，*Mappings：Feminisms and the Cultural Geographies of Encounter*，New Jersey：Princeton University Press，1998.

理论互动的工作，而弗里曼的《图谱》就是其一。"①

《图谱》作者苏珊·斯坦福·弗里曼（Susan Stanford Frieman）是威斯康星麦迪逊大学英语系主任、人文研究院主任、牛津大学出版的学刊《当代女作家研究》（*Contemporary Women Writers*）的主编。"叙事研究温布斯终身成就奖"（2010）是对她多年孜孜不倦耕耘于女性主义研究的肯定，其发表在 PMLA，《新文学史》，《现代小说研究》，《女性主义研究》，《文学与心理学》等国际高水平学刊上的 70 多篇论文大多围绕女性主义理论与教学、全球化与地理政治、身份研究等主题展开。她讲学的足迹遍布英国、加拿大、中国、意大利、印度、荷兰、葡萄牙、阿根廷等，其著作被翻译为汉语、德语、意大利语、日语和西班牙语，实现了其"理论的旅行"。

《图谱》的中译本已经面世，并被中国学者频频征引。为展示该书理论精髓，本节就《图谱》的核心概念进行介绍，并指出其对当下女性主义研究的指导意义。《图谱》沿三条轴线展开，即，女性主义/多元文化主义、女性主义/全球主义、女性主义/后结构主义，并由此构成全书的三个部分。其中每对概念之间的"/"（斜线符号）既表示两者之间的差异又代表两者之间的联系。女性主义与后三者的"碰撞"并非物理碰撞，亦非机械叠加，而是发生了化学反应，形成了有机

---

① Richard Pearce, "Geography Lessons", in *Novel: A Forum on Fiction*, Vol. 32, NO. 3, (Summer 1999), pp.449-452.

整体。

一、超越差异的激情：游弋的女性主义

从 20 世纪 60 年代开始，北美女性主义学界和政治界便高涨着研究"差异"的激情。这种"激情"不仅表现为对"差异"的认可，更表现为执着地以"差异"作为性别研究的主要范式。在该"差异的激情"持续的 40 年间，"差异"研究亦经历了差异的转变。如果说第二波女性主义（20 世纪 60—70 年代）强调的是两性之间的差异（difference between men and women），那么第三波女性主义（20 世纪 80—90 年代）关注的则是女性之间的差异（difference among women）。

理论向来是历史的产物，第二波女性主义对两性之间差异的强调，是出于号召女性联合起来的需要使然。尽管女性主义者对于产生差异的原因各执一词，但在以性别差异作为分析和行动的基本原则方面却高度一致。20 世纪 70 年代后期和 80 年代法国后结构主义引进到美国学界，拉康、巴特、德里达解构了西方人文主义赖以生存的二元对立论，从而强化了性别差异论。[1] 随着有色女性、族裔女性、第三世界女性、同性恋女性、工人阶级女性等纷纷争取获得女性主义一席之地，20 世纪 80 年代的女性主义将视线转移到女性之间的种族差异、阶

---

[1]　Susan S. Friedman, *Mappings：Feminisms and the Cultural Geographies of Encounter*, New Jersey：Princeton University Press, 1998, p.70.

级差异等。克里斯蒂娜·克罗比（Christina Crosby）一语中的："关注差异似乎成了当今女性研究的固定内容。"①

弗里曼教授首先肯定了差异研究所取得的成就，但同时她理性地提醒："女性主义理论与实践对差异研究的过分关注会导致我们忽视了人类本身对求同的渴望以及全球化现实世界中正在出现的跨文化、身份混合（hybridity）现象。"② 弗里曼教授建议我们回到研究的起点——"身份（identity）"一词。identity 本身就同时包含着求同与求异两个方面。一方面，identity 与 identical 同源，意为"认同，相同"。人的身份，如女人、犹太人、中国人等，依赖于同组人群的认同感；另一方面，身份又依赖于与他人的区别，"何为女人"取决于男女的不同，"何为犹太人"取决于其与基督教徒等的区别。弗里曼教授指出，在不同的历史时刻，在不同的权力关系中，身份在求同与求异间摇摆。不同种族、不同文化在"接触域（contact zone）"进行交流、互动，会导致对"他者"的模仿，不管这种模仿是出于有意还是无意、自愿还是被迫。这种交往互动既有对话性（dialogic）又有行为表演性

① Christina Crosby, "Dealing with Differences" in *Feminists Theorize the Political*, *Butler & Scott* (*eds.*), London: Routledge, 1992, pp.130-134.

② Susan S. Friedman, *Mappings: Feminisms and the Cultural Geographies of Encounter*, New Jersey: Princeton University Press, 1998, p.72.

(performative)。① 因此，不同种族、不同文化之间的差异不是一成不变的。然而，女性主义研究对于女性之间差异的过分强调，事实上是过分突出女性内部不同种族、不同阶级、不同宗教的之间群体差异，从而掩盖了群体之间的"兼质空间(liminal space)的存在"，使女性主义研究陷入僵局。

只有认识身份形成中的互动性、交往性、混杂性、混合性，才能使女性主义超越"差异研究"的偏执，更准确地应对当代社会中全球化、流散现象给女性主义提出的新问题。《图谱》一书通过梳理女性主义理论与多元文化主义、后殖民研究、文化研究和后结构主义等的互动，提出女性主义进一步发展的新思路，即，建立"游弋式的女性主义（migratory feminism）"②。

"游弋式的女性主义"是动态的跨界的女性主义，它主张超越"差异研究"，但绝非"后差异女性主义"，因为它首先肯定"差异研究"存在的必要。所谓"超越"，是霍米·巴巴意义上的，在"差异研究"与"兼质空间研究"之间的运动。③ "游

---

① Susan S. Friedman, *Mappings：Feminisms and the Cultural Geographies of Encounter*, New Jersey：Princeton University Press, 1998, p.77.

② Susan S. Friedman, *Mappings：Feminisms and the Cultural Geographies of Encounter*, New Jersey：Princeton University Press, 1998, p.102.

③ Susan S. Friedman, *Mappings：Feminisms and the Cultural Geographies of Encounter*, New Jersey：Princeton University Press, 1998, p.103.

式式的女性主义"既非单纯的"差异研究",又非单纯的"混合性研究",因为前者对"差异"的强调有抑制女性联合团结的倾向,而后者对"混合"的突出亦有破坏组织的集体性和稳定性的危险。在两极之间做单选,只能使女性主义陷入无路可走的绝境,而"游弋式的女性主义"不妨是一种合理的出路,它将女性主义研究带向柳暗花明的新天地。

二、超越"全球/地方"的对立:女性主义的地缘政治轴（Geopolitical Axis of Feminism）

《图谱》一书始终以"身份"作为研究起点。弗里曼教授指出,身份是不同轴线的交叉汇合,以往的研究将族性、性别、宗教、阶级、性属等元素逐一纳入身份研究的范畴,使身份研究的内容越来越全面,但仍有一条重要轴线被忽视,即,地缘政治轴线。① 对于"地缘政治"这一术语,不同学科有不同的理解。根据字面意思,"地理"（geo）意为"大地","政治"（politics）意为"权力关系的规律和研究"。"地缘政治"可以指国际或跨国政治关系,但女性主义学者一向认为,"政治"研究不局限于政府或者国家政治。女性主义的地缘政治研究指:空间（包括地方、区域、跨国）如何影响身份（包括个体的、集体的、文化的身份）。

---

① Susan S. Friedman, *Mappings*: *Feminisms and the Cultural Geographies of Encounter*, New Jersey: Princeton University Press, 1998, p.109.

空间作为身份的组成部分，具有怎样的政治意义？空间产生意义有三条途径：一是离开本土，旅行到别处，对本土"陌生化"，从而认识到某些原本被认为是自然的本质的东西其实是文化的产物；二是立足于本土，将看似遥远陌生的事物在本土找到相似性；三是打破本处与他处的地缘界限，强调地方性与全球化的互动。

事实上，上述理论已经被赛义德等大师以各种形式所探讨。赛义德将文本置于世界范围进行考察，开启了地缘政治研究的新视角。正如陶家俊教授所述，赛义德的《文化与帝国主义》"推动了一场文学文化研究范式变革，空间、地理、身体等成为批评的切入点和焦点"[①]。通过对《曼斯菲尔德庄园》的地缘政治解读，赛义德发现：一幅帝国主义地图贯穿于整个小说，形成其语言与文化肌理的重要组成部分。[②] 小说情节的主要矛盾看似发生在"国内"或"家里"，但英国之外空间的政治意义却无所不在。赛义德的解读不仅为地缘政治研究奠定了基础，而且还打破了全球与地方的二元对立。

另一位提出全球／地方互动关系的学者是美国人类学研究先锋詹姆士·柯利福德（James Clifford）。他指出：以往的人种论研究主要是针对本土化的文化中心，因而忽视了文化之间

---

① 陶家俊：《思想认同的焦虑：旅行后殖民理论的对话与超越精神》，中国社会科学出版社 2008 年版，第 307 页。

② Edward W. Said, *Culture and Imperialism*, New York: Viking, 1993, pp.82-83.

的相互作用。在《旅行的文化》（*Travelling Cultures*）中，他提出"文化旅行"理论，解构人类学家作为动态的观察主体与被研究对象作为静止的他者之间的二元对立，并进一步提出，所有文化都处于运动与旅行状态。被人类学家观察的人同样在观察人类学家，没有任何文化是静止不变的，而是永远处于与其他文化的相互影响中。①

弗里曼教授以赛义德和柯利福德的理论为基础，并针对身份研究和叙事研究对上述理论做了发展，提出了地缘政治的女性主义方法论。弗里曼教授认为，女性主义既要置于全球范围来研究，又要避免走入全球化元叙事的误区。该误区表现在两方面：其一是，简单化判断。例如，认为全世界女性所受的性别压迫相同，这种论断否认了女性的能动性，忽视了文化语境，掩盖了性别与其他身份构成元素的交叉关系。其二是，第一世界/第三世界，西方/其他地方的二元对立。这样的宏观叙事陷入了欧洲中心主义的泥潭，掩盖了殖民主义是世界现象的事实，因为殖民主义不仅产生于西方，也产生于其他强势社会，在历史的某个阶段，亚洲、非洲、南美、加勒比和亚太地区都曾出现强势文化和文明。因此，女性主义研究要超越第一世界/第三世界、全球化/地方性、白人/有色之间的二元对立，摒弃身份政治的"本质主义"，代之以跨界的对话思维。

---

① James Clifford, "Travelling Cultures", in *Cultural Studies*, *Lawrence Grossberg*, *Cary Nelson & Paula Treichler* (*ed.*), London: Routledge, 1992, pp.96-116.

　　女性主义的跨界行动之一就是女性主义的"理论旅行"。《图谱》在此借用了赛义德的"理论旅行"概念，描述女性主义为适应新的条件和环境下所进行的本土化。女性主义很少是纯本土的产物，大多是跨文化互动的结果。事实上，《图谱》正是地缘政治的女性主义在思想上所进行的世界旅行，《图谱》旨在超越美国地方主义，研究范围扩展到东南亚、南亚、加勒比和拉美地区。它力求避免以一种文化体系强加于另一种文化体系，关注地方能动性，时刻认识到地方与全球的互动。身为美国教授，白人女性，弗里曼教授呼吁美国学者超越白人/黑人，白人/有色人种，压迫者/被压迫者的局限，而是通过研究全球化/地方性女性主义的互动，对美国和世界其他地区的女性主义建立全新的认识。这种女性主义的全球化与斯皮瓦克的观点是一致的。斯皮瓦克指出："跨国女性主义既不是革命性的理论旅游，也不是庆贺女性主义在异地开花结果"，重要的是"在民族与世界之间，在历史与当代之间协商互动"①。

　　因此，女性主义既要发展全球意识，又要保持地方意识；既要认识到女性主义的地域多样性，又要探索和发现全球化背景下女性主义的相似性，以及女性主义在世界各地旅行过程中发生的变化和差异。

----

① Gayatri Chakravorty Spivak，"Scattered Speculations on the Question of Culture Studies"，in *Outside in the Teaching Machine*，London：Rougledge，1993，pp.255-84.

三、超越"单数／复数"的对立：跨国女性主义（Transnational Feminism）

女性主义一路走来，经历了从单数形式（feminism）到复数形式（feminisms）的发展过程。20世纪60年代的女性主义强调女性共同受到的压迫，提出"个体的也是政治的"（Personal is political）口号，目的是建立"姐妹联盟（sisterhood）"。20世纪80年代《新法国女性主义》一书的出版，宣布女性主义复数形式时代的到来。这一波的女性主义以多元文化主义和后结构主义为武器，反对白人女性主义、西方女性主义、异性恋女性主义等一统天下的霸权倾向，倡导女性主义多样化发展，由此为跨国女性主义（transnational feminism）的发展铺垫了道路。

这种跨国女性主义被弗里德曼教授称之为全球化时代的"单数形式女性主义"（feminism in the single form）。女性主义的再次单数化并不是简单的回归，而是赋予了新的内涵。它在不否认女性之间差异的前提下，认为差异之间的鸿沟并非不可逾越，而是随文化形成和文化联合而转化，女性主义的生存和推广正是依赖于这种界线之间的流动性。

为防止单数化的女性主义走向狭隘的地方主义（即，认为本地的女性主义在他地可以复制）和盲目的文化帝国主义（例如，透过西方女性主义之眼检视东方女性主义），弗里曼教授提出了"位置的女性主义（Locational Feminism）"。其思想基础是：不同的时代和地点会产生不同的性别系统，同时与其他不同的社会阶层和运动相互作用。这与另一位女性主义学者里奇教授（Adrienne Rich）所提出的"位置的政治"（politics of location）有异曲同工之处。当论及西方女性主义时，里奇指出："我们处在以西方自我为中心的位置，我们需要通过反思来取代这种普遍主义的假设，从而建立起新的女性主义。"①新的女性主义从哪里开始？就从"身体"（body）开始，"身体"是具体的，里奇以自己作为一个白人、犹太人、同性恋的身体为个案，展示"性别"必须置于阶级、种族、年龄和性向的范畴之中来讨论，这就是"位置的政治"，每一种政治位置都有知识生产的权利。这种理论瓦解了白人女性主义的中心意识，打破了西方是理论的生产者，东方是被生产对象的思维定式。②

正是基于此，弗里曼教授指出，"单数化的女性主义"是跨国女性主义（Transnational Feminism），而非全球女性主义（Global Feminism），因为后者有推崇西方女性主义为普适原则的嫌疑。但跨国女性主义与后殖民主义理论有着相似的立场，都质疑知识从一个中心向世界边缘单向传播的概念。倡导跨国女性主义的代表性学者诸如昌德拉·莫汉提（Chandra Mohanty）、银德帕·格雷瓦尔（Inderpal Grewal）等，都致力

---

① 闽冬潮：《全球化与理论旅行：跨国女性主义的知识生产》，天津人民出版社 2009 年版，第 52 页。

② 闽冬潮：《全球化与理论旅行：跨国女性主义的知识生产》，天津人民出版社 2009 年版，第 53 页。

于创造一个"能够让处于不同或不平等历史、社会和文化地位的女权主义者真正开展交流并享有话语权的空间"①。关于跨国女性主义在全球化时代的任务，美国布朗大学的王玲珍教授指出："跨国女性主义需要一种具有批判性的、全球的，多层次的女性主义政治与实践视角，并致力于在女性中建立一种跨国的政治联盟。但要实现这些目标，必须不断抨击以四海皆准（universal）和不均衡（asymmetry）关系为模式的女性主义活动，认识到，父权制的霸权不是靠一种模式建立起来的，在不同的文化和不同时期呈现不同的形态。"②在《图谱》出版时隔12年，王玲珍的观点有力地印证了《图谱》中所预言的全球化时代"女性主义"的发展趋势，《图谱》的前瞻性可见一斑。

四、超越"学院派 / 实践派"的对立

弗里曼属于坚定不移的学院派女性主义。长期以来，实践派对学院派女性主义存在偏见，认为其不过是空泛的理论家，理想主义的乌托邦，而真正保护女性利益、争取女性权益的途径应该是建立妇女收容所、妇女心理诊所，或者健康与生殖中心等。弗里曼对这种偏见进行了反击。她认为高等院校的

① 张璐：《全球女性主义：关于女权主义的全球想象》，《妇女研究论丛》2010年第2期。

② 王玲珍：《跨国女性主义及其对中国性别研究的影响》，载何成州、王玲珍主编《性别、理论与文化》第1卷，南京大学出版社2010年版，第24—30页。

知识分子对社会发挥着举足轻重的作用。大学从来不是象牙塔，通过科研、出版、教学而进行的知识生产和传播与外部世界息息相关。大学生产、维护、收集、组织、传递和改革新旧知识，而其消费者正是大学师生和广大社会。它关注的是广大的人民群众，错综复杂的权力关系和充满矛盾的意识形态；而且，作为培养下一代的教育机构，其对社会的影响作用不可低估。

霍米·巴巴反对理论/行动的二元对立；同样，弗里曼反对将学院派女性主义与实践派女性主义二元对立。学院派女性主义关注的从来就是女性的生存现实，是女性的经验世界。学院派女性主义与实践派女性主义没有高低之分，只是由于定位不同，运行方式不同，效果显现方式不同，学院派女性主义的作用可能没有实践派女性主义的作用那么直观、显性，但女性主义学者在科研与教学中所实现的女性主义知识传播对社会同样产生实际影响。知识的传播是学院派女性主义产生行动，促进社会变革的基础。学院派女性主义应该勇于面临挑战和改变，将观点的分歧和矛盾看成是发展的机缘。

学院派女性主义体现在《图谱》中最有力的特色是以叙事作为研究中心，以叙事批评实践批评家干预历史介入现实的使命。弗里曼认为，林林总总的女性主义派别之间的辩论本身就构成了一部对话性的多声部的叙事。不同女性主义理论之间的分歧构成故事情节的冲突和矛盾，女性主义理论的不断发展如同故事中的冲突解决。而且，身份也离不开叙事，叙事是了解身份的途径。身份作为变量，本身就是一部关于身份形成、发展、演进、变革的叙事。同时，叙事文本（不管是口头的还是视觉的，口语的还是书面的、虚构的还是指涉的）都构成文化的基本文献。叙事是了解文化的窗口，是折射文化的镜子，是诊断文化的症候，是塑造文化的共谋。因此，《图谱》以文学和文化文本细读入手，视文本为"事件"，以叙事批评干预历史，介入现实，揭示知识、性别与权力的内在联系，实践了赛义德的文学文化批评的"现世性"（Worldliness），体现了公众知识分子为民喉舌的示范作用。

《图谱》立足于文学和文化研究，但同时借鉴人类学、地理学、传媒研究、精神分析等多个其他学科，在立论和方法论上又将女性研究、族裔研究、后殖民研究、全球化研究的思想精华兼收并蓄。《图谱》在理论间游牧，在地缘间跨越，在学科间穿梭，这种"跨界"的创新姿态彰显出学院派女性主义在知识革命中的先锋作用，为中国女性主义文学和文化研究提供了借鉴。

第一章　女性主义乌托邦小说

第一节　批判与展望：女性主义
乌托邦小说的历史使命

"乌托邦"一词源自文艺复兴时期英国作家托马斯·莫尔的小说《乌托邦》，因其赋予人类社会关于美好生活与理想王国以几近完美的称谓而名垂青史。莫尔的《乌托邦》所描绘的社会在中古世纪人眼里固然相当完美，但在女性主义者看来仍是个男权统治的可怕世界，远非女性所向往的理想境地。女性主义乌托邦，与其他乌托邦相比，有共性也有特性。其共性是批判性和前瞻性；其特性在于：它批判的是男权压迫，设计的是女性及人类的未来。女性主义乌托邦小说，顾名思义，即以小说为载体，反映女性主义思想，展现乌托邦精神，关注女性和人类未来的小说。

美国女性主义乌托邦小说的历史由来已久，尤其在过去的 160 年间，优秀的作家及其作品更是大量涌现，这充分表明了女性主义乌托邦小说业已成为一种重要的文学现象。尽管如此，它在女性主义文学史的研究中却一直未得到应有的关注和重视。究其原因，大概在于人们对"乌托邦"一词中所含有的"虚幻"与"不切实际"成分的排斥。其实，这里存在着某种误读。其结果是女性主义乌托邦小说长期被排斥于严肃女性文学的研究领域之外。这在一定程度上遮蔽了人们对女性主义文学整体景观的全面了解和把握。因此，有必要对女性主义乌托邦小说重新审视并深入探讨。本章就英美女性主义乌托邦小说的价值意蕴、发展过程及其特点进行逐一分析，从而更正人们对它的偏见，展示女性主义乌托邦小说的现实意义和真正魅力。

一、为乌托邦文学正名

长期以来，人们对乌托邦的态度充满了矛盾：一方面，乌托邦代表了人类对美满自由的期待；另一方面，它又代表了追求"乌有之乡"的徒劳。由于这种矛盾心理，人们对乌托邦文学的研究一直保持着谨慎的距离。问题是，人们没有认识到，乌托邦的真正意义并不在于它对理想社会的具体规划和实际可行性上，而在于它内在的乌托邦精神。

乌托邦精神就是立足于现实又超越现实，不断追求理想的开拓性精神。西方马克思主义学者恩斯特·布洛赫（Ernst Bloch）认为，乌托邦是一种来自远方（或未来或另一神秘国度）的暗示，是为当下社会悬设的一个道德价值尺度，使人们对现实社会进行反思和审视。① 它将三维时空拉入一个开放性的对话之中：以"将在"反观"现在"，又经"现在"而追问"既在"。② 它时时刻刻昭示着现实的不足，激励着人们对理想进行生生不息的追求。在人类发展史中，乌托邦总是担负着关怀人类终极命运的历史使命。

二、乌托邦思想与女性主义文学的关联

乌托邦精神是女性主义的根本精神。因为，真正的两性平等在历史上从未存在和实现过，女性主义者便在理论上和作品中建构一个没有性别压迫的理想社会模型。女性主义乌托邦思想，不管是抽象的还是具体的，不管是文本中的还是政治的，都代表了每个时代女性最深切的愿望，其基础都是对既定的两性秩序的批判和否定，对一种理想两性关系模式的肯定和追求。正如弗朗西斯·巴特库斯基（Frances Bartkowski）在其《女性主义乌托邦》一书中写道："女性主义乌托邦小说使我们审视当前现状，并带领我们超越二元对立思想的约束。"③

乌托邦思想是女性主义写作的灵魂。美国学者玛琳·巴

---

① 贺来：《乌托邦精神：人与哲学的根本精神》，《学术月刊》1997 年第 9 期。

② 姚建斌：《乌托邦小说：作为研究存在的艺术》，《北京师范大学学报》（社科版）2003 年第 2 期。

③ Frances Bartkowski：*Feminist Utopias*，Lincoln：University of Nebraska Press，1989，p.3.

（Marleen Barr）在《妇女与乌托邦》中就曾明确指出："乌托邦主义所倡导的重构人类文化正是女性主义写作的目标。"[1] 法国当代著名作家、理论家埃莱娜·西苏（Helene Cixous）也曾极力主张女性写作的重要性，实质上她也在试图建立一种女性写作的乌托邦。正如恩斯特·布洛赫所说："如果一个社会不再以一种理想的乌托邦社会加以参照以照亮前景，而是根据事物本身去盲目要求，这个社会就会相当危险地误入歧途……唯有乌托邦的目标明晰可见并成为人类的前景时，人的行动才会使过渡的趋势变为主动争取的自由。"[2] 这种通过写作使妇女得到力量和愉悦并走进历史的构想，有一种批判和颠覆逻格斯中心主义的作用，为妇女写作提供了一个光明的前景和目标。[3]

小说是女性主义与乌托邦精神结合的最佳阵地。借以小说的形式能够有效地探讨女性主义和乌托邦主义共同关注的问题：乌托邦主义发问：现状是什么，它是否合理，如果不合理，如何建立新的规范？女性主义回答：男权制是现状，它是不公正的，应该被废止，代之以新的两性秩序。小说是检测女性主

---

[1] Marleen Bar and Nicholas Smith: *Women and Utopia*: *Critical Interpretations*, Lanham, Md.: University Press of America, 1983, p.1.

[2] Ernst Bloch: *The Principle of Hope*, Trans. Neville Plaice, Stephen Plaice, and Paul Knight. 3 vols. Cambridge, Mass.: MIT Press, 1986, p.26.

[3] 张若冰：《女权主义文论》，山东教育出版社 1998 年版，第 122—123 页。

义乌托邦设想的实验室，为女性主义者的理论探索提供了文学
手段。

三、女性主义乌托邦小说的发展历程

女性主义乌托邦小说的渊源可以追溯到 18 世纪。早
期的经典之作当属英国作家萨拉·鲁宾逊·司各特（Sarah
Robinson Scott）于 1762 年出版的《千年圣殿》。小说描绘了
一个由寡居的妇人们组成的理想之国，她们把一个面积广大的
乡村居住区治理成一个秩序井然、趋仁乐善的女性社会。这个
社会排斥婚姻：大多数投奔千年圣殿的女性不是为了逃婚，就
是为了抚平婚姻所造成的心灵创伤。由于远离男权和暴力威
胁，女性可以在这里实现各自的精神追求。《千年圣殿》暗示
出女性中心主义的倾向，作品明确地向人们传达这样一个信
息：这个世界上有一些德才兼备的女性，不屑与男性为伍、情
愿与女性共同生活。尽管没有男性的存在，或者正因为没有男
性的存在，这些女性通过努力，能够建立一个几近完美的社
会。这无疑是对传统男权文化的挑战，首开女性主义乌托邦小
说之先河。

到了 19 世纪，由于女权运动的蓬勃发展，英美女作家积
极投入女性主义乌托邦小说的创作，许多女作家开始在这一领
域崭露头角。玛丽·布莱德里·雷恩（Mary E. Bradley Lane）
的《米佐拉：一个预言》承袭了 18 世纪女性社会群体的主题。
米佐拉的女人们甚至从未听说过男人的存在，在她们眼里，母

亲是生活中的唯一，不依靠男人的人类繁衍不仅是可能的，而且对于人种的进化也是有益的。

从 1890 年到 1920 年是女性主义乌托邦小说创作的繁荣期。夏洛特·帕金斯·吉尔曼（Charlotte Perkins Gilman）的《她乡》是这一时期最具代表性的作品。《她乡》最初于 1915 年间连载于吉尔曼的杂志《先驱》，后于 1979 年正式出版。"她乡"是一个全部由女性组成的、以孩子为中心的乌托邦社会，有一套独特的女性文化，反映在宗教、教育和社会形态等方面。三个来自美国的外来男性惊异地发现她乡的文化与美国的不同。在小国寡民的她乡，女人间没有国家、种族、阶级和职业的差异，全然平等。为了群体的利益女人们共同努力，彼此合作无间。"她乡"的女人拥有才情和智能，以学习为终身生活目标，以养育后代和科学成就为价值标准。在这里，母亲身份不仅是一种本能，而且是一门艺术，只有最具天赋的女人才能直接承担抚养和教育孩子的任务。由于以单性繁衍后代，"她乡"的女性竟不知性爱为何物。因此对于外来男性，她们不取悦，不畏惧，甚至将他们束手就擒。这使得三位外来男性大为困惑和不安，并最终离开了"她乡"。

男性消失的社会是女性主义乌托邦小说家为取代男权统治所提出的一种模式，但它并不是实现女性自由和独立的唯一途径。在这一时期的 55 部作品中，主张婚姻改革的小说与主张男性灭绝的小说在数量上比不相上下。此类乌托邦小说不那么激进，其塑造的女性也不再是心怀深仇大恨的革命者，而是寻求两性共存的社会改革者。玛丽·葛瑞菲斯（Mary Griffith）的《今后三百年》（1836 年）是第二种模式中最早的作品。该书中的女人虽获得了政权，消除了战争，享有继承权，并与男人同工同酬，但是，异性恋婚姻却仍然存在。类似的小说随后相继出现，如伊丽莎白·盖斯凯尔（Elizabeth Gaskell）的《克兰福德镇》（1853），埃拉·玛前特（Ella Merchant）的《揭开并行的秘密》（1893），萨拉·奥恩·朱依特（Sarah Orne Jewett）的《尖冷杉之邦》（1896）等。以《克兰福德镇》为例，小说虽然塑构了一个远离男权统治的女性王国，但小说各章的标题便充分显示，这实际上并不是一个没有男人的世界，只是男性的存在被用来突出女性中心的姿态。正如书中的女性所言："男女平等？那是当然。而且女人们还要高出一筹。"① 总之，克兰福德镇的目标是，接纳男性但拒绝男权意识。

1920 年到 1960 年是女性乌托邦小说的"干涸"期。受弗洛伊德思想的影响，这一时期的作品都主张女性服从传统价值观念，蔑视任何偏离传统的行为。

1960 年以后，女性乌托邦小说再度兴盛，从 1960 年到 1983 年间就有 42 部之多。这一时期的代表作有玛吉·皮尔西（Marge Piercy）的《在时间边缘上的女人》，莫尼克·维迪格（Monique Wittig）的《女游击队员们》，坡丽姆·亚历山大（Plym Alexander）的《公元 2150 年》。这些作品有着共

---

① Gaskell，Elizabeth：*Cranford*，London：J.M. Dent，1977，p.18.

同的特点：1. 基本上都是科幻小说。2. 主张群体价值观。她们所描述的社会都涉及财产公有制，以及在食品、教育、医疗、旅游、抚养后代等方面的集体责任；人际关系以互助代替竞争，家庭结构从小家庭转为大家庭。女性的个人发展依赖于群体的支持，而不是只靠个人奋斗。3. 等级制的废除。4. 工作角色，特别是家务劳动，不是按性别分配。5. 女性能够控制生育。

上述特点在玛吉·皮尔西的《在时间边缘上的女人》一书中表现得最为突出。小说的女主人公科妮，是个生活在纽约的奇卡诺人（墨西哥裔美国人）。在 1976 年的现实世界中，她深受男权制度和种族主义的压迫。在被一系列的男人抛弃之后，科妮被送入疯人院。正当她痛苦绝望之际，一位来自未来世界的女人将她带到了时间已是 2137 年的一个叫作迈特坡伊塞特的地方。这个未来世界的平等互助、亲如一家的群体精神与美国现实社会的个人主义、性别主义、种族主义和物质主义形成鲜明反差。在迈特坡伊塞特，性别、种族、年龄和阶级的范畴已经消失，人们的种族和性别可以自由选择。母性也不再是女人独有的价值和经历。婴儿可以在子宫外受孕和培育，男人在注入某种荷尔蒙之后也可以哺乳婴儿。迈特坡伊塞特确是女性的乌托邦。由于人工生殖代替了自然生殖，女性得以彻底的解放。正如小说所述："这是一场长期的单命。当我们打破了所有旧秩序时，我们最终要放弃的是生殖权。只要女性还在受生理的束缚，就永远不会与男人平等。让男人也尝试着做母亲，他们才会变得更为人性，体贴和温柔。"① 这样，当社会全体人员都参与生育后代的活动时，人类关系中的等级概念如强弱、高低、统治与服从等都将被彻底解构。

这一时期，另一部浸透着浓郁的女性主义颠覆思想的乌托邦小说是娥秀拉·勒瑰恩（Ursula Le Guin）的《黑暗的左手》（1969）。该书曾获雨果奖和星云奖两大科幻奖项，使勒瑰恩赢得"科幻女皇"之称。《黑暗的左手》被评论家喻为在雌雄同体的世界里寻找性别平等的乌托邦之作。② 《黑暗的左手》描写的是一个与地球人类原本毫无关系的世界——一个被冰雪覆盖的、被称为"寒冬"的行星。一位爱库曼星际邦联的公使，到寒冬星格辛，意欲说服星球上的两大国家卡海和欧格瑞恩加入星联的过程。这些寒冬星居民，既非男亦非女，或者即是男也是女，他们随着固定的生理周期变性，无性期、有性期，周而复始地循环，人们可以视时机决定适合的性别，终其一生，可以是男，也可以是女，可能是父亲，也可能是母亲。每个月有固定的发情生殖周期，会随机呈现男性或是女性的性征，进行性与生殖方面的活动。在格辛星人眼中，并无男、女之别，评判一个人是基于人格，而非性别。

---

① Piercy, Marge: *Woman on the Edge of Time*, New York: Fawcett Crest, 1976, p.115.

② Peel, Ellen: *Politics, Persuasion, and Pragmatism: A Rhetoric of Feminist Utopian Fiction*, Columbus: The Ohio State University Press, 2002, p.117.

　　摆脱了性别差异的格辛星也摆脱了人类二元对立思想的束缚。勒瑰恩称这部作品为一次"思想试验"。① 作者意欲证明："如果男人与女人在社会角色、经济、政治、责任、自由和自尊等方面完全地、真正地实现平等，人类社会的中心问题便不复存在：那便是——，剥削问题——对女人的剥削，对弱者的剥削，和对地球的剥削。"② 取消了性别差异，任何以男性为中心或女性为中心的权力话语和统治体制便不可能存在。尽管并不是所有的女性主义者都反对性差异（例如，文化女性主义者赞美性差异），但所有的女性主义者都反对男权社会强加于女性的性别特征。因此，格辛星是理想的女性乌托邦，在这里，权力被重新分配，生理上的性别差异不再是决定一个人适合治家还是适合治国的主要因素。小说借这样的虚构社会，促使我们对现实社会进行反思。

四、女性主义乌托邦小说的现实意义

　　女性主义乌托邦小说为女性的未来设计了理想的图景。它给在现实生活中苦苦求索的女性以信心，给女性受压抑的心灵以释放。也许，它不乏幻想和虚构，但它是一种自觉的虚构。通过虚构，女性主义者设想了一个与眼前社会形成鲜明对

---

①　Le Guin, Ursula K, *Dancing at the Edge of the World. Thoughts on Words, Women, Places*, New York: Grove, 1989, p.10.

②　Le Guin, Ursula K: *Dancing at the Edge of the World: Thoughts on Words, Women, Places*, New York: Grove, 1989, pp.7-16.

照的美好世界，表达对现实男权社会的强烈不满和批判，并且提供一个解决矛盾超越现实的途径。没有这种超越经验、超越现实的思考和追求，社会就不会有变化和发展。对此，哈柏论述道："正是由于理想主义树立了一个值得努力争取的目标，人类才日趋完美。"① 而且，我们必须看到，女性主义乌托邦幻想与改造男权世界的行动之间有着密切联系。幻想是行动的前提。先有想象，才有可能，才会有前进的方向和奋斗的目标，由此产生动力，动力会激发行动。今天的乌托邦有可能在实践中转化为明天的现实。回首历史，我们不难发现，许多过去的女性主义乌托邦幻想，在今天已经或多或少地成为现实：比如，婚姻法的改革，人们对女性离婚态度的转变，妇女在科学、管理等领域所取得的成就，家务劳动的职业化等等。

五、女性主义反乌托邦小说中的忧患意识

上述乌托邦小说中所描绘的理想确实令人神往，它给在实际生活中频频受挫的女性以慰藉和鼓舞，也为打破二元对立建立新的概念空间作出了积极的展望。但是在 20 世纪后期，历尽沧桑的女性主义思想家目睹了人类生存境况的不断恶化，开始对女性和人类的未来作出了冷静理智的思考。1980 年以后的作品呈现出与早期女性乌托邦完全不同的创作思想：传统

---

① 〔美〕乔·奥·赫茨勒：《乌托邦思想史》，张兆麟等译，商务印书馆1990 年版，第 264 页。

女性乌托邦小说弥漫着对理想社会热情讴歌的乐观；新型的女性乌托邦小说却对未来世界表现出深深的忧虑。

这种新型的乌托邦小说是乌托邦文学的一种特殊形式，对此，侯维瑞教授曾有专门论述："当一部作品对未来世界的可怕幻想代替了美好理想时，这部作品就成了反乌托邦的（dystopian）讽刺作品。"① 实际上，早在20世纪70年代就已出现了这种与理想分离乃至对立的乌托邦作品，例如娥秀拉·勒瑰恩的《无依》（1974）。《无依》中的乌托邦星球虽然取消了性别，但却被自杀、背叛和刺杀的阴影所笼罩。类似的描写也常见于乔娜·拉斯（Joanna Russ）的《女男人》（1975）和安吉拉·卡特（Angela Carter）的《新夏娃的激情》（1977）等作品中。此类"反乌托邦"（dystopian）小说在20世纪80年代中期发展迅速，大有取代传统乌托邦小说之势。较为出色的女性主义"反乌托邦"小说有：多丽丝·莱辛（Doris Lessing）的《第三、四、五区域间的联姻》（1980），玛格丽特·阿特伍德（Margaret Atwood）的《女仆的故事》（1985），勒瑰恩的《永远回家》（1985）。她们用梦魇般的笔调预测了激进女性主义者过分追求女权和女性联盟所导致的恶果，读起来令人毛骨悚然。对此，美国学者露西·萨吉森（Lucy Sargisson）曾作出精辟的总结："在反乌托邦小说中，女性主义者对传统的乌

————————
① 侯维瑞：《现代英国小说史》，上海外语教育出版社1995年版，第327页。

托邦概念进行了重新界定，融入了自我批判，为展望社会变革打开了新的想象空间。"①

多丽丝·莱辛的《第三、四、五区域间的联姻》是一部两性关系的寓言，它颠覆了传统女性乌托邦小说中对未来的美好憧憬。故事围绕着广袤无垠的星际空间展开，记述了三大帝国走向自我灭绝的经过。该空间由六个区域构成，按文明程度从低到高的次序排列，第六区域最低，第一区域最高。第三区域是和平自足的母系王国，王后是艾尔。第四区域是充满战争和混乱的男权国家，国王是本阿塔。乍一看来，两个区域似乎形成了鲜明的对比，实则不然。当艾尔被迫嫁到本阿塔的第四区域后，开始以全新的眼光审视自己的第三区域。这时她才发现：第三区域并不比第四区域高明和优越，并不是绝对完美的女性乌托邦。尽管，第三区域完全由女人按照女性价值原则来统治，却仍然存在诸多弊端。例如，停滞不前的状态使她们的生活陷入死寂；没有矛盾冲突的世界让她们彻底丧失了斗争的能力；富足安逸的生活使她们变得懒惰自满，缺乏想象等等。这些都是在片面追求女性独立王国时所始料不及的后果。作品意在暗示：既然乌托邦是个"不存在的地方"，那么最完美的社会也须不断革新和改进，唯有如此，才能持久健康地发展。

《女仆的故事》是阿特伍德借用科幻形式，将过去与现在

---

① Sargisson，Lucy：*Contemporary Feminist Utopianism*，London：Routledge，1996，p.20.

性别关系的不平等投射到未来所创作的女性反乌托邦小说，小说假想了吉里德共和国为了解决人口锐减问题，将该国妇女按功能分类。女主人公奥弗雷德是一个"女仆"，一个专为统治者生育孩子的机器。她的母亲曾是 20 世纪 60 年代激进的女权主义者，敌视男性，坚持必须建立一个与男权文化决裂的女性乌托邦，然而她的主张不但没能实现，而且适得其反。奥弗雷德认识到激进女性主义所暗藏的危机。作家似在暗示：女性处于牺牲品的可悲地位，她们自身也有不可推卸的责任。她们没有设法寻求促使两性关系和谐的方式，而是采取了与此背道而驰的极端做法。阿特伍德并未为人们提供解救社会的良方，她只是以她关注的问题以及由此可能造成的恶果给人们敲响了警钟。①

上述分析表明，正反乌托邦对女性未来前景的构想截然对立，前者是乐观的憧憬，后者是悲观的哀诉。前者表现的是乌托邦精神，后者蕴涵着忧患意识。乌托邦精神和忧患意识是构成女性主义世界观的两个方面。乌托邦精神体现的是乐观向上，忧患意识表现的是居安思危，两者互为补充，携手共进。

六、本节结语

女性主义乌托邦小说家借助想象在小说中营造着女性和

---

① 傅俊、陈秋华：《从反面乌托邦文学传统看阿特伍德的小说〈女仆故事〉》，《南京师范大学学报》（社科版）1999 年第 2 期。

人类的精神家园，一个有着完全不同的、自成一体的逻辑和规则的世界。她们以这种奇特的方式，来完成女性向男性话语霸权的挑战。其目的或为寄托理想，或为讽喻现实。女性主义乌托邦小说中理想的两性秩序与现实形成对立，对现实具有批判意义。女性主义反面乌托邦小说中的忧患意识具有警世作用，让女性不断反思。两者的目标是共同的：即：为全人类，男人与女人，创造一个美好和谐的世界，因此，女性主义乌托邦小说首先是对女性的关怀，最终是一种对全人类的关怀。对女性主义乌托邦小说的研究可以拓展女性主义文学研究的视野，更全面地了解女性主义文学发展的足迹。

第二节 美国女性主义乌托邦小说中的人文关怀与生态关怀

20 世纪以来，人口危机、资源危机、生态危机、性别压迫和种族歧视一直困扰着人类社会，商品经济和科技的迅猛发展又加剧了物的泛滥和人的异化。面对这样严峻的现实，美国女性主义乌托邦文学家自觉地承担起重建人类理想家园的庄严使命，强烈的责任感使她们开拓出一条不同于现实主义的路子，用乌托邦小说的形式来实践她们对女性未来和人类未来的设计。她们的作品既饱含历史理性，又表现出人文关怀和生态关怀；既指点社会前进的方向，又兼顾对人的生存状态及人与自然相互关系的思索。

　　女性主义乌托邦小说是女性文学下的一种亚小说文类。在美国，它的历史由来已久。尤其是 20 世纪以来，优秀的作家和作品更是不断涌现。下面开列的名单虽不完整，但足以显示出美国女性主义乌托邦小说的丰富成果：

　　玛丽·布莱德里·雷恩（Mary E. Bradley Lane）的《米佐拉：一个预言》（1881），萨拉·奥恩·朱厄特（Sarah Orne Jewett）的《尖冷杉之邦》（1896），夏洛特·帕金斯·吉尔曼的《移山》（1910）和《女儿国》（Herland）（1919），娥秀拉·勒瑰恩（Ursula Le Guin）的《黑暗的左手》（*Left Hand of Darkness*）（1969）和《无依》（*The dispossessed*）（1974），玛吉·皮尔西（Marge Piercy）的《在时间边缘上的女人》（*Woman on the Edge of Time*）（1975），乔娜·拉斯（Joanna Russ）的《女男人》（*Female Man*）（1975）和安吉拉·卡特（Angela Carter）的《新夏娃的激情》（*Passion of New Eve*）（1977）等等。

　　这些女性主义乌托邦小说有着共同的价值取向，概括来说有三点：1. 消灭社会性别差异，代之以人的全面发展；2. 消除统治和压迫，代之以民主和平等；3. 超越人类中心意识，建立人与自然的和谐。从这些特点可以看出：女性主义乌托邦小说是一种富有建设性的批评，它的终极关怀是建立一个新的秩序，一个男人与女人、人与人、人与自然和谐共处的精神家园和物质家园。本节以夏洛特·帕金斯·吉尔曼的《女儿国》、玛吉·皮尔西的《在时间边缘上的女人》和娥秀拉·勒瑰恩的

《黑暗的左手》为例，探讨美国女性主义乌托邦小说中的人文关怀和生态关怀。

一、人文关怀和生态关怀：女性主义乌托邦小说的精神使命

长期以来，人们对乌托邦的态度充满了矛盾：一方面，乌托邦代表了人类对美满自由的期待；另一方面，它又代表了追求"乌有之乡"的徒劳。由于这种矛盾心理，人们对乌托邦文学的研究一直保持着谨慎的距离。问题是，人们没有认识到，乌托邦的真正意义并不在于它对理想社会的具体规划和实际可行性上，而在于它内在的乌托邦精神。

乌托邦精神就是立足于现实又超越现实，不断追求理想的开拓性精神。乌托邦是一种来自远方（或未来或另一神秘国度）的暗示，是为当下社会悬设的一个道德价值尺度，使人们对现实社会进行反思和审视。[1] 它将三维时空拉入一个开放性的对话之中：以"将在"反观"现在"，又经"现在"而追问"既在"。[2] 它时时刻刻昭示着现实的不足，激励着人们对理想进行生生不息的追求。在人类的发展史中，乌托邦总是担负着关怀人类终极命运的历史使命。

乌托邦精神正是女性主义写作的灵魂。美国学者玛

---

① 贺来：《乌托邦精神：人与哲学的根本精神》，载《学术月刊》1997年第9期。
② 姚建斌：《乌托邦小说：作为研究存在的艺术》，载《北京师范大学学报》（社科版）2003年第2期。

琳·巴在《妇女与乌托邦》中就曾明确指出："重构人类文化是乌托邦主义和女性主义写作的共同目标。"① 女性主义乌托邦小说是女性主义思想与乌托邦精神结合的最佳载体，是检测女性主义乌托邦设想的实验室，为女性主义者的理论探索提供了文学手段。弗朗西斯·巴特库斯基（Frances Bartkowski）在其《女性主义乌托邦》一书中写道："女性主义乌托邦小说促使人们审视当前现状，并超越二元对立思想的约束。"② 女性主义乌托邦小说对男权文化中的二元对立思想的批判和超越主要体现在两个纬度上：1. 在人与人关系的层面上，消除等级与特权，代之以平等、尊重和互爱；2. 在人与自然、人与世界关系的层面上，消解人类中心主义以及征服／被征服、占有／被占有的二元对立，把对人的关怀与对生态的关怀融为一体。

　　本节要讨论的三部女性主义乌托邦小说是体现人文关怀和生态关怀的范例。为便于下面的分析，首先对三部小说的内容做一简要回顾。夏洛特·帕金斯·吉尔曼的《女儿国》最初于 1915 年间连载于吉尔曼的杂志《先驱》，后于 1979 年正式出版。女儿国是一个全部由女性组成的、以孩子为中心的乌托邦社会。三名美国男子偶然发现了女儿国的存在，于是带着枪

---

① Mareen Bar and Nicholas Smith, eds., *Women and Utopia: Critical Interpretations*, Lanham, Md.: University Press of America, 1983, p.1.

② Frances Bartkowski. *Feminist Utopias*, Lincoln: University of Nebraska Press, 1989, p.3.

支弹药和男权社会既有的思维定式闯入了这个陌生的国度。他们原以为轻易便能将女儿国征服，然后再享尽风流韵事。没想到一去就被束手就擒，几次想逃都失败，反成受教育和改造的对象。在女儿国，三名男子惊异地发现这里的女子全然没有男权社会所期望的女性气质，如柔弱、顺从、害羞等，而是个个身手矫健，沉着冷静和才情横溢。而且女儿国的文明高度完善，有着一套独特的女性文化，这使三名外来男子深刻认识到美国社会的种种缺陷。

如果说吉尔曼的《女儿国》地处某一异乡绝域，那么玛吉·皮尔西的《在时间边缘上的女人》则发生在某一未来时空。小说标题中能穿越时空的女人名叫科妮，是个生活在纽约的奇卡诺人（墨西哥裔美国人）。在 1976 年的现实世界中，科妮深受男权制度和种族主义的压迫，先是被一系列的男人抛弃，然后被送入疯人院。正当她痛苦绝望之际，一位来自未来世界的女人将她带到了时间已是公元 2137 年的一个叫作迈特坡伊塞特的地方。这个未来世界的平等互助、亲如一家的群体精神与美国现实社会的个人主义、性别主义、种族主义和物质主义形成了鲜明反差。

与皮尔西同时代的娥秀拉·勒瑰恩是美国最负盛名的科幻女作家，至今已获五次雨果奖，四个星云奖。《黑暗的左手》是她的代表作之一。小说围绕一个被冰雪覆盖的、被称为"寒冬"的行星展开，故事发生在公元 4870 年。爱库曼是个宇宙联邦，地球是其成员之一。为扩大联邦范围，特派来自地球的根利·艾作为爱库曼邦联的公使，前往寒冬星（格辛星）去说服星球上的两大国家卡海和欧格瑞恩加入星联。小说中最具有颠覆意识的是有关消除性别差异的构想。

以上的简要描述让我们看出女性主义乌托邦小说的基本轮廓，其对人类命运的具体思索可从以下三个方面进一步探讨。

二、生育与性别的分离：母职 / 母性的重新定义

"母性"是评价女性美德的重要标准，它的内涵包括女性在哺育后代过程中所体现的奉献精神，还包括对一切弱小或值得关爱的事物所表现的爱心。在男权社会中，母性被认为是女性的自然属性。根据男权社会的逻辑，既然只有女性具备生育和哺乳等生理功能，那么女性就应该承担养育孩子的任务，由此生理性别差异导致社会性别差异。社会性别差异不仅体现在家务分工上，还表现在社会分工中。社会劳动的分工又导致一系列的价值差异。例如，男性所从事的工作往往被认为是重要的，在文化和经济上得到丰厚的回报；相反，和女性相关的工作却常常被认为是次要的，附属的，得不到应有的认可和报酬。

对此，女性主义者提出了质疑和挑战。法国学者西蒙·波伏娃（Simone de Beauvoir）在《第二性》（*The Second Sex*）中，以存在主义理论为武器，对"生物决定论"进行了批判，否定了"女性本质论"。她指出，母性并不是女性的生物属性，

而是一种文化构成。① 美国学者凯特·米勒（Kate Millet）在《性政治》（*Sexual Politics*）中也明确表示，男女性别角色定位是男权制为维护"性政治"而通过家庭、社会、宗教、神话等途径向女性强加灌输的，让女性视母性为其天职，自愿为男性牺牲自我。② 如果母性和妻性成了女人的全部属性，那么，女人便失去了作为"人"的其他要素。

女性主义学者在颠覆了男权社会的性别角色定位后，又进一步提出了改革的方案。激进女性主义学者法尔斯通（S. Firestone）主张借由先进科技来一场彻底的生物革命，将男女生理差异所导致的社会分别全然取消，以进入一双性同体的乌托邦里。女人可以利用科技而反挫男人。如，人工授精、试管授精、胚胎移植、代孕母等科技能使母亲身份失去生理基础，是女人迈向解放的佳径。③ 而且，既然要颠覆男权社会中的男女性别意识，那么男女恋情就不再是唯一合法的恋情。于是，生育与婚姻、异性恋彻底脱离。母职不再是女人的天职，男人亦可承担生儿育女之责。

在《女儿国》，母职是一门神圣的艺术，是个人和社会经过深思熟虑的决定，不是每个有子宫的女人都成为生理上的母

---

① Simone de Beauvoir. *The Second Sex*. <http：//www.marxist.org/reference/subject>.

② Kate Millett. *Sexual Politics*，London：Virago，1977，pp.23-57.

③ Shulamith Firestone，*The Dialectic of Sex：The Case for Feminist Revolution*，New York：Bantam，1971，pp.11-12.

亲。女儿国的女人若不适任母亲的职责，则被劝服不要生育。因为孩子是属于国家社会的，孩子关系着国家日后文明的进步和发展，爱护教育孩子是社会大众的共同责任，因此只有最具天赋的女人才能直接承担抚养和教育孩子的任务。不能或不想生育的女人，也可以通过照顾她人的孩子，来满足自己想表达母爱的需求；而每个孩子都在期待和祝福中出生，并接受女儿国社会提供的最妥善的教育和照顾。总之，教养之责实非单靠母亲个人之力即能胜任，为了国家的未来，女儿国所有人都愿意付出自己的力量，这不正是"不独亲其亲，不独子其子"的大同理想吗？

《女儿国》是女性主义第一浪潮（1848年到20世纪20年代）的产物。受时代的影响，书中的女人们似乎缺乏性欲，她们以单性生殖繁衍后代。对于外来男性，她们不取悦，不畏惧。当外来男性欲"强暴"她们时，竟被她们驱逐出境，永不得复返。与《女儿国》不同的是，皮尔西的乌托邦是在女性主义第二浪潮（20世纪60—80年代）中创作的，因此，它并不排斥性行为，而是将性经验视为人类经验中的一个重要部分。与男权社会不同的是，在这里，性行为是表达亲密的一种方式而非生育之途径。而且，性关系完全自由，不受婚姻制度和异性恋准则的约束。每个人都可以先后或同时拥有异性或同性的"同枕伴侣"。皮尔西的乌托邦既保持了双性社会所特有的爱情对劳动的推动力，又消除了以性别为基础的劳动分工。

皮尔西的乌托邦性别构想是对当时美国社会思想体系的

颠覆。在 1976 年的现实世界，生儿育女和操持家务被认为是女人天经地义的职责。女主人公科妮就是因为未尽母职才被送进了疯人院而惨遭折磨。但是，在 2137 年的未来世界中，母性将不再是女人独有的价值和经历。婴儿可以在子宫外受孕和培育，男人在注入某种荷尔蒙之后也可以哺乳婴儿。母职同参军、从政或经商等一样属于一种职业。迈特坡伊塞特是女性的乌托邦。由于人工生殖代替了自然生殖，女性得以彻底地解放。正如小说所述："这是一场长期的革命。当我们打破了所有旧秩序时，我们最终要放弃的是生殖权。只要女性还在受生理的束缚，就永远不会与男人平等。让男人也尝试着做母亲，他们才会变得更为人性，体贴和温柔。"① 这样，当社会全体人员都参与生育后代的活动时，人类关系中的等级概念如强弱、高低、统治与服从等都将被彻底解构。

如果说《在时间边缘的女人》勾画了一个两性和谐共存的社会，那么，《黑暗的左手》则是一部在雌雄双性同体的世界里寻找平等的乌托邦之作。在该书中，勒瑰恩活灵活现地塑造出一个完全不同于现实社会性别经验的架空世界。这些寒冬星居民，既非男亦非女，或者即是男也是女，他们随着固定的生理周期变性，无性期、有性期，周而复始地循环，人们可以视时机决定适合的性别，终其一生，可以是男，也可以是女，

---

① Marge Piercy, *Woman on the Edge of Time*, New York: Fawcett Crest, 1976, p.115.

可能是父亲，也可能是母亲。每个月有固定的发情生殖周期，会随机呈现男性或是女性的性征，进行性与生殖方面的活动。这是作者对创造理想两性境地最大胆的想象，也是她受道教阴阳互动论影响的具体体现。① 通过对格辛星上的性别经验描写，作者意在指出：男女没有本质差别，两者对于人类的生存都具有同等重要的意义。

从以上分析可以看出，女性主义乌托邦小说的人文关怀表现在从人的角度来考虑女性的价值和生存状态，将两性关系作为评判人类文明程度的重要参数。两性关系是人类的基本关系，两性关系的和谐代表着人类文明的完满。女性主义乌托邦小说的人文关怀还表现在：它走出了激进女权主义者的狭隘空间，清楚地向人们表明：女性受难的同时男人也在受难，女性解放的同时也是男性的解放。因此，它探寻的不仅仅是女性的解放，更是全人类的健康发展。

三、对等级和特权的否定

女性主义乌托邦小说的人文关怀还体现在对男权文化中统治逻辑的否定，对个体的尊重和对自我的肯定上。即，消除等级和特权，建立平等公正、相互依赖的关系模式。

在吉尔曼的《女儿国》，女人们将权力视为一种集体的公

---

① 谷红丽：《深受道教思想影响的美国后现代主义女作家厄秀拉·勒·魁恩》，载《外国文学》2002 年第 5 期。

共的经验，避免使一些人的权力凌驾于另一些人之上，个人利益永远跟集体利益相联。她们致力于民主建设，公民自己直接参与集体决议的过程。决议结果力求满足社会所有成员的不同需求，旨在提高个人和全民素质。

女儿国的取名制表现出对个体的尊重。在美国现实社会，妻冠夫姓，子随父姓是天经地义的准则。然而，它折射出这样一个事实，即，男女之间、父子之间的关系是主体与客体的关系：女人是父亲与丈夫之间的物质交换，孩子是父母的私有财产。命名者对被命名者享有控制和统治权，命名是统治和被统治二元对立等级秩序得以保持的途径。女儿国的取名制打破了这种主客体关系，一个人的名字既是自我个性的体现又是融入集体的象征。女儿国的一位教师这样描述到她们的取名过程："我们的名字从不固定，而是随着个体的成长和进步而作出相应的调整。就拿我们的国母来说，她最初的名字是'思想家'，后来，随着她的才干和智慧的不断增长，我们改称她为'睿智的思想家'，现在，我们则称她为'伟大而睿智的思想家'。"①

尽管《女儿国》创作于 20 世纪初期，它的取名方式却蕴涵着后现代主义的思想。后现代主义认为，能指和所指的对应关系是不确定的，语言的含义是不确定的，开放的。在后现代主义思潮的影响下，皮尔西创造的乌托邦与《女儿国》相比在

---

① Charlotte Perkins Gilman，*Herland*，Ed. Ann J. Lane New York：Pantheon Books，1979，p.75.

取名方式上有着异曲同工之处。在迈特坡伊塞特这个未来世界里，每个人的名字不是固定的和被强加的，而是在塑造自我完善自我的过程中可以随时改变的。这种做法不仅保障了个体间的平等，也为人的发展提供了无限的空间。

取名方式的革新是消除统治，尊重个体的一种有效尝试。此外，在《在时间边缘的女人》中，皮尔西还提出了通过控制基因，干扰生物遗传，来实现消除种族主义的设想。作者通过来自未来世界的露西恩特（Luciente）阐释道："早在四十年前，我们就决定要培育高比例的深色人种，以达到整个人口的基因混合，打破生理与文化的传统联系，不给种族主义留下任何存在的机会。但同时，我们仍会保持文化的多样性，因为我们深知：只有差异才会使世界变得丰富多彩。"①

在《黑暗的左手》中，摆脱了性别差异的格辛星也摆脱了人类二元对立思想的束缚。勒瑰恩称这部作品为一次"思想试验"。②取消了性别差异，任何以男性为中心或女性为中心的权力话语和统治体系便不可能存在。格辛星是理想的女性乌托邦，在这里，权力被重新分配，生理上的性别差异不再是决定一个人是适合治家还是适合治国的主要因素。小说借以这样

---

① Marge Piercy, *Woman on the Edge of Time*, New York: Fawcett Crest, 1976, p.96.

② Ursula Le Guin, "Is Gender Necessary? Redux." 1987. in *Dancing at the Edge of the World: Thoughts on Words, Women, Places*, New York: Grove, 1989, p.7.

的虚构社会，促使我们对现实社会进行反思。

四、重建人与自然，生态与科技的平衡

生态女性主义学者凯伦·华伦（Karen J.Warren）指出：人类对自然的征服和掠夺，与对女人的压迫之间存在着密切的联系。① 从终极意义上讲，对女性和自然的双重统治有着共同的文化根源，即：二元对立思维和价值等级制。按照这种逻辑，世界上的事物可分为两类对子：如理性—感性，文化—自然，人类—自然、男人—女人等。人与自然，男人与女人之间不仅是对立关系，而且是上下等级关系。人类对自然的统治和男人对女人的统治就是建立在这种观念框架上的。因此，推翻父权制与拯救生态在观念层面上是交织在一起和彼此强化的。

生态女性主义学者麦茜特认为，对女性和自然的双重掠夺始于16、17世纪的科学革命时期。随着科学革命的推进，地球作为养育者母亲的隐喻逐渐消失，而人类驾驭自然成了文明战胜无序的象征。② 人类对自然界的不断占有和现代科技的高速发展，正使人类逐步丧失其赖以生存的家园，最终会导致人类的自我毁灭。要从根本上解决问题，就必须反思、批判和

---

① Karren Warren., *Ecofeminist Philosophy：A Western Perspectives on What it is and why it matters*. Rowman and Littlefield Publishers，INC. 2000，p.1.

② ［美］麦茜特：《自然之死》，吴国盛等译，吉林人民出版社1999年版，第3—4页。

超越男权思维，重建人与自然、科技与生态的关系。

女性主义乌托邦小说表现出对这一主题的深切关注，它们将妇女解放与生态问题联系起来，将关怀、互爱和互惠作为核心价值，通过各种想象探索着如何建立人与自然、科技与生态的和谐关系。

在《女儿国》里，妇女视自身为自然的朋友，人与自然不是二元对立，而是相互依存。她们认为人类是自然的一个部分，而自然界中的一切生命形式都应平等、合作互爱。人们尊敬自然中的万物，但并不任其发展，而是以科技为手段让自然成为更洁净更有效的居住场所。比如，她们经过 900 年的实验而成功地培育出一种树木，它既美观又能结出富有营养价值的果实。霍华德·塞戈尔（Howard Segal）曾指出："自然与文明的关系不是彼此对立，而应相互交融，文明化的自然是现代化的花园。"① 《女儿国》正是这样的一座现代化花园。在这里，"建筑与风景融为一体，整个国家看似一座精美的花园"②。难怪外来者杰夫惊呼道："即使在德国，我也从未见过被如此悉心呵护的森林。"③ 但是，女儿国的居民们对自然的人为干预有

---

① Howard Segal, *Future Imperfect: The Mixed Blessing of Technology in America*, Amherst: University of Massachusetts Press, 1994, p.20.

② Charlotte Perkins Gilman, *Herland*, Ed. Ann J. Lane New York: Pantheon Books, 1979, p.20.

③ Charlotte Perkins Gilman, *Herland*, Ed. Ann J. Lane New York: Pantheon Books, 1979, p.15.

着自己的限度和前提，即，科技在自然中的应用不能危及生态系统的和谐，而是更有利于保护生态系统的正常运行。

在皮尔西的未来世界中，人们离开喧哗的城市而走向素朴的田园，选择步行而放弃交通。社会消费不求奢华，服装、食品和建筑等一切从简。人们注重环保和资源再生，以风车、太阳能和水车作为主要能源，回收废品，减少污染。居民们对地球有着强烈的责任感，因为他们深知：人类的生存依赖于地球的生存。同时这里的人们对工业发展有着冷静的思考，他们清楚科技进步的代价和增长的极限。例如露西恩特在谈到工厂时说："工厂并非仅仅在生产产品，它也在消耗原材料和造成污染。因此，我们应按需生产，杜绝浪费。"① 尽管居民们崇尚自然，但并不排斥高科技，而是以人为本，合理利用科学技术。例如他们的植物转基因，器官再生等技术活动都是为了人类的健康与幸福而进行的。

《黑暗的左手》中的格辛星人也是本着同样的原则来发展科技的。他们的高科技主要用于抵御寒冷恶劣的自然环境，如改善供热系统和研制保暖服装等。而且他们的科技发展进程缓慢。在地球上仅用三年就能开发出的科技成果在寒冬星却需要30年的努力。正如作者所述："格辛星人从不掠夺地球。他们积极地利用科技，却不愿被科技所左右。他们的日历很特别，

---

① Marge Piercy，*Woman on the Edge of Time*，New York：Fawcett Crest，1976.

每一年都是第一年。由此，他们将男性的线性历史观与女性的循环历史观有机地结合起来。"①

上述作品中所表现出来的生态女性主义不乏对男权科技观的抨击，它往往被误认为是反科技的立场。但仔细阅读这些作品却不难发现，女性主义并不否定科技本身。正如雅斯贝尔斯在《历史的起源和目标》中指出，"技术仅仅是一种手段，一切取决于它为什么目的而服务于人。"② 女性主义学者从未主张要遏止科技的发展，他们强调的是以道德和伦理为准则指导技术的发展，始终保持生存与发展、科技与人文、人与自然的平衡。在科技与人文日益失衡的今天，女性主义乌托邦小说中所表达的这种思想具有不同寻常的意义。

本节结语

女性主义乌托邦小说作家借助想象在小说中营造出女性和人类的精神家园，一个有着完全不同的、自成一体的逻辑和规则的世界。勒瑰恩曾指出："只有当男人与女人在社会角色、经济、政治、责任、自由和自尊等方面完全地、真正地实现了平等，才能彻底解决人类社会的痼疾：即，剥削问题——对女

① Ursula Le Guin, "Is Gender Necessary? Redux." 1987. in *Dancing at the Edge of the World, Thoughts on Words, Women, Places*, New York: Grove, 1989, p.12.

② Karl Jaspers, *The Origin and Goal of History*, Greenwood Publishing Group, 1977, p.27.

人的剥削，对弱者的剥削和对地球的剥削。"① 此话表达了女性主义乌托邦小说家的共同心声：女性主义的终极目标是创造一个美好和谐的世界，让人类能够诗意地栖居在地球上。

女性主义乌托邦小说中的思想虽不十分成熟，但它对人类关怀和生态关怀的强调为当代社会提供了有益的借鉴，作品中所倡导的环保、平等、民主是建构和谐社会的保障。同时，在后现代文化语境下，针对当代文学中人文精神的日益淡化，人文责任的逐渐丧失，重倡文学的乌托邦精神，有着特别深刻的意义。女性主义乌托邦小说中的生态关怀是人文关怀的升华，超越了以人为绝对中心的人文视野，表现了对世界多层面的关怀。女性主义乌托邦小说家既是社会的良知，也是人类理想家园的守望者。

第三节　从"他乡"到"她乡"：吉尔曼女性主义写作策略的转变

在传统的美国文学史中，夏洛特·帕金斯·吉尔曼（1860—1935）的名字也许略显陌生，但自从她的短篇小说《黄色糊墙纸》（1890）于1973年再版以来，吉尔曼立刻得到了读者的热情关注和评论家的极力推崇，有关吉尔曼的研究不

---

① Ursula Le Guin, "Is Gender Necessary? Redux." 1987. in *Dancing at the Edge of the World: Thoughts on Words, Women, Places*, New York: Grove, 1989, p.16.

断升温。2003 年，美国现代语言协会（MLA）推出了吉尔曼作品教学参考书，标志着吉尔曼作为经典作家地位的正式确立。至此，她已被公认为美国女性主义文学的鼻祖。①

夏洛特·帕金斯·吉尔曼一生致力于创作反映女性主义思想的小说和理论著作。除早期作品《黄色糊墙纸》外，其理论著作《妇女与经济》（1898）被译为多种文字出版，被誉为女性主义的"经书"，是当前跨学科研究的重要题材。其后期创作的女性主义乌托邦小说三部曲《移山》（1911）、《女儿国》（1915）和《我们的家园》（1916）则是吉尔曼女性主义理念的具体投射，其对性别二元对立的解构和人类理想社会的勾画给当代女性主义思想以重要启示。

从《黄色糊墙纸》到《女儿国》，吉尔曼的创作呈现出清晰的发展轨迹：即，从解构"他乡"（男权社会）转变为建构"她乡"（女性乌托邦）。如果说早期的《黄色糊墙纸》是以揭露男权社会对女性的压抑为目的的现实主义作品，后期的《女儿国》则代表着吉尔曼从现实主义走向了乌托邦主义。这一转变反映出吉尔曼女性主义思想和写作策略的转变，即：从对男权社会的批判和解构转变为对女性主义理想社会的规划和建构。这充分显示出吉尔曼女性主义思想的前瞻性，因为她预见性地实践了后现代女性主义理论家海伦·西苏（Helen

---

① Ferlazzo，Paul J.，"Approaches to Teaching Gilman's 'The Yellow-Paper' and Herland"，*ANQ*.17（winter 2004），55.

cixous）所倡导的女性主义之写作目标：即，击破、摧毁、预见与规划。①

本节首先对国内外有关吉尔曼研究做一简要回顾，然后对其早期的《黄色糊墙纸》和后期的《女儿国》进行对照分析，以期展现上述吉尔曼女性主义思想的转变轨迹，更加全面地把握吉尔曼的完整思想体系，从而丰富当前有关吉尔曼的研究。

一、吉尔曼研究回顾

尽管吉尔曼在她生活的年代曾是个叱咤风云的社会人物，但 20 世纪 80 年代以前欧美学界对其作品的研究却显得较为沉寂，她甚至一度被人们遗忘。可以说吉尔曼在文学史上的沉浮与美国女性主义的发展息息相关。使其蜚声文坛的《黄色糊墙纸》在出版界所遭遇的戏剧性的命运，就是最有力的证明。

《黄色糊墙纸》最初曾遭到多家出版商的拒绝，理由是小说读起来过于沉重。尽管该小说最终获得出版，但没有引起任何关注。造成这种情况的原因主要是作品中反映的女性主义思想超前，与当时社会中普遍存在的男权意识格格不入。美国评论家安内特·科洛荻（Annette Kolodny）对此作出了如下分析：若论艺术成就，吉尔曼的《黄色糊墙纸》可与同时代爱

---

① Cixous，Helen. "The Laugh of Medusa"，trans. Keith Cohen and Paula Cohen，*Signs*，1（1976），875.

伦·坡的小说相媲美。但《黄色糊墙纸》之所以受到冷落是因为当时还未形成一个能读懂和接受该作品的阅读群体。一方面，男性读者不能体会小说所描绘的独特的女性经验，更领会不到小说女主人公疯狂的象征意义；另一方面，当时女性读者的女性主义意识还未觉醒，不能认识到小说反映的正是她们自己的真实处境。①

这种情况随着 20 世纪 60 年代女性主义第二浪潮的到来才得以逆转。在这次浪潮的席卷下，一批被忽视的女性文学作品相继浮出历史的地表，其中就包括吉尔曼的《黄色糊墙纸》(1973 年再版) 和《女儿国》(1979 年再版)。从此，欧美学界对吉尔曼的生平和作品爆发了浓厚的兴趣，大量的书籍、学刊论文和博士论文聚焦于吉尔曼，使她迅速跻身于经典作家研究之列。目前《黄色糊墙纸》已经被挖掘出 12 个版本，众学者们为究竟哪一个是权威版本而争论不休。同时作为女性主义文学的代表作，该小说被频频收入到各种大学文学教材和文选。若论及对现当代女性主义文学的影响，恐怕很少能与之相提并论。具有代表性的标志是 1995 年和 1997 年分别在英国和美国召开的两届吉尔曼学术大会。之后，美国的多家出版社又陆续出版了吉尔曼的文集、传记和书信集，将吉尔曼研究拓展到了新的领域。

---

①   Kolodny，Annette. "A Map for Rereading：Or Gendered Interpretation of Literary Texts"，*New Literary History*，11 (1980)，456-57.

欧美学界对吉尔曼的研究基本可分为三个阶段，每个阶段的特点大致与法国女性主义理论家朱莉亚·克里斯蒂娃（Julia Kristeva）所提出的女性主义理论发展所经历三个阶段相吻合。第一阶段的女性主义理论主张女性进入历史，要求男女平权。① 但人们逐渐认识到：强调男女平权，只是女性向男性看齐，平权运动只是重复或强化以男性为中心的既定权力结构。因此女性主义理论进入了第二阶段，即：强调性别差异，颂扬女性文化，彰显女性价值观。② 随着女性主义理论的不断深化，第三阶段的女性主义理论将前两个阶段的观点加以整合，打破二元对立的思维模式，呈现百家争鸣的多元化局面。③ 这个发展框架基本也可用来描述吉尔曼研究的三个阶段。第一阶段是 20 世纪 70 年代到 80 年代，此时女性主义文学批评多聚焦于在男权压迫下觉醒和抗争的女性形象。吉尔曼的《黄色糊墙纸》等早期作品正属于这一系列。评论家多着眼于吉尔曼的早期现实主义作品《黄色糊墙纸》和她的经济论著《妇女与经济》。第二个阶段的吉尔曼研究开始转向。20 世纪 80 年代后，欧美评论家将视线纷纷投向吉尔曼的乌托邦小说《女儿国》，普遍认为该作品表现出的乌托邦冲动代表了吉尔曼女性主义思想的内核，并充分肯定了这部作品对女性主义的独特贡献。吉尔曼研究的第三个阶段是在 20 世纪 90 年

① Kristeva, Julia. "Women's Time." *Signs* 7.1 (1981)：13-35.
② Kristeva, Julia. "Women's Time." *Signs* 7.1 (1981)：13-35.
③ Kristeva, Julia. "Women's Time." *Signs* 7.1 (1981)：13-35.

代以后，评论家从更广泛的角度对《女儿国》的女性主义内涵展开讨论，其中多有赞赏，同时也不乏质疑。例如：一方面，以发表《阁楼里的疯女人》（*Madwoman in the Attic*）而享誉文论界的苏珊·古巴（Susan Gilbert）认为，"《女儿国》完成了女性主义解构二元对立的伟大工程。"[①] 而另一方面，苏珊·兰瑟（Susan Lanser）与爱丽丝·伊芙·韦鲍姆（Alys Eve Weinbaum）等知名教授从后殖民主义批评的视角对《女儿国》所暗示的种族主义、民族主义和帝国主义提出质疑。[②]

国外的吉尔曼研究在不断拓展和深入。国内近20年来对吉尔曼的研究也在不断推进。较有代表性的如王丽莉于1995年发表的《论美国女作家吉尔曼的〈黄色的壁纸〉》，文章指出，《黄色糊墙纸》是体现吉尔曼女性主义思想的代表作，是吉尔曼女权主义的一面旗帜。虽然自我意识已经觉醒，但却苦于找不到妇女解放的出路。[③] 陈榕的论文《女性主义乌托邦之旅：吉尔曼的〈她乡〉与李汝珍的〈镜花缘〉中女儿国之比

---

① Gubar，Susan. "She in Herland：Feminism as Fantasy"，in *Coordinates：Placing Science Fiction and Fantasy*. Ed. George E. Slusser，Carbondale：Southern Illinoise Press，1983，141.

② Weinbaum，Alys Eve. "Writing feminist genealogy：Charlotte Perkins Gilman，racial nationalism，and the reproduction of maternalist feminism" in *Feminist Studies*，College Park：Summer 2001.Vol.27，Iss.2；271-303.

③ 王丽莉：《论美国女作家吉尔曼的〈黄色的壁纸〉》，《外国文学研究》1995年第1期。

较》对中美作家笔下的"女儿国"进行了比较。

本节以早期作品《黄色糊墙纸》为参照，重点分析吉尔曼后期乌托邦小说代表作《女儿国》，从而展现吉尔曼女性主义思想的全貌，为丰富吉尔曼研究作一次抛砖引玉的尝试。

二、他乡：现实中的女儿命

吉尔曼曾指出："历史本应是人类生活的记载，但在男权文化主宰的社会里，历史成了一部战争和征服史。"① 吉尔曼强调，历史（history）的字面意思就是男人的故事（his story），对于女性而言，这完全是他乡的历史。女人在他乡的命运便是受男权话语和文化的压抑，虽不断抗争，却不断失败的过程。

吉尔曼所生活的维多利亚时代的美国，是一个完全意义上的男权制社会：即，"他乡"。男权制反映在当时的美国社会中，表现为：1. 男性占据所有权威性的领域；2. 核心文化观念中凡是美好的，值得向往和追求的，总是和男性或男性气质相联系；3. 否定女性的主体性身份，将女性客体化，限制和阻碍女性创造力的发挥；4. 在政治、经济、文化、思想、认知、观念、伦理等各个领域，使女性处于从属次要地位。即使在家庭等私人领域，男性对女性的道德要求是绝对服从和自我牺牲。总之，在当时的"他乡"，男权话语和文化对女性的压抑达到

---

① Gilman Charlotte Perkins, *The Man-Made World*, *or Our Androcentric Culture*, New York: Carloton, 1911, p.216.

了极点。

《黄色糊墙纸》以吉尔曼自身痛苦的经历为原型。1890 年前后吉尔曼创作这篇小说的时候，她刚刚经历了婚姻的破裂和精神的几近崩溃。由于产后不久患上了神经衰弱症，丈夫请了一位心理专家用所谓"强迫休息"的疗法来给她治疗。医生严格禁止她写作和外出，逼得她几乎发疯。依据自己亲身的经历和对周围世界的认识与观察，吉尔曼意识到：在"他乡"这个男权制的社会中，女性只是作为"他者"而存在。于是，吉尔曼把这种不平等的两性关系反映到文学作品中，以期来揭露和解构"他乡"（男权社会），从而让人们清楚看到女性的境况。

《黄色糊墙纸》以第一人称"我"的独白形式写成。故事的主人公是位富于幻想，渴望独立自由的知识女性。但她却被"满怀爱心"的丈夫以"心理疗治"为由"囚禁"在一所偏僻的住宅里，过着与世隔绝的生活。由于缺少思想交流，再加上写作欲望被压抑，主人公渐渐迷恋于室内的黄色糊墙纸，并从中看到了成千上万女性血淋淋的头颅。她决定解救这些被禁锢的女性，于是她疯狂地撕下了糊墙纸，并口中念念有词："我终于出来了。"[1] 小说在此结束时，读者已分辨不出女主人公是

---

[1] Gilman Charlotte Perkins, "The Yellow Wallpaper" in "The Yellow Wallpaper" and the History of Its Publication and Reception, ed. Julie Bates Dock, Pennsylvania: The Pennsylvania State University Press, 1997, p.41.

在糊墙纸内还是在糊墙纸外。这种疯狂状态与其说是女主人公取得了精神上的自由，倒不如说是她反抗的失败，因为以疯狂作为抗争的胜利不免显得过于悲壮。

吉尔曼以这篇"触目惊心"的小说揭露男权文化对女性的极度压抑。但是由于吉尔曼在早期阶段各方面的认识有限，她只能控诉男权统治对女性的摧残，却苦于无法找到解决问题的出路。这一时期的吉尔曼就像《黄色糊墙纸》小说中的女主人公一样，经常"爬进远处的床底下——避开那深深的忧伤和痛苦的压力。"①

所幸，吉尔曼在这一阶段停留地并不很久。20世纪初期，巨大的社会变革，知识分子的骚动，工业化和移民潮，埃德加·贝勒米的乌托邦理想，马克思主义和达尔文的进化论等等影响了吉尔曼，促使她的思想发生了转变。面对现实生活中觉醒女性的屡屡受挫，吉尔曼清楚地认识到一个作家和思想家所承担的道义和责任，她说："我的任务是寻找社会的痼疾，并找到根治的良方。"② 强烈的责任感促使她开拓一条不同于现实主义的路子，吉尔曼将目光投向了乌托邦文学。在她的乌托邦

① Gilman Charlotte Perkins，"The Yellow Wallpaper" in "The Yellow Wallpaper" and the History of Its Publication and Reception，ed. Julie Bates Dock，Pennsylvania：The Pennsylvania State University Press，1997，p.32.

② Gilman Charlotte Perkins，The Living of Charlotte Perkins Gilman：An Autobiography，Madison：University of Wisconsin Press，1935，p.182.

小说中，吉尔曼创造了一个个全新的社会图景作为女性和人类栖息的理想家园，从而在精神层面为女性找到了摆脱"他者"的途径。

三、她乡：理想中的女儿国

如果说《黄色糊墙纸》记载的是女人在"他乡"饱受男权文化折磨和压迫的历史，那么吉尔曼的乌托邦三部曲展现的则是男人在"她乡"学会欣赏女性文化的历史。在吉尔曼创作的后期，她连续发表了三部乌托邦小说《移山》《女儿国》和《我们的家园》。在这些小说中，吉尔曼积极地建构着"她乡"（即女性乌托邦），将现实中的男权话语彻底颠覆，尽显女性话语和文化的辉煌。其中《女儿国》是一部高度凝聚了吉尔曼女性主义理想的力作，此书是女性乌托邦主义文学史上一个划时代的里程碑。

《女儿国》最初于1915年间连载于吉尔曼创办的杂志《先驱》，后于1979年正式出版。女儿国是一个全部由女性组成的、以孩子为中心的乌托邦社会。《女儿国》是女性的世外桃源，儿童的乐园，同时也是个男权缺失的世界，这里洋溢着女性青春、本真和生命之美。三名美国男子偶然发现了女儿国的存在，于是带着枪支弹药和男权社会既有的思维定式闯入了这个陌生的国度。他们原以为轻易便能将女儿国征服，然后再享尽风流韵事，没想到一去就被束手就擒，几次逃跑的尝试都失败后，反成受教育和改造的对象。三名男子惊奇地发现，"她乡"的文化与男权文化迥然不同，女儿国里倡导的不是彼此竞争，而是互助友爱，共建和谐社会的精神。这使他们反观现实男权社会，深刻认识到其种种瑕疵和不足。

在该文本中，吉尔曼对男权文化的解构与新话语和文化的建构是相互交错的。在女儿国，男权话语失去了效力，取而代之的是一种母性的语言。掌握这种语言是为了交流和对话，而不是征服他者。这是个全新的"象征界"，它当然有着别样的规则。

首先，《女儿国》对男权文化中所谓的"女性气质"进行了挑战和重塑。传统上来说，提到女性，人们习惯性地将其与"女性气质"相联系。而所谓的"女性气质"往往与消极被动、感性温良、依赖顺从、优柔寡断相等同。按照男权文化的逻辑，气质差异决定了承担社会角色的不同。因此，女性只适合于家庭这一私人场所，而男人则活跃于政治、商业等公共领域。但在"她乡"的《女儿国》，"女性气质"和"男性气质"的二元对立受到质疑并被消除。在这个国度里，吉尔曼笔下的女性一反传统意义上的女性形象。首先，从体力上，"她乡"的女性并不逊于男性。她们全然没有男权社会所期望的女性形象，"这些女人明显的身手矫健，完全称得上敏捷有力。"[1] 其次，在气质上，她们个个才情横溢，精明能干，独立主动，理

---

[1] Gilman Charlotte Perkins, *Herland*, ed. Ann J. Lane, New York: Pantheon Books, 1979, p.51.

性果断。另外，更重要的是，在几乎完全没有男性存在的"她乡"中，女性彻底摆脱了"他者"的地位，作为独立的主体而存在，她们的才能得以充分地发挥。她们不仅将国家治理得井井有条，而且她们创造的文明高度完善，令来此的三名男子赞叹不已。

同时，《女儿国》对男权话语和文化中的"母性和母职"进行了重新定义。在现实的男权社会中，母性被认为是女性的自然属性。根据男权社会的逻辑，既然只有女性具备生育和哺乳等生理功能，那么女性就应该承担养育孩子的任务。女性所承担的母职由于属于私人领域，往往得不到应有的认可和相应的报酬。对此，女性主义者曾提出了质疑和挑战。法国学者西蒙·波伏娃（Simone de Beauvoir）在《第二性》（*The Second Sex*）中，以存在主义理论为武器，对"生物决定论"进行了批判，否定了"女性本质论"。她指出，母性并不是女性的生物属性，而是一种文化构成。[①] 美国学者凯特·米勒（Kate Millet）在《性政治》（*Sexual Politics*）中也明确表示，男女性别角色定位是男权制为维护"性政治"而通过家庭、社会、宗教、神话等途径向女性强加灌输的，让女性视母性为其天职，自愿为男性牺牲自我。[②] 如果母性和妻性成了女人的全部属性，那么，女人便失去了作为"人"的其他要素。

① Beauvoir Simone de, *The Second Sex*, http：//www.marxist.org/reference/subject.

② Millett Kate, *Sexual Politics*, London：Virago, 1977, pp.23-57.

《女儿国》打破了女性与母性的天然联系。她们以单性生殖繁衍后代，不是每个有子宫的女人都可成为生理上的母亲。女儿国的女人若不适任母亲的职责，则被劝说不要生育。在这里，母职不仅没有被贬低，反倒被奉为一门神圣的艺术，是个人和社会经过深思熟虑的决定，因为孩子是属于国家社会的，孩子关系着国家日后文明的进步和发展，爱护教育孩子是社会大众的共同责任。因此只有最具天赋的女人才能直接承担抚养和教育孩子的任务。不能或不想生育的女人，也可以通过照顾她人的孩子，来满足自己想表达母爱的需求；而每个孩子都在期待和祝福中出生，并接受女儿国社会提供的最妥善的教育和照顾。总之，教养之责实非单靠母亲个人之力即能胜任，为了国家的未来，女儿国所有人都愿意付出自己的力量，这正是"不独亲其亲，不独子其子"大同理想的写照。

女儿国的取名方式也折射出作者为打破主客体及两性二元对立所做的尝试。在美国现实社会，妻冠夫姓，子随父姓是天经地义的准则。然而，它折射出这样一个事实，即，男女之间、父子之间的关系是主体与客体的关系：女人是父亲与丈夫之间的物质交换，孩子是父母的私有财产。命名者对被命名者享有控制和统治权，命名是统治和被统治二元对立等级秩序得以保持的途径。女儿国的取名制打破了这种主客体关系，一个人的名字既是自我个性的体现又是融入集体的象征。女儿国的一位教师这样描述她们的取名过程："我们的名字从不固定，而是随着个体的成长和进步而作出相应的调整。就拿我们的国母来说，她最初的名字是'思想家'，后来，随着她的才干和智慧的不断增长，我们改称她为'睿智的思想家'，现在，我们则称她为'伟大而睿智的思想家'。"①尽管《女儿国》创作于 20 世纪初期，它的取名方式却蕴涵着后现代主义的思想。后现代主义认为，能指和所指的对应关系是不确定的，语言的含义是不确定的，开放的。在"她乡"中，诸如此类完全不同于现实男权社会的事情比比皆是，传统的男权制观念被统统抛弃。

　　理想与现实的强烈对比不禁令读者去寻找问题的所在。作者通过一位闯入"她乡"中的男性而一语道破，"我们所坚信的'女性气质'其实根本不是天生的，而是为了取悦男性逐渐形成的。"②这句话与西蒙·波芙娃（Simone de Bevouir）在《第二性》中的精辟论述"女人不是天生的，而是后天逐步形成的"正好契合。所谓的女性气质，是文化衍生而非与生俱来。男权制度通过意识形态、经济、心理、教育等各个领域灌输并巩固着男尊女卑的性别秩序，直到女人将其内化，认为这种性别秩序不仅是普遍存在的，而且是不会改变的。吉尔曼在她所构建的女性乌托邦——"她乡"中，对此进行了质疑和挑战。在从来没有受到男权制思想污染的"她乡"中，女性无须

---

① Gilman Charlotte Perkins, *Herland*, ed. Ann J. Lane, New York：Pantheon Books，1979，p.75.

② Gilman Charlotte Perkins, *Herland*, p.109.

取悦男人，她们自由地、从容地发挥着自己的能力和才干，结果证明：只要女性摆脱了这种后天构建起来的性别秩序，就能与男性一争高下。

在吉尔曼所构建的"她乡"中，由于男权话语和文化的缺席，女性文化尽显辉煌。但在故事的结尾，吉尔曼笔锋一转，让女儿国的三位女子分别与三位外来的美国男人结婚，并满心期待着孕成更高的文明。设想：如果一个单性的社会就能创造如此伟大的成就，那么，两性相互帮助成长的社会将是何等壮丽的美景！女儿国的女性虽然独立自强，又充满智慧，但却并不排斥男性；相反，她们以一种积极的态度来接纳男性。在作品的前面部分，吉尔曼着力颂扬女性摆脱男权统治后的自由；而在接近尾声时，吉尔曼转而展望两性和谐相处，共建美好家园的前景。这标志着吉尔曼初步走出激进女权主义者的狭隘空间，开始展现成熟女性主义思想的萌芽。她探寻的不仅仅是女性的解放，更是全人类的健康发展。这对当代社会具有深刻的指导意义。

四、走向女性主义乌托邦

吉尔曼就是这样一位以笔代矛，为女性主义奋斗终生的骑士。从《黄色糊墙纸》到《女儿国》的文学创作，正是她自觉地从以揭露和解构为主的现实主义走向以规划和建构为目标的乌托邦主义写作的过程。她实践了布莱希特（Bertolt Brecht）的经典名言："文学不仅仅是反映现实的镜子，还应是改变世界的战斧。"

作为树立女性乌托邦典范的枢纽人物，吉尔曼对现代女性乌托邦文学的影响可谓深远。吉尔曼所代表的古典女性乌托邦，与20世纪70年代以科幻小说为主体而蔚为成风的现代女性乌托邦之间的同异问题，是许多批评家深感兴趣的课题。然而，吉尔曼的可贵处，当在其意识到主流乌托邦文学对于女性的严重扭曲而试图有所修正。其"影响的焦虑"来自于主流乌托邦文学高涨的父权意识，而《女儿国》即是吉尔曼试图"杀父"的一个明证。吉尔曼身处19世纪末20世纪初所谓乌托邦的黄金时期，在主流乌托邦的环伺下，胆敢挺身而出，确乎勇气可嘉。她对女性主义乌托邦文学的发展实在功不可没。其后，20世纪许多女性作家纷纷投入到女性乌托邦的建构中，她们借助想象营造着女性和人类的精神家园，以乌托邦小说的形式，来完成女性向男权话语的颠覆。

但是，以《女儿国》为代表的女性主义乌托邦小说却迟迟未得到应有的关注，原因大概在于人们对"乌托邦"所含有的"虚幻"与"不切实际"成分的排斥。其实，这是一种误读。也许，乌托邦小说不乏幻想和虚构，但它是一种自觉的虚构。通过虚构，女性主义者设想了一个与眼前社会形成鲜明对照的美好世界，表达对现实男权社会的强烈不满和批判。同时，它给女性受压抑的心灵以释放，给在现实生活中的女性以慰藉和鼓舞，也为打破二元对立、建立新的概念空间作出了积极的展望。它提供的是一个解决矛盾、超越现实的途径。没有这种超越经验、超越现实的思考和追求，社会就不会有变化和发展。本节以乌托邦理论大师恩斯特·布洛赫（Earnst Bloch）的一段话作为结语，用以证明吉尔曼建构女性主义乌托邦的深远意义："如果一个社会不再以一种理想的乌托邦社会作为参照以照亮前景，就会相当危险地误入歧途……唯有乌托邦的目标明晰可见并成为人类的前景时，人的行动才会由过渡的趋势变为主动争取的自由。"①

第四节　女性乌托邦：《她乡》和《红楼梦》中的"女儿国"

　　来自于远古母系社会的"女儿国"，已经成为一种代表"女性空间"的文学形象，在中外作家的笔下屡被涉及。将美国女作家夏洛特·柏金斯·吉尔曼的《她乡》（1915 *Herland*）与曹雪芹的《红楼梦》中所塑造的"女儿国"作并置阅读，便会发现两个文本间的诸多互动和契合。

　　吉尔曼的"她乡"是一个全部由女性组成的乌托邦社会，是个男权缺失的世界，是女性的世外桃源，到处洋溢着女性青春、本真和生命之美。《红楼梦》里的大观园也是个独具女性色彩的世界，是作者曹雪芹为饱受男权制度迫害的女儿们所创

---

① Bloch Ernst, *The Principle of Hope*, trans. Neville Plaice, Stephen Plaice, and Paul Knight, 3 vols, Cambridge, Mass: MIT Press, 1986.

造的一个女性乐园。在宛如没有男权干扰的氛围中，在如诗如画的景致中，女儿们尽展其生命风采，将创造力发挥到极致。而作为唯一融入其中的男子宝玉，对女性文化亦有着强烈的认同。两位作家虽然性别不同，所处的国家和时代有异，但他们借由"女儿国"形象所表达的女性主义思想却不谋而合。本节就两个女儿国的外在特点和内在肌理进行比较，探讨其产生共通和差异的深层原因。

一、"女儿国"形象历史溯源

文学作品中"女儿国"的形象由来已久。在中国，女儿国最早的记载见于典籍《山海经·海外西经》"女子国在巫咸北，两女子居，水周之"①。关于女儿国类似的记载还散见于《三国志》《后汉书》等。而真正细致描写女儿国的文学作品当属明朝吴承恩所著的《西游记》和清代李汝真的《镜花缘》。《西游记》中有个"西梁女国"，女王美丽温情，聪慧能干，女儿国在她的治理下富饶繁荣，国泰民安，充分表达出作者对女儿国的积极肯定态度。《镜花缘》中的"女儿国"更进一步，该书不仅描写了女皇帝，女丞相，还同时刻画了百名才女，她们个个博学广闻，多才多艺。同时该书让男女互换角色，男人饱受穿耳缠足之苦，由此表达了作者"男所不欲，勿施于女"的朴素的女性主义思想。

---

① 袁珂译注：《山海经全译》，贵州人民出版社 1991 年版，第 305 页。

　　然而，《西游记》和《镜花缘》中的两个女儿国，并没有真正地体现出女性主义精神。西梁虽为女国，但其内质仍是男权思想。西梁女王见了唐僧，便决定放弃朝政，退居幕后。《镜花缘》虽然完成了男女角色反转，但小说的滑稽成分消解了其严肃的效果，且其中的才女都原有宿根，而非凡人女子。因此，就女性主义的现实意义来说，这两个女儿国远没有《红楼梦》中的大观园那么厚重。

　　至于西方文学中的女儿国传说，则早见于希腊神话。在小亚细亚卡马多西亚有一群亚马逊女战士，她们族群高贵纯洁，组成了一个专门与男士对抗的国度。该神话是西方女性主义思想的早期萌芽，对日后美国作家关于女儿国的创作有着深远的影响。如今，在美国文学史上，对于女儿国的建构已经发展成一条脉络清晰可见的文学传统。例如，萨拉·奥恩·朱厄特（Sarah Orne Jewett）的《尖冷杉之邦》（1896），夏洛特·帕金斯·吉尔曼的《移山》（1910）和《她乡》（Herland）（1915），娥秀拉·勒瑰恩（Ursula Le Guin）的《黑暗的左手》（Left Hand of Darkness）（1969）和《无依》（The dispossessed）（1974），玛吉·皮尔西（Marge Piercy）的《在时间边缘上的女人》（Woman on the Edge of Time）（1975），乔娜·拉斯（Joanna Russ）的《女男人》（Female Man）（1975）和安吉拉·卡特（Angela Carter）的《新夏娃的激情》（Passion of New Eve）（1977）等乌托邦小说，都是借助女儿国的形象，来表达女性主义心声的优秀作品。其中，吉尔曼的《她乡》是美

国早期女性主义乌托邦小说的代表作，其对女儿国的描写与
《红楼梦》极具异曲同工之妙，在创作时间上也最为接近。本
节将从四个方面对其进行比较研究。

二、双性同体的新女性

提到男性，人们往往将其与理性、果断、独立、进取等
所谓的"男性气质"相联系；但论及女性，人们却常常将其与
消极被动、感性温良、依赖顺从、优柔寡断等所谓的"女性
气质"相等同，这是典型的两性二元对立思想。西蒙·波芙
娃（Simone de Bevouir）在《第二性》中对此进行了有力的反
击："女人不是天生的，而是后天逐步形成的。"① 所谓的女性气
质，是文化衍生而非与生俱来。凯特·米勒（Kate Millet）在
《性政治》一书中进一步揭示了男权制的操作策略，即，通过
意识形态、经济、心理、教育等各个领域灌输并巩固"男尊女
卑"的性别秩序，直到女人将其内化，认为这种性别秩序不仅
普遍存在，而且不可改变。② 然而，吉尔曼和曹雪芹在他们所
构建的女儿国中，颠覆了传统意义上的女性形象，消除了"女
性气质"和"男性气质"的二元对立，创造了双性同体的新女
性形象。

在《她乡》的女儿国，吉尔曼笔下的女性一反传统意义

---

① Simone de Beauvoir, *The Second Sex*, http：//www.marxist.org/
reference/subject.

② Kate Millett, *Sexual Politics*, London：Virago，1977，p.23.

上的女性形象。首先，从体力上，"她乡"的女性丝毫不逊于男性。她们全然没有男权社会所期望的女性形象。其次，在气质上，她们个个才情横溢，精明能干，独立主动，理性果断。另外，更重要的是，在几乎完全没有男性存在的"她乡"中，女性彻底摆脱了"他者"的地位作为独立的主体而存在。她们充分发挥其聪明才智，不仅将国家治理得井井有条，而且创造的文明高度完善，在教育、宗教、生育、环保等方面都有独到之处，令来自美国的三名男子赞叹不已。

大观园的女性也与中国传统的女性形象迥异。她们颠覆了"女子无才便是德"的中国传统伦理规范，个个才华横溢，志向高远，论德才、论学识皆在男人之上，正如《红楼梦》开卷第一回曹雪芹的感叹："忽念及当年所有女子，一一细较去，觉其行止见识，皆出于我辈之上。和我堂堂须眉，曾不若彼钗裙。"① 大观园里相对宽松的环境，为女性提供了发挥才能和实现抱负的舞台。大观园里处处闪烁着女性智慧的光芒：林黛玉能诗善文，出口成章；薛宝钗胸怀城府，明达事理，精通人情世故，善于明哲保身；探春是有胆有识，敢作敢为的女政治改革家；王熙凤是重视实际经济利益的理财专家。秦可卿虽着墨不多，但看她第十三回托梦，对贾府内在危机和结局的透彻分析及其提出的防范拯救措施，颇具政治家的深谋远虑。

① 曹雪芹：《红楼梦》，人民文学出版社1990年版，第1页。

上述两个女儿国中的女性都是精明能干，光彩照人，令男性汗颜。在"男尊女卑"的男权制社会里，吉尔曼和曹雪芹大胆地对男女才智、能力强弱进行比照，并且敢于"扬女抑男"，旗帜鲜明地表达"巾帼不让须眉，女子亦可以治国安邦平天下"的立场观点，其勇气实为可嘉。更重要的是，两位作者不仅敢于对现实男权社会进行批判，还为打破两性二元对立建立新的性别模式提出了构想。例如，两个女儿国的取名模式就不失为一种这样的尝试。

"她乡"的取名方式折射出作者吉尔曼为打破主客体二元对立所做的努力。

同样，大观园中的女性人物名字也摆脱了中国传统的命名模式。长期以来，中国人名用字趋于性别化，固定化，造成了"男人名"和"女人名"的人为划分。这种依性别命名的模式强化了两性二元对立和既有的性别等级秩序。对此，曹雪芹进行了有力的反拨。大观园中的女性名字尽量避免女性化的艳丽字眼，力求渗透男性色彩。例如第二回，"冷子兴演说荣国府"，冷子兴在介绍完贾家的几位小姐后，贾雨村问道："更妙在甄家的风俗，女儿之名，亦皆从男子之名命字。何得贾府亦乐此俗套？"冷子兴解释道："不然。只因现今大小姐是正月初一所生，故名元春，余者方从了"春"字。上一辈的，却也是从弟兄而来的。"[1] 可见，贾府给女儿起名也是采用男子的命名

---

① 曹雪芹：《红楼梦》，人民文学出版社 1990 年版，第 20 页。

习惯。再比如，王熙凤便用的是《凤求凰》中男主人公的名字，而且王熙凤性格中的武断、粗犷、张扬，无不渗透着明显的男性化倾向。

双性同体是人类追求完美人格的一种模式。心理学大师荣格指出："要想使人格和谐平衡，就必须允许女性气质和男性气质在个人的意识和行为中同时展现。"[1] 英国女性主义先辈弗吉尼亚·沃尔夫（Virginia Woolf）也明确提出双性同体是一种理想人格模式。[2] 同时，双性同体也与中国传统文化的"阴阳互补"相通。吉尔曼与曹雪芹所塑造的双性同体的女性形象，既沿袭了人类文化积淀中最自然本真的人格模式，也正好与当代女性主义者所倡导的消除两性二元对立，走向双性和谐的思想相吻合，充分显示出两位作者女性主义思想的前瞻性。

三、尊崇女性文化的新男性

建立两性和谐共处的"诗意家园"是女性主义的终极目标，它需要男女两性的共同努力才能得以实现。然而，人类自从进入父系社会以来，男性文化一直占垄断地位，女性文化和价值取向长期受到贬抑。以理性、竞争、征服为特征的男性文

---

[1] ［瑞士］荣格：《心理学与文学》，冯川、苏克译，三联书店1987年版，第53—54页。

[2] ［英］弗吉尼亚沃尔夫：《一个人的房间》，三联书店1992年版，第120—121页。

化作为人类文化的唯一价值导向，使世界充满了战争和冲突，严重阻碍了人类社会的健康发展，因此亟须女性文化的校正。在《她乡》和《红楼梦》的女儿国中，男性认识到男权一元文化霸权所带来的灾难，并看到以关怀、合作、互助为核心价值的女性文化拯救人类的希望，对女性文化充满崇敬之情，并大力弘扬女性文化。

女性文化的核心之一是强调人与人、人与自然之间的和谐。这一点在两个女儿国中都有明确的体现。在《她乡》里，妇女视人类为自然的朋友，人与自然不是二元对立，而是相互依存。她们认为人类是自然的一个部分，而自然界中的一切生命形式都应平等、合作和互爱。人们尊敬自然中的万物，但并不任其发展，而是以科技为手段让自然成为更洁净更有效的居住场所。霍华德·塞戈尔（Howard Segal）曾指出，"自然与文明的关系不是彼此对立，而应相互交融，文明化的自然是现代化的花园。"① 她乡正是这样的一座现代化花园。在这里，"建筑与风景融为一体，整个国家看似一座精美的花园"②。难怪外来访客杰夫惊呼道："即使在德国，我也从未见过被如此悉心呵护的森林。"③

---

① Howard Segal，*Future Imperfect*：*The Mixed Blessing of Technology in American*，Amherst：University of Massachusetts Press，1994，p.20.

② Gilman Charlotte Perkins，*Herland*，ed. Ann J. Lane，New York：Pantheon Books，1979，p.20.

③ Gilman Charlotte Perkins，*Herland*，p.15.

在《红楼梦》的大观园中，也到处体现着人与自然的沟通和互渗。[①] 首先，大观园也是个生活艺术化的审美世界。这里的秀水明山，果木葱茏，皆因女儿的存在而增色。自然与女儿相融相合，交相辉映。另外，大观园的女儿们在人性方面亦显出其返本归真的特质。林黛玉的天然洁质，湘云的豪爽直率，晴雯的傲骨英风，都是女儿们人性的自然体现，与园外人们的利欲熏心，本性异化，形成鲜明对比。难怪宝玉会作出"山川日月之精秀，只钟于女儿，须眉男子不过是些渣滓浊沫而已"的论断。作者借宝玉之口意在表明：女子之所以高贵，是因为她们与自然的默契，得到了天地间生命灵气之助；而男子之所以卑劣污浊，是因为他们与自然的隔绝。女性文化确有优越于男性文化一面。

因此，崇拜女性文化是《她乡》和《红楼梦》共同的主题命意。在《她乡》中，母职被抬到宗教的高度，具有神圣的意义。母亲身份不仅是一种本能，而且是一门艺术，只有最具天赋的女人才能直接承担抚养和教育孩子的任务。"母性泛神论"将女性彼此相连，并与自然融为一体。大地被视为母亲，是孕育一切生命的源泉。《红楼梦》中的女性崇拜在开卷第一回就通过女娲补天的神话作出暗示。作者通过重塑女娲造人和补天的故事象征对女性伟大创造力的歌颂，体现了人类最原始

---

① 方克强：《原型题旨：〈红楼梦〉的女神崇拜》，载《文艺争鸣》1990年第 1 期，第 39 页。

的母性崇拜意识。①

　　为了凸显这一主题，在两部作品中，对男权文化的解构和颠覆与对女性文化的肯定和赞扬都通过男性人物而体现。在《她乡》这个靠单性繁殖的女儿国中，作为性差异工具和符号的菲勒斯（the Phallus）毫无用武之地，男权话语也随之失去了效力，取而代之的是一种母性的语言。这是个全新的"象征界"，规则自然不同。掌握这种语言是为了交流和对话，而不是征服他者。女人是语境的掌控者，男人是女性文化的学徒。"她乡"中的三位男性访客泰瑞，杰弗和万迪克，带着美国社会既有的女性观贸然闯入女儿国，本以为能将这里的女子轻易征服，然后享受一番妻妾成群的美妙，没想到一进来就被束手就擒。他们那些视以为当然的种种性别偏见，在"她乡"女性文化的检视下无所遁形。泰瑞是美国男权社会的典型代表，进入"她乡"以前，女性在他的眼睛里完全是无能、散漫、依赖的代名词。然而，亲眼目睹了"她乡"高度发展的文明后，他不仅放弃了以往的女性观，而且对女性文化崇拜有加。杰弗对待女性的态度转变得最快，完全认同和尊崇这里的女性文化。他最终选择留在"她乡"，与这里的女性携手共建女儿国。万迪克对于女性的态度介于泰瑞和杰弗之间，离开"她乡"时他带着新的女性观回到美国，反映了作者吉尔曼借以改变现实社

---

① 王富鹏：《人类未来文化模式的思考》，载《红楼梦学刊》2001年第 3辑，第30—48页。

会的一种祈望。

　　同样，对女性文化的崇拜在《红楼梦》中也是通过男性的角度得以表现。红楼女儿国中女性的魅力与智慧，都通过贾宝玉的眼睛呈现出来。贾宝玉是一个具有叛逆性格的人物，他从男权制世界中分离出来，融入大观园的女儿国，女性的善良、纯洁、重情感轻功利的人生观，令男性文化相形见绌，让贾宝玉对男权制社会产生了强烈的厌恶。他由此得出了一个结论："女儿是水做的骨肉，男子是泥做的骨肉，我见了女儿便觉得清爽，见了男子便觉浊臭逼人。"① 这是宝玉对以功名利禄、仕途经济为价值取向的中国传统男权话语进行彻底解构的宣言，也是他对女性文化和价值取向肯定和认同的表现。在宝玉身上，熔铸着作者曹雪芹的理想。

四、女性主义乌托邦

　　《她乡》和《红楼梦》中的女儿国，是吉尔曼和曹雪芹为颠覆男权话语，弘扬女性文化而建构的理想世界模型，它是个没有性别压迫的女性主义乌托邦，高度凝聚着作者的女性主义理想。《她乡》是美国女性乌托邦主义文学史上一个划时代的里程碑。从 1890 年到 1920 年是美国女性主义乌托邦小说创作的繁荣期，《她乡》是这一时期最具代表性的作品。在小国寡民的"她乡"，女人间没有国家、种族、阶级和职业的差异，全

_____

① 　曹雪芹：《红楼梦》，人民文学出版社 1990 年版，第 20 页。

然平等。为了群体的利益女人们共同努力，彼此合作无间。"她乡"的女人拥有才情和智慧，以学习为终身生活目标，以养育后代和科学成就为价值标准。在从来没有受到男权制思想污染的"她乡"中，女性无须取悦男人，她们自由地、从容地发挥着自己的能力和才干，结果证明：只要女性摆脱了这种后天构建起来的性别秩序，就能与男性一争高下。在这部乌托邦小说中，吉尔曼创造了一个全新的社会图景作为女性和人类栖息的理想家园，从而在精神层面为女性找到了摆脱"他者"的途径。

大观园是曹雪芹为女性所精心构建的理想世界。关于大观园的理想主义成分，已有多位学者进行过论述。如，余英时《红楼梦的两个世界》中指出：大观园是《红楼梦》中的理想世界，自然也是作者苦心经营的虚构世界。在书中贾宝玉的心中，它更可以说是唯一有意义的世界；而大观园外面的世界等于不存在，也只有负面的意义。大观园外面是个肮脏堕落的现实世界。① 大观园内是理想的女儿国，这里一切以女儿的活动、女儿的谈笑、女儿的论述为主，而唯一加入其中的男子贾宝玉亦是女儿的知音，闺阁的良友，他们平等相处，共同维系着一种自由和谐的性际关系。大观园是女儿们暂时摆脱男权干扰的精神家园。

"她乡"和大观园都是作者虚构出来的理想世界。通过女

---

① ［美］余英时：《红楼梦的两个世界》，载胡文斌编《海外红学论集》，上海古籍出版社 1982 年版，第 38 页。

儿国的虚构，作者设想了一个与眼前社会形成鲜明对照的美好世界，表达对现实男权社会的强烈不满和批判。同时，给女性受压抑的心灵以释放，给在现实生活中的女性以慰藉和鼓舞，也为打破二元对立、建立新的概念空间作出了积极的展望。它提供的是一个解决矛盾、超越现实的途径。没有这种超越经验、超越现实的思考和追求，社会就不会有变化和发展。其深远的意义正如恩斯特·布洛赫（Earnst Bloch）所说："一个社会唯有乌托邦的目标明晰可见并成为人类的前景时，人的行动才会由过渡的趋势到主动争取的自由。"①

五、同为女儿国，女儿命不同

"她乡"和大观园虽然都是"女儿国"，但其中女性的命运是截然不同的。"她乡"是一个彻底独立于男权框架之外的乌托邦世界，"她乡"的女性完全摆脱了对男性的依赖，建设了一个高度发达的社会。三位美国男性的闯入没有改变女儿国的既定秩序；他们的离开，也没有让女儿国惊惶失措，生活依然安定如从前。然而，大观园里的女性结局则十分悲惨。大观园曾经是女儿天真烂漫的混沌世界，但它只是暂时的避难所，因为它从来不是一个与世隔绝的"世外桃源"，而是一个围墙内的人为"女儿国"。这个女儿国的一切物质供给和权力赋予，

① Bloch Ernst, *The Principle of Hope*, trans. Neville Plaice, Stephen Plaice, and Paul Knight, 3 vols, Cambridge, Mass: MIT Press, 1986.

都来自于外界的现实男权社会。所以，当贾府整座保护大厦倾倒之后，一直作为后盾的男性权力随之消失，大观园的女性有如风雨中在大海上飘摇的孤舟，无法左右自己的命运，而难逃毁灭的结局：或者死去，或者被卖，或者在孤独中了却一生。

《她乡》是一部乌托邦小说，从开篇到结尾都洋溢着作者吉尔曼对女性未来世界的乐观憧憬。而《红楼梦》是一部现实主义作品。它是曹雪芹历经一番梦幻之后对于人生社会的一种独特的感受和理解。尽管书名为"梦"，但书中所描述的是作者的往昔体验和社会的真实再现。曹雪芹所建造的女儿国仍处于现实社会，因此，女儿国终成"女儿冢"的结局实属必然。

本节结语

通过上述比较可以发现，尽管两位作者所处的国家不同，性别有异，但他们的女性主义思想却不谋而合，他们借助想象所建构的女性空间不仅是对男权文化的挑战，也是为超越二元对立、建立新的概念空间所做的积极展望。这印证了美国女性主义理论家瑞塔·费尔斯基（Rita Felski）关于"女性主义公共阵地"的论述："性别压迫是全世界女性共同的遭遇，因此，批判男权压迫，建构和谐两性关系的女性主义思想是超越国界和种族的共同追求。"[1] 同时，也印证了法国女性主义文论家海

---

① Rita Felski, *Beyond Feminist Aesthetics*, London：Hutchinson Rdius, 1989，p.116.

伦·西苏（Helen Cixous）关于"女性主义写作"的论断：即，女性主义写作与性别无关，而主要取决于作家的文化定位。①

　　"女儿国"是一种符号，寄予了人类情感深处对两性和谐社会理想家园的向往。在吉尔曼和曹雪芹所构建的"女儿国"中，女性虽然独立自强，又充满智慧，但却并不排斥男性；相反，她们以一种积极的态度来接纳男性。两位作者虽都致力于解构男权文化，着力彰显女性文化，但他们并非要倡导回到母系社会，或以女性中心主义代替男性一元霸权，他们构想的是一个没有性别压迫的世界，他们展望的是一个两性和谐相处，共建美好家园的前景。虽然两位作者生活在 19 世纪末，但他们的思想已经超越了时代，展现出成熟女性主义思想的萌芽。他们探寻的不仅仅是女性的解放，更是全人类的健康发展，是对人类命运的终极关怀。

---

① Helen Cixous，"The Laugh of Medusa"，trans. Keith Cohen and Paula Cohen，*Signs*，1，1976，p.875.

第二章　多元文化与族裔女性文学

第一节　爱丽丝·沃克女性主义思想演进轨迹

艾丽斯·沃克（Alice Walker，1944—　）是当代美国文坛杰出的黑人女作家。她最为显著的创作成就之一，就是塑造了一个完整的黑人女性形象系列，特别是她将理想的成功女性形象绘入文学画卷，不仅给黑人女性，也给全世界所有女性指明了前进的方向。从她的第一本诗集《一度》（*Once*，1968）和第一部小说《格兰奇·科普兰的第三次生命》（*The Third Life of Grange Copland*，1970）、短篇小说集《爱与困惑》（*In Love and Trouble*，1973）、第二部小说《梅丽迪安》（*Meridian*，1976)，到1983年获普利策奖的《紫色》（*The Color Purple*，1982），她先后刻画了30多位黑人女性形象，充分显示了她对黑人妇女命运的关注。在这些作品中，她的小说比她的诗歌更为连续一致地反映了黑人妇女成长的足迹。

沃克小说中的女主人公形象呈现出清晰的发展脉络。大致可分为三个阶段，即：第一阶段，受男权社会欺凌污辱的女性；第二阶段，走出"围城"觉醒的女性；第三阶段，自尊自爱自立自强的成熟女性。沃克作品的主题也从抨击男性和社会的压迫，解构男权中心体系，转变为讴歌理想女性形象，建构新的女性价值。这一走向显示出作家思想与创作的日益成熟。

从历史的角度看，沃克作品中第一阶段的黑人女性，属于 20 世纪早期年代。黑人女作家左拉·尼尔·赫斯顿（Zora Neale Hurston）曾将这一时期的黑人女性描述为"世界的骡子"①。她们背负社会与家庭的沉重负担，遭受种族与性别的双重压迫。没有人格尊严，没有幸福，没有前途，眼泪浸泡的人生没有任何光泽。在一篇题为《寻找母亲的花园》（In Search of Our Mother's Gardens）的论文中，艾丽斯·沃克则称她们为"被悬吊起来的女人"。② 随后在一次采访中，沃克对这一概念进行了如下解释："她们被悬吊在历史的时空中，她们的选择非常有限——要么自杀，要么被男人、孩子或各种各样的压力耗尽一生。她们走投无路。她们根本动弹不得，直到她们有了可进入的空间。我的小说中的许多女性形象都是如此。她们更接近我母亲那一代——"③

---

① Mary Helen Washington，"An Essay on Alice Walker" in *Alice Walker*：*Critical Perspectives Past and Present*，ed. Henry Louis Gates，Jr.and K .A .Appiah，NewYork：Amistad Press，Inc.，1993，p.44.

② Alice Walker，*In Search of OurMother s Gardens*，New York：Harcourt Brace Jovanovich，1983，p.66.

③ John O. Brien，ed. *Interviews with Black Writers*，New York：Liverwright，1973，p.192.

对于这些女人来说，痛苦、贫穷和压迫是她们生活的主要内容。她们的主要角色是充当美国社会廉价的劳动力。她们没有读书、写作和表现自己创作力的自由。在这一时期，任何女性要想成为艺术家，其愿望都只能受阻而无法实现，等待她们的只能是精神失常或死亡。

沃克的第一部小说《格兰奇·科普兰的第三次生命》以及短篇小说集《爱与困惑》中的大部分女主人公就属于这类女性。她们被男人与社会奴役，她们的精神和肉体受到严重摧残，有时甚至精神崩溃和死亡。《格兰奇·科普兰的第三次生命》的故事发生在佐治亚州农村。时间横跨为 20 世纪 20 年代至民权运动。虽然从小说的题目来看故事似围绕一位叫格兰奇·科普兰的男人进行，但小说却重点刻画了一家三代黑人女性——玛格丽特（Margaret）、梅姆（Mem）和露西（Lucy）。

小说一开始，出场的是格兰奇的第一个妻子玛格丽特。面对生活她别无选择。她说不出自己的需求，甚至无法找到同姓姐妹的安慰肩膀靠一靠。她的丈夫是个佃农，在种族压迫的社会里，他做不到男人本应该做的事。他不能保护妻子不受白人的性骚扰，不能为儿子提供足够的父爱和满足儿子的物质需求，他做到的只能是借酒浇愁，虐待妻子和找妓女乔西发泄性欲。每当星期六晚上格兰奇"刮脸，洗浴，穿上干净的衣衫，开车去城里"① 的时候，玛格丽特不知道自己是否还存在。她

---

① Alice Walker, *The Third Life of Grange Copland*, New York: Harcourt Brace Jovanovich, 1970, p.12.

那年幼的儿子甚至觉得"他妈妈有点像条狗"。① 玛格丽特受不了这种被丈夫遗弃的孤独，最后在丛林里服毒自杀了。

当格兰奇离家出走去北方开始他的第二次生命时，他的儿子布郎菲尔德（Brownfield）娶了文雅端庄的学校教师梅姆为妻。在整部小说中，梅姆所受的迫害达到了极致。可以说，布郎菲尔德是其父的再现。他无知、堕落，是个十足的寄生虫。白人的权力让他窒息并剥夺了他做男人的尊严，他便将这种痛苦发泄到妻子身上。他常常殴打梅姆，将她踩到脚下，只有这时他才感到"瞬间的轻松和愉快"。② 但是梅姆没有想到反抗。相反，她不仅忍受这种折磨，而且还对丈夫言听计从，她焚烧了自己的书本，放弃了文雅的语言，努力丑化自己的形象。

梅姆的软弱是沃克小说中黑人女性形象的代表。她们身上背负着沉重的历史负罪感，这使她们失去自我，极易受到伤害。因为长期以来，黑人女性被灌输了她们应对黑人男性被阉割而失去雄风负责的观念。于是黑人妇女不仅默默承受黑人男性的折磨，而且还认为自己有责任作为男人发泄愤怒的工具。黑人男性非常了解她们这一心理弱点，权且把她们当作撒气的"拳击沙袋"。③ 黑人妇女便这样过着虽生犹死的生活，日复一

① Alice Walker, *The Third Life of Grange Copland*, p.4.

② Alice Walker, *The Third Life of Grange Copland*, New York：Harcourt Brace Jovanovich, 1970, p.55.

③ Eldrighe Cleaver, *Soul on Ice*, NewYork：Dell, 1970, p.18.

日地将屈辱展示给世人。

但历史车轮终会前进。20世纪60年代民权、女权等政治运动风起云涌，唤醒了受压迫的黑人妇女。在1973年的一次采访上，沃克首次描述了黑人女性人物新的发展方向："将来，我作品中的女性不会只把自己燃尽，这意味着一个阶段的终结——我从未离开南方运动的原因之一就是因为我意识到政治变化怎样深深地影响了人们的生活方式和选择。60年代的运动给黑人，特别是黑人妇女的生活带来了巨变。所以，我的女性人物不会再有以前的结局，因为现实生活中的黑人妇女就是活生生的典范。"①

这便是沃克小说中第二个阶段的黑人女性。其实，早在作者的第一部小说《格兰奇·科普兰的第三次生命》中，这一形象已初露端倪。那便是梅姆的女儿、玛格丽特的孙女——露西。民权运动开始时，露西只是个年轻妇女，尽管小说结尾处对她着墨不多，但读者仍可以看到这场运动将会改变她的生活，提供给她更多的机遇。成长在60年代的露西标志着从旧秩序走向新秩序，从黑暗走向光明，从死亡走向生活的过渡。她给读者一线希望的曙光。

如果说在《格兰奇·科普兰的第三次生命》中，第二阶段的女性还只是个雏形，在沃克的第二部小说《梅丽迪安》

---

① Mary Helen Washington, "An Essay on Alice Walker" in *Alice Walker*: *Critical Perspectives Past and Present*, ed. Henry Louis Gates, Jr.and K.A.Appiah, New York: Amistad Press, Inc., 1993, p.2.

中，这一形象已十分鲜明。这里，作者以饱满的政治热情，塑造了以梅丽迪安为代表的黑人妇女群像。她们再也不是围着厨房转，只知生孩子，伺候丈夫的俯首帖耳的奴婢，她们开始觉醒，开始冲破家庭的牢笼走向社会，投入到为同时代人创造幸福的广阔天地中去。在梅丽迪安身上，逆来顺受的弱者形象不复存在了，她以觉醒者的姿态寻找自己的社会价值。她代表了黑人妇女从受种族和性别双重压迫，到成为一名为自己也为所有南方受苦黑人而战的坚强斗士。

梅丽迪安是个觉醒的女性。她在生活的不同阶段，向传统作出了一个又一个挑战：作为女儿，她不顺从；作为妻子，她不盲目奉献；作为母亲，她不愿为孩子而舍弃自我；作为女儿，她看到了母亲那一代女性的悲哀。那一代女性不知反抗，一味遵从传统。她们将教堂作为逃避现实遭遇的避难所，将宗教作为减轻痛苦的安慰剂。她母亲不仅自己把一切责任交给上帝，还强迫梅丽迪安也成为虔诚的教徒。但梅丽迪安早在 13 岁时，就向这种信仰提出了质疑。为此，她失去了母亲的爱，这爱"离她而去。要想再来是有条件的，但这条件梅丽迪安永远无法达到。"[1]

梅丽迪安不仅向传统的宗教挑战，也拒绝被动接受婚姻和孩子的束缚。她与不负责任的丈夫离婚，将儿子送他人收

---

[1]　Alice Walker, *Meridian*, New York：Harcourt Brace Jovanovich, 1976, p.50.

养，自己则投身于民权运动。她先在一个组织里当打字员，教文盲识字。后来，别的工作人员都回去了，她仍开办着运动之家，那时她才 17 岁。在大学期间，她刻苦学习，接触了马克思主义书籍，认识到美国社会的问题在于贫富不均。她个人的经历和苦难，使她对黑人的不幸和遭遇有了切身的体会。她立志要改变这种不合理状况。民权运动处于低潮时，她仍然坚守自己的岗位，她回到了自己的故乡——南方，与群众打成一片，走过一镇又一镇，向他们做宣传；她有时做小学教师，有时给富人当厨师，干各种下贱的活，过着贫病交加的生活，但她相信自己事业的正义性："她虽然体弱不堪，身无分文，手中无权，可相对而言，她能够平静地接受自己的目的，使这个庞大的国家下跪。"①

梅丽迪安就是这样一个反传统的女性，她是出走的"娜拉"，欲寻求自己的社会价值。但细读作品，读者却不时感到负罪的暗网仍然笼罩着梅丽迪安的心灵。尽管梅丽迪安是新时代的女性，但她自始至终与一种无名的罪恶感相斗争。起初，她认为自己的出生就是一个罪过，因为她感到"破坏了母亲的宁静，毁灭了母亲的前程，但她不明白这一切怎么会是她的过错。"② 后来，为了上大学，梅丽迪安忍痛将孩子送给别人，她心里感到十分内疚，夜里时常被噩梦缠绕。于是，她便相信这

① Alice Walker, *Meridian*, New York：Harcourt Brace Jovanovich, 1976, p.23.

② Alice Walker, *Meridian*, p.41.

就是罪恶感的根源。沃克的许多女性人物，都被某种负罪感所折磨。玛丽·海伦·华盛顿（Mary Helen Washington）认为，这种危机"损坏了黑人妇女的形象，它比外界的压迫更为严重，因为真正的恐惧来自于内心"①。

最后，梅丽迪安在黑人教堂中找到了拯救自己的出路。可是，她接受的是"教堂"，而不是基督教。那里古老的圣歌使她振奋，因为她听到了"人民的歌声，那歌声使他们团结一致"②。梅丽迪安在黑人圣歌中找到了"再生的力量"，③ 她对黑人的事业又充满了希望。小说结尾处，梅丽迪安打起了行装，踏上新的征程，她又要去漂泊，但何处是归途？

其实，梅丽迪安的苦恼是那个时代所有走出家门的"娜拉"们的共同苦恼。因为，虽然从理论上讲，女人已获得了平等，但父系社会的传统观念还在潜意识中左右着人们的头脑，男人和女人们对女人角色的认定还未改变。在生活和文学中，还没有既摆脱婚姻与孩子的束缚，又能在父系社会成功地生存的角色模型可作她们前进的方向。虽然梅丽迪安比她的母亲有了更多的选择，但她也为选择付出了代价，那便是心灵和肉体

---

① Parker Smith Bettye J, "Alice Walker's Women: In Search of Some Peace of Mind" in *Black Women Writers*（*1950—1980*）: *A Critical Evaluation*, ed. Mari Evans, Anxhou Press/Doubleday, 1984, p.488.

② Alice Walker, *Meridian*, p.204.

③ Sherley Anne Williams, *Give Birth to Brightness*, New York: Dial, 1972, p.150.

的痛苦。她失去了母爱，也失去了孩子和丈夫。在通往自我的旅途上，她是孤独的行者。在沃克的女性形象系列中，梅丽迪安起着承上启下的作用。

走出传统樊篱的黑人女性如何实现全面的人生价值，是沃克创作第三个阶段的任务。在《寻找母亲的花园》一文中，她提出"妇女主义"（womanism）的概念，并将它定义为"献身于所有人民的，包括男人和女人的，生存和完美的主义"①。由此可见，艾丽斯·沃克对妇女解放的理解又上升到了更高的层面。因为她认识到妇女解放不仅意味着女人的解放，也意味着男人思想的解放，乃至全人类的解放。她将这些观点充分展示在其第三部小说《紫色》中。小说中的女主人公茜莉（Celie），经历了从麻木到觉醒，从与男性中的邪恶力量相抗争，到实现自我价值走向辉煌人生的道路，成为新一代理想黑人妇女形象的化身。这一人物的塑造不仅为黑人妇女文学，而且也为世界妇女文学的发展注入了一股新鲜活力。比作者第二阶段的黑人女性形象进步的是，茜莉经过奋斗，不仅为自己赢得了尊严，也改变了她丈夫的观念。丈夫甚至接受了她的价值观，与她重归于好。由此，沃克第三阶段的女性达到了与男人和谐的理想境界，突破了女性文学的传统结局。

像任何传统的黑人女性一样，茜莉也曾是个受到百般欺

---

① Alice Walker, *In Search of Our Mother s Gardens*, New York：Harcourt Brace Jovanovich, 1983, p.11.

凌而依然默默忍受的女子。她 14 岁便屡遭继父强奸，生下的孩子被继父搞得下落不明。继父厌弃她后，把她嫁给比她大许多的一个鳏夫。而这个鳏夫娶她的目的是他可以从中得到一头母牛，一个免费照看他那群孩子的保姆和一个可供他发泄性欲的工具。然而，对于这一切，茜莉无力反抗，也从未想到反抗，心中的苦闷只靠给上帝写信来倾诉。于是，她"让自己像木头一样"活着，机械地执行着自己做妻子和继母的义务。

如果茜莉就此麻木不仁、浑浑噩噩地度过一生，那么，她便与传统的黑人妇女一样，永远处于受欺压受侮辱的地位，这样的人物形象也就毫无新意。然而，作者并没有停留在仅仅反映黑人妇女的苦难与不幸这一层面，她更致力于为她们寻求一条光明之路。于是，在这部小说中，作者把茜莉从传统的思想束缚中解救出来，让她树立乐观向上的生活态度，通过努力终于获得了尊严和幸福，从而塑造出一个全新的黑人妇女形象。

小说中异乎寻常的是，将茜莉从羞耻、暴力与绝望的深渊中"拯救"出来并帮助她实现自己价值的人竟然是茜莉丈夫的情人——莎格（Shug），一位布鲁斯歌手。莎格所有的一切都是茜莉没有的：美丽、性感、自信，还有最重要的，独立。虽也为黑人女性，莎格拒绝接受男性社会强加给她们的义务：对男人逆来顺受，甘当性工具与奴隶。莎格自由自在，事业上的成功使她拥有经济上与人格上的独立和自主。是她挺身保护茜莉免遭其丈夫的毒打，是她唤醒了茜莉的性意识并使茜莉认清了自己的女性身份。因为令莎格吃惊的是，结婚多年且生过两个孩子的茜莉竟然还是个"处女"。茜莉在与莎格接触之前，在与异性的性关系中从未得到任何柔情和性快感，甚至对女性身体结构和作用一概不知。在莎格的敦促和鼓励下，茜莉第一次站在镜子面前，认清自己的女性特征。在与莎格的同性恋关系中，她得到了关怀与快乐，成为了一个真正的女人。

莎格不仅帮助茜莉认识自己，更重要的是，她还改变了茜莉的世界观，引导她找寻人格的独立和自身的价值。在莎格的影响下，茜莉明白了，给上帝写信是无用的。于是，她决心勇敢地摆脱夫权的压制，维护自己的权益。她离家出走，跟莎格出去发展自己的事业，这一行动标志着她与过去的决裂，以及她自立自强的开端。她为她所爱的人，依据各个人的气质性格，作出独具风格的裤子。她创立了"大众裤子有限公司"，并获得成功。小说快结束时，茜莉带莎格参观她自己的房间，"房间里除地板外，所有的东西都是紫色和红色的"[1]。这与小说开头时茜莉想买却买不到紫色遥相对比。紫色本是属于皇帝和国王的，象征着君权和威严。现在，茜莉不仅赢得了穿红挂紫的权利，而且整个房间的东西都是紫色和红色，这象征着她终于追求到了幸福和尊严。正如评论家所说，艾

---

[1]　Alice Walker，*The Color Purple*，New York：Simon & Schuster Inc.，1982，p.291.

丽斯·沃克"把跪着的黑人妇女拉起来，把她们提到王权的高度"①。

茜莉的奋斗不仅赢得了自身的解放，而且也改变了她的丈夫。他终于认识到茜莉也享有和他同等的权利。通过和茜莉推心置腹地交谈，他开始接受茜莉的价值观。小说临近尾声时，他送给茜莉一只亲手雕刻的紫色的青蛙，象征他承认茜莉的尊严和她追求幸福的权利。② 茜莉也终于亲切地称他为阿尔伯特（Albert），他们从此建立了平等共处的夫妻关系。这里，表现出作者对妇女解放概念的深刻认识。妇女解放首先是妇女推翻男性压迫，废止男性单方统治，但它的目标并不是使两性对立、隔离，或以女权统治代替男权统治；而是建立一种全新的、超越权力之争的和谐的两性关系，即达到全人类的思想解放，包括男性的解放。只有男性思想的提高，才可能有妇女的彻底解放。同时，男性思想的提高在很大程度上又取决于妇女自我意识的觉醒和自我品质的完善。③ 茜莉的经历就是活生生的证明。

综上所述，在艾丽斯·沃克的创作生涯中，她始终关注

① Parker Smith, Bettye J, "Alice Walker's Women: In Search of Some Peace of Mind", in *Black Women Writers* (*1950—1980*)*: A Critical Evaluation*, *Mari Evans* (*eds.*), Anxhou Press / Doubleday, 1984, p.480.

② 邹溱:《论〈紫颜色〉的颜色和主题》，载《外国文学评论》1994 年第 6 期。

③ 丁文:《奏响生命的新乐章》，载《国外文学》1997 年第 2 期。

黑人女性的前途和命运，塑造了一个完整的黑人女性形象系列。从描写被侮辱被损害的弱者，到反映觉醒者奋斗的艰辛和孤独，最终将成功的理想女性形象绘入文学画卷。这个三部曲式的妇女形象系列，不仅记录了黑人妇女谋求解放的历史进程，而且也在某种程度上反映了世界所有妇女的奋斗史。沃克塑造的以茜莉为代表的新女性形象不仅给黑人女性，也给全世界女性指明了前进的方向，从而完成了她作为文学家也是预言家的使命。

第二节　赫斯顿与沃克：非裔美国女性文学史上的一对"母"与"女"——兼谈美国黑人女性文学传统的建构、继承与发展

20 世纪后半叶以来，美国当代女性文学开始朝着多元文化方向发展。其中，黑人女作家艾丽斯·沃克的《紫颜色》在 1983 年获普利策文学奖，托妮·莫瑞森的《所罗门之歌》在 1993 年获诺贝尔文学奖，由此将黑人女性文学推向高潮，也使长期以来被遗忘的黑人女性文学浮出历史的地表。

通过对黑人女性作家的作品进行广泛的研究，我们会看到，黑人女作家已经形成了具有鲜明特征的属于她们的文学传统。从历史角度看，她们在时间上有着与黑人男性或白人女性相平行的传统，而且，"由于她们的创作都直接源于其被迫共享的政治、经济与社会的各种特有的经历，她们的作品

无论是从主题上、风格上还是审美或概念上都有着诸多的共性。"① 比如，她们都用黑人女性的语言来表达人物的思想；都用传统的黑人女性文化活动作为黑人女性艺术创造力的象征。然而，这些共性皆非偶然或巧合。它说明黑人女性文学已经超越了白人 / 男人文学框架的限制，形成了黑人女性特有的文学传统。

对黑人女性文学传统的关注起始于 20 世纪 80 年代初期。当时，黑人女作家掀起了一场寻求母系文学遗产的运动。女性文学评论家玛丽·华盛顿在题为《我签上母亲的名字》一文中指出，美国白人女作家与黑人女作家在对待母系文学遗产的态度上有着鲜明的对比：当代白人女作家对女性文学祖先充满矛盾心理；而黑人女作家却努力继承其女性文学传统，并从中找到了创作的源泉。另一本引起文学批评界对黑人女性文学传统注意的著作是由芭芭拉·克瑞森主编的《美国黑人女性小说家》，该书对黑人女性小说主题的发展进行了历时性的梳理，确定了黑人女性文学传统研究在学术界的地位。

要探讨黑人女性文学传统的建构、继承与发展，我们不可避免地要谈到赫斯顿与沃克这对横跨半个世纪的"母"与"女"。作为一位有着小说家、人类学家和民间传说研究家等多种称号的黑人女性作家，赫斯顿堪称美国黑人女性文学史上最

---

① Barbara Smith, "Toward a Black Feminist Criticism", in *The New Feminist Criticism: Essays on Women*, *Literature and Theory*, Elaine Showalter (*eds.*), New York: Pantheon Books, 1985, p.169.

重要的先驱。她是第一位以黑人妇女为主人公，并以表现黑人妇女寻求自我、争取解放为主题的黑人女作家，为当代黑人女性主义文学建立了框架。

正如桑德拉·吉尔伯特和苏珊·古芭在评论女性写作时所说，美国少数民族女作家"倾向找出一位女性祖先来发现他们自己的创造力"①。其实，她们这样做，很大程度上是出于一种强烈的使命感。沃克就十分强调寻根的重要性。她说："一个民族是不能抛弃他们的祖先的。如果祖先被遗忘了，那么，我们，作为艺术家，作为未来的见证人，有责任将他们寻回。"② 在一本题为《寻找母亲的花园》的书中，沃克以粗线条勾勒了她与赫斯顿的种种文学关联，表达了她对赫斯顿的敬仰，并称赫斯顿是她的文学之母。在该书的多篇文章中，以及在她的演讲或采访中，沃克反复表达了她致力于通过描写黑人妇女而复兴黑人创造力的决心。正是由于这种使命感，沃克积极地继承并发展了赫斯顿留下的黑人女性文学遗产。

阅读沃克的作品，读者会不时听到赫斯顿呼唤的回声。尽管她们生活在不同年代，她们的作品及其思想却有着诸多的相似：她们都从美国南方的土壤中挖掘创作的材料；她们都深谙美国黑人民间文化并将它们融进自己的创作中。这是因为她

---

① Wilfred L. Guerin, *A Handbook of Critical Approaches to Literature*, New York: Oxford University Press, 1992.

② Alice Walker, *I Love Myself When I am Laughing: A Zora Neale Hurston Reader*, New York: Feminist Press, 1979, p.1.

们都是南方的女儿，她们有着相似的背景和经历。

　　然而，两位作家最重要的相似性却在于她们从不人云亦云：当其他作家集中描写黑白种族冲突时，赫斯顿与沃克却将笔端对准黑人内部的性别矛盾。她们都塑造了众多的有着不同人性道路的黑人女性形象，完整地反映了黑人妇女在男权社会中觉醒、抗争最后获得身心彻底解放的奋斗历程。其中，赫斯顿的《她们的眼睛望着上帝》被评论家誉为第一部黑人女性主义文学经典；沃克的《紫颜色》更是当代女性主义研究者的必读文本。在这两部作品中，她们成功地塑造了两位真实的南方黑人女主人公形象——贾妮（Janie）和茜莉（Celie），着力突出她们对男权社会传统价值观念的反叛，对自我的追求。通过比较，我们不难发现沃克在《紫颜色》中对茜莉的刻画基本是以赫斯顿的贾妮为角色模型的。不同的是，沃克对妇女解放概念的理解比赫斯顿更为深刻，因而，茜莉的形象也比贾妮显得更加完美。

　　在这两部小说中，黑人妇女处于相似的悲惨境地：她们的婚姻枯燥无爱；她们的丈夫凶狠残暴；她们软弱无知，承受着种族和性别歧视的双重压迫；她们的创造力受阻，几近绝望。

　　《她们的眼睛望着上帝》中贾妮的外祖母南妮（Nanny）对黑人妇女的处境有一句精彩的描述："黑人妇女是世界的骡子。"①

_____

① Zora Neale Hurston, *Their Eyes Were Watching God*, Urbana：University of Illinois Press, 1978, p.29.

然而，这并不是赫斯顿与沃克作品的最终主题。贾妮和茜莉都拥有创造潜力，虽然阶级、种族和性别的压迫一时阻碍其发挥，但经过不懈的奋争，她们终于将自己的创造力变成了现实，寻回了曾寻找的自然。

在《寻找母亲的花园》中，沃克将黑人妇女形象总结为三类：受男权社会欺凌侮辱的女性；受矛盾的本能折磨的女性；从母系祖先的创造性遗产中获得力量而实现了完整自我的新女性。① 这三种黑人妇女都充分地体现在沃克的小说中。然而，重要的是，早在几十年前，赫斯顿就对她们有过详尽的描写，且三种人物类型刻画得相当鲜明。不难推断，赫斯顿是沃克效仿的文学榜样。

在《她们的眼睛望着上帝》中，主人公贾妮和她的外祖母南妮是在男权社会中身心受创的黑人妇女的典型代表。自贾妮有记忆起，外祖母就时常向她讲述黑人妇女作奴隶的概念。这种从父系种族社会继承下来的观念成了贾妮实现自我路上的障碍。然而，贝索（Bethel）在谈到这种隔代关系时指出："外祖母南妮忠实地屈服于男权系统，又将其受伤的心理作为遗产传给贾妮，这充分显示出男权社会对黑人妇女的压迫具有可悲的连续性。"② 这种压迫的连续性使刚刚 16 岁的贾妮首次步入

① Alice Walker, *In Search of Our Mother's Gardens*, New York: Harcourt Brace Jovanovich, 1983.

② Lorraine Bethel, *Zora Neale Hurston and the Black Female Literary Tradition*, New York: Feminist Press, 1982, p.176.

不幸的婚姻。当外祖母南妮感到自己将不久于人世时，决心为贾妮寻找安全和保护，强迫她嫁给洛根·克利克斯，一个上了年纪但拥有 60 亩地的成功男人。贾妮坚决反对，因为她不爱这个男人。但外祖母南妮告诉她，黑人妇女根本没有爱的自由，她恳求道："我不愿你给人当牛作马……想到那些白人或黑人男人把你当作他们的痰盂使时，我死不瞑目。可怜可怜我，让我死得安心吧，贾妮，我是一个破裂了的盘子。"①

　　贾妮第一次的婚姻是痛苦的，因为这违背了她那寻求浪漫爱情的本能。早在青少年时期，她就对爱情有过美好的憧憬。一次，她观察一棵盛开的梨树。当蜜蜂飞进花朵的隐秘处时，她"看到每个花瓣，每个细小的枝叶都由于狂喜而震颤。这就是婚姻。她仿佛得到了神明的启示"②。贾妮的这次经历代表了她那生命中原有创造力的首次萌动。梨树的意象成为她实现创造潜力的催化剂。然而，现实中的婚姻却与她的理想背道而驰。从此，贾妮的遭遇反映了沃克所讨论的第二类女性形象——受矛盾的本能折磨的女性。这种情况一直延续到她的第二次婚姻。对贾妮来说，婚姻中最重要的应该是爱情而不是经济保障。但贾妮很快发现了第二次婚姻的本质：她又一次被置于从属地位，成为男性权力奴役的对象。她的丈夫斯塔克斯的

① Zora Neale Hurston, *Their Eyes Were Watching God*, Urbana：University of Illinois Press，1978，pp.31-37.

② Zora Neale Hurston, *Their Eyes Were Watching God*, Urbana：University of Illinois Press，1978，p.24.

事业不断发展，很快被推选为伊顿维尔镇镇长。庆祝会上，居民们邀请贾妮发言，但斯塔克斯却抢先声明："我的妻子不会发言。我同她结婚绝不是为了让她做这类事情。她是女人，她的位置应在家里。"① 对于斯塔克斯来说，妻子不过是一件有实用价值的装饰品。这种对婚姻中女人角色的成见令贾妮极为不满。它不仅与贾妮的浪漫本能相矛盾，而且也抑制了其创造力的发挥。于是，为了保护自己的创造能力不被扼杀，为了维护真正自我的存在，贾妮巧妙地戴上了面具。"纵有千种情感，纵有万条思绪，她从不向他诉说。她将它们存放在内心深处，一个他永远找不到的地方。她同时扮演两个人：一个内'我'，一个外'我'，而且从不混淆。"② 这是贾妮对泯灭个性、压抑精神的婚姻所做的反抗。当第二次婚姻所带来的财富和显赫的地位都不能满足贾妮心灵的渴望时，她开始寻找真正的价值。

在斯塔克斯死后，贾妮不顾别人议论，嫁给了绰号为"茶点"（Tea Cake）的农民。在第三次婚姻中，贾妮终于找到了向往已久的平等的爱情。尽管"茶点"一无所有，又比贾妮小 12 岁，但他给贾妮的生活带来了从未有过的欢乐和幸福。他教她下棋，带她半夜挖蚯蚓、钓鱼，领她看棒球比赛，做一切曾经为男人独享的活动。这使贾妮第一次感到做"人"的尊

① Zora Neale Hurston, *Their Eyes Were Watching God*, Urbana: University of Illinois Press, 1978, p.39.
② Zora Neale Hurston, *Their Eyes Were Watching God*, Urbana: University of Illinois Press, 1978, p.113.

严。她与"茶点"的婚姻无疑是对传统价值观念的挑战，因而使自己身心获得了解放，精神获得了自由。

《她们的眼睛望着上帝》是第一部探索美国黑人妇女心理发展轨迹的佳作。赫斯顿由此创建了美国黑人女性文学传统。沃克继承了这份传统，并在她的《紫颜色》中对其予以吸收、扩展。《紫颜色》中的女主人公茜莉是贾妮的精神姐妹。茜莉经历了从麻木到觉醒，从与男性中的邪恶力量相抗争，到实现自我价值走向辉煌人生的道路，成为新一代黑人妇女形象的化身。这一人物的塑造不仅为黑人妇女文学也为世界妇女文学的发展注入了一股新鲜活力。茜莉不以找到爱情依托为人生的理想目标，她不仅取得了事业成功，而且也改变了丈夫对她的观念。他甚至接受了茜莉的价值观，与她重归于好。除此之外，沃克还将乱伦、同性恋等"禁区"题材写进小说。

沃克是采用书信体来处理这些题材的。书信体使得读者能够进入茜莉的内心世界，看到她的感情和心理痛苦，也显示了她被矛盾心理折磨时的无助。像任何传统的黑人女性一样，茜莉也曾是个受到百般欺凌而依然默默忍受的女子。她 14 岁便屡遭继父强奸，生下的孩子被继父搞得下落不明。继父厌弃她后，把她嫁给比她大许多的鳏夫某某先生。而某某先生娶她的目的是他可以从中得到一头母牛，一个免费照看他那群孩子的保姆和一个可供他发泄性欲的工具。然而，对于这一切，茜莉无力反抗，也从未想到反抗，心中的苦闷只靠给上帝写信来倾诉。于是，她"让自己像木头一样"活着，机械地执行着自己作妻子和继母的义务。然而，作者并没有停留在反映黑人妇女的苦难与不幸这一层面，而致力于为她们寻求一条光明之路。在这部小说中，作者把自己对生命的热爱和完美的追求倾注到茜莉的身上，把茜莉从传统的思想束缚中解救出来，让她树立乐观向上的生活态度，通过努力终于获得了尊严和幸福，从而塑造出一个全新的黑人妇女形象。

小说中异乎寻常的是，将茜莉从羞耻、暴力与绝望的深渊中"拯救"出来并帮助她实现自己价值的人竟然是茜莉丈夫的情人——莎格，一位布鲁斯歌手。虽也为黑人女性，莎格拒绝接受男性社会强加给她的义务：对男人逆来顺受，甘当性工具与奴隶。莎格自由自在，事业上的成功使她拥有经济上与人格上的独立和自主。是她挺身保护茜莉免遭某某先生的毒打，是她唤醒了茜莉的性意识并使茜莉认清了自己的女性身份。茜莉在与莎格接触之前，在与异性的性关系中从未得到任何柔情和性快感，甚至对女性身体结构和作用一概不知。在莎格的敦促和鼓励下，茜莉第一次正视自己的身体结构，认清了自己的女性特征。在与莎格的同性恋关系中，她得到了关怀与快乐，成为了一个真正的女人。

莎格不仅帮助茜莉认识自己，更重要的是，她还改变了茜莉的世界观，引导她找寻人格的独立和自身的价值。在莎格的影响下，茜莉明白了给上帝写信是无用的，因为无论她多么虔诚地向上帝祈祷，也不能改变所受的痛苦。于是，她不再给上帝写信，决心勇敢地摆脱夫权的压制，维护自己的权益。她离家出走，跟莎格出去发展自己的事业，这一行动标志着她与过去的决裂，以及自立自强的开始。她第一次发现了自己的创造才能。她创立了"大众裤子非有限公司"，并获得成功。小说快结束时，茜莉带莎格参观她自己的房间，"房间里除地板外，所有的东西都是紫色和红色的"①。紫色本是属于皇帝和国王的，象征着君权和威严。现在，茜莉不仅赢得了穿红挂紫的权利，而且整个房间的东西都是紫色和红色，这象征着她终于追求到了幸福和尊严。正像评论家所说，艾丽斯·沃克"把跪着的黑人妇女拉起来，把她们提到王权的高度"②。

茜莉的奋斗不仅赢得了自身的解放，而且也改变了某某先生。他终于认识到茜莉也是人，也享有和他同等的权利。通过和茜莉推心置腹地交谈，他开始接受茜莉的价值观。小说临近尾声时，他送给茜莉一只亲手雕刻的紫色的青蛙，象征他承认茜莉的尊严和她追求幸福的权利。③ 茜莉也终于亲切地称他为阿尔伯特，他们从此建立了平等共处的夫妻关系。这个结

---

① Alice Walker, *In Search of Our Mother's Gardens*, New York：Harcourt Brace Jovanovich，1983，p.291.

② Bettye J, Parker Smith，"Alice Walker's Women：In Search of Some Peace of Mind"，in *Black Women Writers*（*1950—1980*）：*A Critical Evaluation*，*Mari Evans*（*eds.*），Anxhou Press / Doubleday，1984，p.86.

③ 邹溱：《论〈紫颜色〉的颜色和主题》，《外国文学评论》1994年第6期。

果，表现出作者对妇女解放概念的深刻认识。妇女解放首先是妇女推翻男性压迫，废止男性统治，但它的目标并不是使两性对立、隔离，或以女权统治代替男权统治，而是建立一种全新的、超越权力之争的、和谐的两性关系，即达到全人类的思想解放，包括男性的解放。只有男性思想的提高，才可能有妇女的彻底解放。同时，男性思想的提高很大程度上又取决于妇女自我意识的觉醒和自我品质的完善。[①] 茜莉的经历就是活生生的证明。

沃克积极地继承并发展了赫斯顿创建的黑人女性文学传统。《她们的眼睛望着上帝》与《紫颜色》这两部作品显示出沃克与赫斯顿在黑人女性人物塑造及主题发展等方面的相似性。这说明在寻找母亲的花园过程中，沃克也寻到了自己的花园。这是一片精神之园。沃克用她那诗人的头脑，从黑人妇女的生活经历中收集到种子，将它们播撒。经过一段时间的耕耘，这些种子开始生根、发芽、开花，散发出独特的芳香。

第三节 《女勇士》中的多重视角：女性主义与巴赫金对话诗学的交融

汤婷婷（Maxine Hong Kingston）是当代美国文坛备受瞩

---

① 丁文：《奏响生命的新乐章》，《国外文学》1997 年第 2 期。

目的华裔女作家。她的作品《女勇士》获 1976 年"全美图书评论界奖",被美国《现代》周刊评为 70 年代最优秀奖,被美国高校英文系列为必读书目,并被频频录入各种文选,汤婷婷因此荣膺 1997 年"美国国家人文科学奖"。

《女勇士》究竟是怎样一本书呢?这个问题引起了美国学界的一场激烈争论。争论的焦点围绕着作品的体裁归类和主题思想。关于前者,主要集中在《女勇士》是自传还是小说的辩论上。关于后者,代表性的评论大致有三类:其一,认为该书的主要特色是神秘的东方色彩。例如:玛格丽特·曼宁(Margaret Manning)在《波士顿环球报》上指出:"该书充满了奇特的异国情调,显示出中国人的神秘莫测。"①持这种观点的美国读者认为东西方文化是决然不可通融的。其二,认为该小说的中心是揭示中国妇女的痛苦遭遇,因此许多美国学者常把第一章"无名女人"作为节选纳入各种文学教材。②而第三类以赵健秀(Frank Chin)为代表的亚裔美国评论家却认为,汤婷婷的作品是通过故意歪曲中国历史和文化去迎合美国白人

---

① Maxine Hong Kingston, "Cultural Mis-readings by American Reviewers", in *Asian and Western Writers in Dialogue*: *New Cultural Identities*, *Guy Amirthanayagam* (eds.), New York: Macmillan, 1982, p.55.

② Maxine Hong Kingston, "Cultural Mis-readings by American Reviewers", in *Asian and Western Writers in Dialogue*: *New Cultural Identities*, *Guy Amirthanayagam* (eds.), New York: Macmillan, 1982, p.55.

读者的喜好。① 同一文本会引出如此众多不相一致的阐释和解读，从一方面讲，证明了该文本意义的丰富性；但另一方面，却表明上述每一单独的解释都是片面的，从而否认了作品内涵的复杂性和多面性。汤婷婷曾反复强调："我的作品是多层面的，正如人是多层面的。"② 那么，以何种角度切入才能全面把握《女勇士》的丰富内涵呢？本书认为，女性主义与巴赫金对话理论的结合能为我们提供行之有效的方法去解读《女勇士》。

一、巴赫金的对话诗学与女性主义

巴赫金的诗学博大精深，他的对话理论被中外研究者一致奉为其思想的核心和精华。巴赫金的对话思想具体体现在其《陀思妥耶夫斯基诗学问题》中。在分析陀思妥耶夫斯基的创作时，巴赫金发现了一种新的小说类型——复调小说或对话小说，他写道："陀思妥耶夫斯基好像是实现了一场小规模的哥白尼式变革"，"在陀思妥耶夫斯基的复调小说里，作者对主人公所取的新的艺术立场，是认真实现了的和彻底贯彻了的一种对话立场；这一立场确认主人公的独立性、内在的自由、未完

---

① Frank Chin, "Preface and Introduction", in *Aiieeeee! An Anthology of Asian-American Writers*, *Frank Chin et al* (eds.), Washington: Howard, 1983, p.xi.

② Maxine Hong Kingston, "Cultural Mis readings by American Reviewers", in *Asian and Western Writers in Dialogue: New Cultural Identities*, *Guy Amirthanayagam* (eds.), New York: Macmillan, 1982, p.57.

成性和未论定性。"① 也就是说，作者没有高于主人公的意识，而是与主人公平等地进行对话。这种新型的艺术形式和思维与传统的独白小说截然不同。巴赫金就此区分了独白思维和对话思维，并明确地反对"独白"，呼唤"对话"。

独白型小说一直是传统西方小说的主流。这种作品以一种全知全能的视角和线性的物理时间进行叙述。作者居高临下地对各个人物进行观察、描写和评判。因而，独白小说中只存在一种声音、一种语言和一种信念，不同人物的意识其实是作者主体意识的投射，独白化的"最终目的在于把多个意识融合、消解在一个意识里，在于取消个性化"②。然而，在陀式的复调小说和巴赫金的对话诗学中，作者的声音不再具有优先性。作者不是用自己的声音去覆盖作品人物的声音，而是倾听其独立的声音，在聆听中感受世界。这样，作品的人物就有了与作者同等的地位和机会展现自己的思想和精神。作者看似放弃了主宰一切的权力，实则缩短了艺术与生活的距离。复调小说的贡献在于它打破了单一的艺术程式，引出多元的艺术思维，推翻了"逻格斯中心主义"权威话语的霸权，开创了通过与他人互动而把握真理的对话体系。

巴赫金的这种对话诗学理论实际上是在对整个现代思想文化提出挑战，其锋芒直指现代意识形态中的独白原则和霸权

---

①　钱中文主编：《巴赫金全集》（五），河北教育出版社 1998 年版，第 64、83 页。

②　胡继华：《诗学现代性和他人伦理》，《东南学术》2002 年第 2 期。

思维。现代主体文化是以"我"为中心的独白文化,"他者"永远遭到拒绝和放逐。独白原则表现在文化上是文化帝国主义,而表现在性别上即是男性霸权主义。俄罗斯资深学者米哈伊尔·索科罗夫(Mikhail Sololov)从巴赫金的思想中提取出的多元文化主义即是对上述一元文化的彻底瓦解。对话主义在文化领域意味着一种多元互动的文化观。即在同一个时代,不同的意识、不同的文化和艺术可以共存,它们相互对话、相互启发,彼此借鉴,共同发展。同时,巴赫金的这种对话理论也给女性主义者以深刻的启发。巴赫金的理论照亮了"他者"的存在,使女性主义者能够在对话关系中引入性别和种族关系。对话主义强调倾听"他者的声音",予"他者意识"以独立、平等和自由,这种朴实的人文关怀为女性主义者打破男权意识一统天下的局面提供了理论依据,从而将长期处于"沉默"或"边缘"状态的女性救赎出来,使其被压抑的语言潜能和艺术创造力得以充分发挥。同时,将处于双倍边缘上的亚裔、非裔等女性意识与主流女性主义并置,以解构女性主义内部的边缘与中心的对立——这就是女性主义的对话原则:它强调的是对话而不是对立,其目标是建构两性和谐共处、多元文化互动的全新景观。

女性主义的对话原则与巴赫金对话诗学交融于《女勇士》的叙事结构和思想内容。本节将从二个层面逐一探讨《女勇士》的多重对话视角。

二、《女勇士》中的多重视角

1. 叙事结构上的对话

从表面上看，《女勇士》的结构似乎杂乱无章，无序可循，是一个典型的"中国的故事匣子"①。作品以第一人称"我"作为叙述者，"我"自由地跳跃于过去与现在、梦幻与事实之间。全书分为 5 个独立的篇章，每章以一个不同的女人为主线，而所谓的故事无非是生活的片断，零星的记录。第 1 章"无名女子"讲的是叙述者"我"的姑姑因私通生了孩子而被迫投井自杀的悲剧，这是作者回忆母亲告诉她的故事，也是母亲对她的告诫；第 2 章"白虎山峰"叙述"我"想象自己成为花木兰，在山中苦苦修炼而最终成为率领千军万马奋勇杀敌的女英雄；第 3 章"巫医"讲述了母亲勇兰在中国学医行医、招魂捉鬼的故事；第 4 章"西宫门外"描写姨妈月兰万里迢迢来美寻夫，终因无法适应美国生活而病死疯人院的遭遇；第 5 章"羌笛之歌"是全书中唯一涉及了作者本身经历的一章，描述了作者在多元文化背景下从沉默到言说的成长历程。最后作品以蔡琰的故事作结——笛声悠悠，故事好像还在继续。

从上面的介绍可以看出，《女勇士》的叙事形式与传统的叙述模式大相径庭，因此难免被误读为"大杂烩"。然而，深入地阅读便会发现，《女勇士》在似乎凌乱的叙述表象下却蕴

① David Liwei Li, "The naming of a Chinese American 'I': Cross-cultural sign/ifications in The Woman Warrior", *Criticism*, Vol. 30, No. 4 (Fall 1988), p.499.

藏着巴赫金的对话原则。书中的"对话"既包括作品中不同人物及其所代表的意识形态之间的对立和对话（即巴赫金所谓的"大型对话"），也有人物自身内心的对话（即巴赫金所谓的"微型对话"），它是人物头脑中两种声音、两种思想的交锋。母亲与"我"的对话如同枢纽一般将全书联系起来，构成该书的大型对话框架；而作者内心独白式的对话构成该书的微型对话体系。两种对话形式以一条主线有机地结合起来，使全书浑然一体，井然有序。

如果全书的对话体系像一支交响乐，这条主线便是它的主旋律。全书围绕着中国人、美国人和女人这三个概念的内在联系展开对话。身为华裔美国女性，汤亭亭面临着双重的挑战：其一是来自中国传统儒家文化的"重男轻女"思想，其二是来自美国主流社会对少数民族的歧视，对话性的叙事结构能全面体现这种社会现实的矛盾性和复杂性。以第 3 章"巫医"为例，汤亭亭以母亲自我回忆为素材，重新建构了母亲的传记。这一章分为 7 个部分，奇数部分即第 1、3、5 部分分别将母亲刻画为勤奋的医专学生、成功的乡村医生、宿舍驱鬼的英雄，表现了母亲的勇气、才能和抱负；而偶数部分即第 2、4、6 部分却描写母亲到市场挑选奴婢，到了美国之后的落魄，以及孩子们对母亲所代表的中国文化的拒绝。叙事者对母亲的敬慕和恐惧如此交替出现，形成了对话性的规律，展示了叙事者对母亲和她所代表的中国文化的爱恨交加的复杂心态。

这种复杂心态不仅体现在母女"大型对话"上，还表现在"微型对话"中。《女勇士》以双声语的叙述形式描述了一个华裔美国女性在两种文化背景、两种民族精神影响下探寻女性自我身份的过程。巴赫金认为，当一个人属于不同的文化，能够运用多种语言的时候，这个人就不会被囚禁于一种语言、一种文化里，而是跟它们保持距离，去审视这些语言和文化。在《女勇士》中，叙事者"我"时而以华人的视觉反观美国现象，时而把华人的思维言行置于美国文化背景中加以审视，将中美两种文化置于对话状态。以"白虎山峰"一章为例，当叙述者"我"想象自己遇到一对神仙夫妇时，就有这么一段独白性的对话：

> "吃了吗，小姑娘？"他们问我。出于礼貌我回答："吃了，谢谢。"（在真实的生活中，我会说"不，我还没吃呢。我很饿，你们有点心吗？我喜欢巧克力点心。"）①

括号外的一问一答是纯粹的中国传统，显示了对他人的尊重和体贴。"吃了吗"是中国人的问候方式，相当于美国人的"你好吗"，但不如美国人来得直白；而括号中的回答显然是美国式的，比较诚实和坦率，但缺少了中国人的礼貌和含蓄。汤亭亭将两种文化、两种话语系统并置，形成了

---

① Maxine Hong Kingston, *The Woman Warrior*: *Memoirs of Girlhood among Ghosts*, New York: Vintage Books, 1989, p.22.

对话关系，意在展现她内心对待两种文化的思考：是摒弃中国传统文化而认同美国文化，还是继承中国文化而拒绝美国文化？在这两者之间，华裔美国人到底怎样选择和定位呢？这种对话性的独白或独白型的对话充分展示了人物的内心矛盾。

2. 母女之间的对话

从标题本身和副标题"一个在'鬼'中间生活的女孩的回忆"就可初步断定《女勇士》是一部旗帜鲜明的女性主义文本。这部小说记载了一位华裔美国女人探索个人和文化身份的艰难历程。这一主题主要通过错综复杂的母女关系得以体现，通过母女对话的方式而深入展开。母女对话关系表现为母女之间在语言和声音层面的种种矛盾关系：女儿一边倾听母亲讲故事，一边以新的视角重述母亲所讲的故事；母亲的故事一方面压抑了女儿的成长，同时又激发了女儿的想象。母亲讲故事教育女儿遵守妇道，而女儿要挣脱母亲的故事而实现自我，于是女儿在与母亲的冲突和对话中逐步成长。

女儿从小是在听母亲的故事中长大的，但母亲的故事却充满矛盾。一方面，母亲将自己自强不息的故事讲给女儿，激发女儿的雄心壮志；一方面又将无名姑姑偷人的"罪孽"告诫女儿，让她服从男权价值观。面对这种情况，女儿没有被动地接受母亲的灌输，而是根据自己的理解重构历史、神话和女人形象，颠覆中国传统男权统治。这样，女儿不再是被动的"听者"，而是通过再创造的方式为自己赢得了与母亲平等对话的机会，发出自己独立的声音。在第 2 章"白虎山峰"中，女儿想象的花木兰形象与母亲讲的历史上的花木兰形象形成了鲜明的对话。汤亭亭没有停留在民间传说的层面，她从中解读出花木兰形象所蕴含的抗拒男权中心的深刻意义，将花木兰视为女性主义的楷模，于是幻想自己成为花木兰。在叙述过程中也不自觉地转为直述语气。"一晚又一晚，母亲总要讲到我们睡着。我搞不清故事在何处结束，梦从何处开始，睡梦里母亲的声音与女英雄的声音混为一体。"① "我"幻想被鸟儿召唤进山修炼，学成后回家看望父母；让父母将家仇国恨刻在背上，出征后统率千军万马，奋勇杀敌；同时不忘自己的女性职责，在战场上秘密成婚生子；带着孩子冲锋陷阵，凯旋故里后跪在公婆面前说："现在，我的公职已经完成，我要回家与你们一起种庄稼，做家务，生更多的儿子。"② 汤亭亭改写的花木兰的故事与母亲讲的"原版"花木兰相比，大不相同："原版"花木兰的使命是孝顺父母，效忠君王；而"改写"后的花木兰是为了逃离琐碎的家务，摆脱"男尊女卑"的歧视，实现自我价值。同时，作者又将岳飞等其他历史传说移植到花木兰身上，塑造了一位内柔外刚，"双性同体"式的女性主义新形象。在《女勇士》中，叙事者"我"既是幻想中的花木兰，又是现实生活中

---

① Maxine Hong Kingston, *The Woman Warrior*: *Memoirs of Girlhood among Ghosts*, New York: Vintage Books, 1989, p.19.

② Maxine Hong Kingston, *The Woman Warrior*: *Memoirs of Girlhood among Ghosts*, New York: Vintage Books, 1989, p.45.

的华裔美国女孩，两者的结合表达了她颠覆性别歧视的愿望。由此，母女通过讲故事在精神领域就女性的生命意义展开了对话。

重述母亲的故事并不意味着对母亲的全盘否定，而是与母亲的交流，并且在交流中找到和谐共处的支点。母亲的故事对于童年的作者来说是压抑和困惑，而对于成年的汤亭亭来说，却是令她自豪的文化遗产，对于母亲的这种抱怨和认同构成了全书的对话格局。美国学者 Leslie W. Rabine 指出："汤亭亭以蔡琰的故事结尾，象征着母女关系的调和。"[①] 这一观点得到评论界一致的认同。被掳到匈奴的蔡文姬唱着思乡的歌，"歌词似乎是汉语的，但匈奴人听懂了其中的悲伤和愤怒。孩子们没有笑，而是跟着一起唱。"蔡琰的故事是母女二人合作的成果："这是母亲告诉我的故事，不是在我小的时候，而是在最近，当我告诉她我也能讲故事时。（故事的）开头是她的，结尾是我的。"[②] 母亲是"说故事"的能手，女儿继承了母亲"说故事"的文学传统，母亲的故事成为她文学创作的素材，给予她创作的灵感。这恰好证明了另一位美国著名女作家艾丽斯·沃克的话："母亲是女儿力量和创造力的源泉，母女关系

---

① Leslie W. Rabine, "No lost paradise: Social gender and symbolic gender in the writings of Maxine Hong Kingston", *Signs: Journal of Women in Culture and Society*, Vol. 12, No. 3 (Spring 1987), p.485.

② Maxine Hong Kingston, *The Woman Warrior: Memoirs of Girlhood among Ghosts*, New York: Vintage Books, 1989, p.206.

不仅是生理的也是精神的纽带。"① 女儿寻求自我的过程就是一场对"母亲话语"不断扬弃、不断继承与超越的过程。

3. 中美文化的对话

《女勇士》首先是女性主义文本，但它的支点是文化。上述母女之间的矛盾和冲突是母体文化与客体文化冲突的外在表现。《女勇士》意在指出文化二元对立观对华裔美国女性造成的伤害。母女关系中的隔膜实际上反映了许许多多中国移民家庭所面临的两难境地，即生存于"两个世界"之中。尤其是移民的第二代，他们常常被两种截然不同的文化所困扰。正如帕特里夏·林所指出："在美国出生的华裔妇女对于中美完全不同的价值观十分敏感。与她们的母亲不同，这些妇女面对的是来自两种对抗文化的要求。尽管这些在美国土生土长的华裔妇女熟知中国生活方式的点点滴滴，但她们常常会因为必须在'中国式'和'美国式'之间作一抉择而感到无可奈何。相比之下，她们在中国出生的母亲，很少会因为纠缠在究竟是中国人还是美国人以及生为女性之类的复杂问题中而感到茫然。"②

作为第一代移民，母亲希望孩子们像他们一样保持中

① Lauri Umansky, *Motherhood Reconceived: Feminism and the Legacies of the Sixties*, New York: New York University Press, 1996, pp.91-92.

② Esther Mikyung Ghymn, *Images of Asian American Women by Asian American Women Writers*, New York: Peter Lang, 1995, p.28.

国传统。于是，不断地向女儿灌输中国传说和鬼故事，让女儿相信中国才是她的家。同时，母亲把美国的一切都称之为"鬼"，加强了美国的陌生感和不安全感。小说的副标题"一个在'鬼'中间生活的女孩的回忆"让读者窥见小女孩在美国社会强烈的异己感。① 但是对于女儿来说，美国才是唯一的现实。中国也许很美好，但远在千里，虚无缥缈；美国虽然陌生，但却近在咫尺，实实在在。中国传统文化中的男权话语肆意贬低女性，如"女孩就像大米里的蛆虫"，女性自称为"奴家"；而美国的文化崇尚对个性的追求，英语中的"I"（我）是大写的，直立的。于是，用东方式来包容生活的复杂性。于是，东方的神秘、落后与西方的理性、进步形成了两极对立。汤亭亭要摆脱母体文化的束缚，真正地进入美国主流文化。然而，文化上的"边缘"位置又让她经历了沉默甚至失语的折磨。在幼儿园和小学，她的沉默让人忘记了她的存在。她甚至在学校的图画书上涂满黑墨。这其实象征着文化冲突所导致的身份危机。处于两种文化夹缝里，她一时找不到精神的家园和心灵的归属。但她没有彻底绝望，在经历了种种困惑和不断探索后，汤亭亭又回到了母亲身边，因为她终于认识到母亲和她所代表的中国文化才是使她生生不息的根，是她力量的源泉，是指引她走向新生活的路标。《女勇士》一书便是连接母女的

---

① 胡亚敏：《谈〈女勇士〉中两种文化的冲突与交融》，《外国文学评论》2000年第1期。

桥梁。

　　母女冲突的调和象征着中美文化只有对话才能相互交流。作者借用蔡琰的故事表达自己对中美两种文化平等对话、和谐共处的渴望。蔡琰虽在匈奴一住 12 年，但她始终不忘自己的汉人文化身份。当她听到匈奴人吹奏胡笳曲时，便将其改编，用汉人的乐器演奏，创作了流传千古的《胡笳十八拍》，这实际上是汉文化与异族文化的一次成功对话，也暗示着中美两种文化成功对话的可能。生存于"两个世界"之中不再被看成是一种两难困境，"两个世界"也不再被视为中国母亲与美国女儿的对峙。《女勇士》代表的是一种跨越两个世界的新文化，一种母体文化与客体文化进行辩证性对话的新立场，这也为其他多元文化之间的对话提供了参考模式。

本节结语

　　身为华裔美籍女性，汤亭亭一直渴望找到一种能够表达多重身份的语言，找到一种足够复杂的文学形式来包容生活的复杂性。在《女勇士》中，她成功地实现了这一愿望。《女勇士》见证了美国女性主义学者肖尔瓦特关于"女性写作杂糅性和双声性"的论述。《女勇士》既是自传也是小说，既是女性主义的宣言又有文化人类学的思考。全书致力于为自我定义而寻找着答案，围绕着女性价值和文化定位问题而展开对话，但对话没有终结，寻求也没有答案。作品的结尾是开放性的。汤亭亭在作品中指出："我学会了使我的心胸变得宽广，就像宇宙一样浩瀚无边，以便有足够的空间容纳悖论。"① 这充分体现了巴赫金的那种大文化的胸襟，也又一次体现了巴赫金对话诗学的思想即对话的未完成性。认识到对话的未完成性，就认识到真理的相对性，将真理置于无穷无尽的追寻，这样，真理就不会被僵化和教条，人类的精神资源就永不会枯竭。

---

① Maxine Hong Kingston，*The Woman Warrior*：*Memoirs of Girlhood among Ghosts*，New York：Vintage Books，1989，p.29.

第三章 学院派女性作家与作品

第一节 学术竞争与群体关怀：乔伊斯·凯洛·欧茨"学院小说"主题探究

2006 年和 2013 年，对于热爱乔伊斯·凯洛·欧茨的读者来说是充满期待和失落的一年，她几度荣登诺贝尔文学奖提名榜，牵动了众多读者的心。虽然最终花落他家，但她的文学成就一次次令世人瞩目。从初涉文坛到现在，几十年来她的作品源源不断。2006 年中国出版界发行了五套装欧茨文集，让中国读者领略到其作品的全面风貌。

欧茨是个多产的作家，其写作题材之广，数量之多，内容之丰富，恐怕在当代美国文坛无人能与之比肩。欧茨也是个多面的作家，她具有诗人、小说家、评论家、教授等多重身份，熟悉各种文学理论和写作流派，因此她能够不拘一格地穿梭于各种"主义"之间而兼收并蓄。

然而，也许正是由于她的多产和多面，人们始终觉得她难以捉摸和定位，对于欧茨的研究非但不与她作品的数量成正比，事实上还完全处于学术界的边缘。提起欧茨，评论界常将她的名字与暴力相联，甚至认为她对暴力有一种病态的嗜好，① 或者索性将她放到通俗小说之列，这对于一个长期在普林斯顿大学任教，并有着"巴尔扎克般雄心"的作家来说，未免着实低估了她的能量和价值。最近在美国出版的欧茨小说研究扭转了人们长久以来对欧茨的认识，研究者指出欧茨作品传达出对社会变革抱有坚定的信心，与詹姆士实用主义思想一脉相连。②

纵观欧茨迄今发表的几十部长篇小说和林林总总的短篇小说，可以发现，她的笔端几乎触及了美国生活的方方面面。这些故事之所以读起来"比真实还要真实"，就是因为它们大多围绕着欧茨所熟悉的题材而展开。对于在大学任教 40 余年的欧茨来说，"学院小说"无疑是她最得心应手的题材之一。事实上，欧茨作品中很多反复出现的故事场景都或多或少与大学相关。欧茨深谙学术圈内的真实生活和特有的"游戏规则"，其亲身的科研与教学经历为她的学院小说提供了一手的写作素材和参照，如：长篇小说《他们》（1969），短篇小说《在冰山里》（1970）《死者》的背景基于她在底特律大学教授英美文学的经历；短篇小说集《饿鬼》（1974）投射出 70 年代欧茨在加

① 朱荣杰.《〈他们〉中的她们——乔伊斯·卡洛尔·奥茨笔下的女性与暴力》,《解放军外国语学院学报》2003 年第 4 期。

② Gavin Cologne-Brookes, *Dark Eyes on America: The Novels of Joyce Carol Oates*, Baton Rouge: Louisiana State University Press, 2005.

拿大温莎大学教文学创作的那段岁月；长篇小说《不神圣的爱情》（1979）、《冬至》（1985）、《玛丽亚的一生》（1986）、《我带你去那儿》《狐火：女人帮的自白》（1995）等的场景基本反映出她在普林斯顿大学执教之后的情形。

然而，国内外的"学院派小说"研究常常忽略欧茨的贡献，他们对她或者只字不提，或者一带而过①，这明显对她有些不公。其实，国内学者从事学院小说研究的本来就屈指可数，集中讨论学院小说可见到的研究成果主要有宋艳芳发表的系列论文和马凌的专著《后现代主义中的学院派小说家》。前者集中讨论英国当代小说，后者的研究范围趋于国际化，对纳博科夫、艾柯等男性作家作品进行了深入的个案研究。但可能是由于篇幅原因，以欧茨、托尼莫瑞森为代表的女性作家只是在其列举的名单中略有提及。国外学者对欧茨的学院小说研究始于艾琳·本德（Eileen Bender），她在 1983 年出版的《驻校的艺术家：乔伊斯·凯洛·欧茨》中指出：作为学院小说，欧茨的作品与纯学院派不同：纯学院派小说常常是"学术小说（Academic Fiction）"，除描写学者生活及其本质外均涉及对文学理论的探讨，具"元小说"的特色；但欧茨的小说只是以校园生活为场景，以大学教师的教学、科研、生活为主体，同时覆盖研究生、本科生及与大学相关机构的学者、编辑等。② 欧

---

① 马凌：《后现代主义中的学院派小说家》，天津人民出版社 2004 年版。

② Eileen Teper Bender，*Joyce Carol Oates：Artist in Residence*，Bloomington：Indiana University Press，1987.

茨的作品较少涉及对文学批评本身的探讨。《自我的多面：欧茨小说》（*Lavish Self-divisions：The Novels of Joyce Carol oates*）从女性主义角度梳理了欧茨写作策略的转变轨迹，其中提到了女性教授和学者在大学内的处境问题。①

以往的欧茨研究或专论其女性身份，或专谈其学者/教授身份，而将三个范畴纳入统一视角加以观照的还未见到。然而，欧茨的学院小说之所以独树一帜，正是由于她将作家的敏锐观察、学者的理性思考与女性的独特视角融为一体。欧茨小说所呈现的不是理想中的象牙塔，而是大学内部的尔虞我诈。在她的小说中，大学已不是一片净土，这里同样涌动着文化的激流以及政治的漩涡。但她的作品没有仅仅停留在揭露和批判的层面，而是呼吁建构一种和谐的校园文化和人际关系。虽然她的小说由于夹杂哥特式的叙事元素而显得神秘和空灵，她的学院人物也时常带有虚无主义的色彩，但在这种后现代表象下隐藏的依旧是她对人性的关怀。不论她的写作手法如何变换，以关怀伦理重建校园文化的主题是她学院小说真正的命脉所在。

一、学术身份的建构：个人竞争与群体关怀

评论界一向把欧茨描绘成"暴力和黑暗的专业写手"，却

---

① Elaine Showalter，*Lavish Self-divisions：Novels of Joyce Carol Oates*，Faculty Towers，2005.

忽视了欧茨作品中所传达的悲悯和关怀。大学竞争机制对个人成就的推崇，对群体关系的漠视，使得大学人的心灵囚禁于自我，在征服他人、超越他人中实现自我的辉煌。然而，成功者感到的仅是孤独的落寞，失败者品尝的更是人世的悲凉。通过小说《不神圣的爱情》《饿鬼》中的一幕幕悲剧，欧茨提醒人们：群体关怀在构建学术身份中的重要作用不可忽视。

　　大学教师人际关系的冷漠和学人的孤独寂寞淋漓尽致地体现在《饿鬼》中。在该书后序中欧茨解释了"饿鬼"的含义："在古代佛教中，有一种鬼被饥饿驱使，在人间徘徊不散。在现实社会，它代表了各种各样的欲望和贪婪。"[1] 借此，欧茨暗指：学术男女的生命正在被无限膨胀的欲望所耗尽。《饿鬼》包括 7 个短篇小说，反映了学术生活的不同侧面。7 个故事的标题、主要人物和情节结构无不透露出对英美文学经典"戏仿"的痕迹：例如，"天路历程"（Pilgrims' Progress），"美国的民主"（Democracy in America）"超越奴役"（Up From Slavery）等等。欧茨的真正动机是讽刺性地反叛和颠覆同名的源文本。[2] 通过平行结构突出当代学界人与源文本中主人公的鲜明反差，欧茨以女性的视角旁观和嘲讽了大学内的混乱、恐惧、嫉妒、虚伪和自私。但揭露问题并不是欧茨的终极目的，她更注重的是挖

---

[1]　Joyce Carol Oates, *The Hungry Ghost*: *Seven Allusive Comedies*, Los Angeles: Black Sparrow, 1974.

[2]　杨华：《反叛的互文性》，《广东外语外贸大学学报》2005 年第 7 期。

掘问题的根源，探讨解决的途径。面对有人批评她热衷于揭露学界黑幕的指责，欧茨在1974年9月22日致《纽约时代书评》的信中对自己创作《饿鬼》的初衷进行了有力的辩护：大学教师对学术声望和影响的疯狂追求遮蔽了心灵深处对群体和友谊的渴望，《饿鬼》是一种预警，促使人们反思。①

《饿鬼》的开篇小说《美国的民主》揭示了"不出版就灭亡"（Publish or Perish）规则对大学教师自我身份的挑战。在这根魔棒的驱使下，学问不再是崇高的追求，而是谋得利益的工具。罗纳德·保利（Ronald Pauli）为了确保在学校的职位安全，为出版自己的"学术专著"四处奔波。他的385页"鸿篇巨作"被怀疑是否有学术价值。书稿的厚度与课题的狭窄明显不成比例，暗示着投入的精力与研究价值的严重失衡。保利自己也承认对该题目没有丝毫兴趣，出版仅为生计所迫。当他正走投无路之时，终于有一家出版社同意接受他的书稿。但负责审稿的编辑却突然死亡，而他唯一的书稿还在编辑家里。保利万分焦急，匆匆赶到编辑住所。当他打开编辑的家门时，他惊呆了：室内一片狼藉，地上堆满了各种废弃物，刺鼻的气味几乎呛得他晕倒。他想："这是人过的日子吗?"② 这个想法仅是一闪即逝，自己还前途未卜，他无暇为别人的不幸感到难过和

---

① Joyce Carol Oates, "Letter", *New York Times Book Review*, 22 September, 1974, p.43.

② Joyce Carol Oates, *The Hungry Ghost: Seven Allusive Comedies*, Los Angeles: Black Sparrow, 1974, p.13.

悲哀。他的目标只有一个：找到书稿。屋内凌乱不堪的物品对他来说成了搜寻工作的障碍，他愤怒地摔打着，诅咒着，对物品主人的悲惨境况漠不关心。在他终于从散落的保险单中、过期不还的图书里、衣服里、抽屉里，甚至浴室的瓷砖地上找到书稿并整理齐全时，却发现自己的心已经破碎。① 其实他自己的窘迫与编辑何其相似：他们都同样的孤独，同样的缺少他人的关心和支持。想到这里，他反倒对编辑萌生了一种莫名的亲情。

关怀与被关怀本是人的基本需求，但在残酷的学术竞争中，大学教师纷纷戴上虚伪的面具，彼此防范，相互提防。久而久之，人心麻木，真情不再。《饿鬼》中的另一篇小说《一个描述性的目录》讲的是教师以"学术诚信"为借口互相打击报复的故事。雷诺德·梅森（Raynold Mason）科研成果寥寥，在争取终身教职时忧心忡忡。听说英语系的诗人让·布拉斯（Ron Blass）对他有些微词，雷诺德立刻反击，揭发让·布拉斯有剽窃之嫌。雷诺德的指责并非空穴来风。虽然让·布拉斯发表成果斐然，但江郎才尽之后的他为保持学术领先地位，竟然篡改他人诗作冠之以自己名字发表。面对英语系学术委员会的盘问，他只好承认自己的所为。其实，学术委员会成员的学术成果也禁不住深究：委员会主席只有几篇在国内小型会议

---

① Joyce Carol Oates, *The Hungry Ghost*: *Seven Allusive Comedies*, Los Angeles：Black Sparrow，1974，p.14.

上宣读的讲稿，其他成员发表的论文基本上属于对他人学术发现的攻击，而少有创造性的成果。因此，当让·布拉斯拿出确凿的证据与他们对质时，他们不再维护所谓的"学术道德"，当场宣布让·布拉斯清白，这场以捍卫"学术诚信"为由发泄私愤的闹剧以彼此妥协、相安无事而告终，充分显示出某些大学教师对"学术诚信"的践踏及其"学术道德"的沦丧。作为局内人士，欧茨敢于揭露这一现象，勇气可嘉。她将这一故事收在小说集《饿鬼》中，意在表明：这些现象的根源在于自我欲望的作祟，从这个意义上讲，欧茨不愧为勇敢的"驱鬼者"。

欧茨是个"祛魅"者。长篇小说《不神圣的爱情》所凸现的是不再神圣的大学。大学已失去了它的庄严，学术组织沦为政治的角斗场。小说着力描写了学术圈内非正常竞争对整个学科发展的阻碍和对大学教授个体生命的戕害。欧茨在创作这部小说时与其主人公布丽奇特·斯托特年龄相仿，都为39岁。作为正值中年的女教授和小说家，布丽奇特目睹并卷入了学术圈内激烈的竞争游戏。经过了一场战斗的洗礼，布丽奇特清楚地看到：教师之间关系的淡漠和扭曲是大学文化的毒瘤，妨碍着大学的健康发展，也给学术男女带来身心伤害。故事以虚构的伍兹里大学英语系为背景，围绕着系主任拜恩（Byrne）和英语系权威人士赛德尔（Seidel）之间的一场权力之争而展开。故事开始时，恰逢号称美国"诗歌之父"的阿尔伯特·丹尼斯（Albert Dennis）造访本校。为了与著名人物拉上关系从而提高自己的学术声望，英语系的教授们竞相争宠，纷纷举办宴会招待诗人。但年迈头昏的丹尼斯醉酒后吸烟引起大火，不幸丧生。对于丹尼斯之死的连带责任使系主任拜恩被迫离开大学，而赛德尔也因为对醉酒后的丹尼斯监管不力而受到良心的谴责，一蹶不振。总之，这场政治角斗以两败俱伤而告终。

但斗争绝不仅限于两个人之间。事实上，伍兹里大学英语系内人际关系错综复杂，教师之间基于权力之宜，师生之份，男女之情建立了不同的帮派。由于这些派系常常能左右个体的学术生命和未来，所以教师无不挖空心思建立对自己有利的人际关系。但派系的格局却变化莫测。由于晋升、调动、职称、退休、疾病、死亡等变化因子的存在，原有的格局不断被打破，苦心经营的关系瞬间瓦解，最终导致的是教师之间人情关系淡漠，彼此的维系只有利益没有友谊。在这片人情荒岛上，个体的孤独和绝望常常会引发极端的行为，伍兹里大学的教师自杀事件时有发生。

但个体的死亡在这潭死水上荡不起多大的涟漪。对于同仁的不幸，伍兹里大学的教授们早已失去了同情的能力。不仅男性教授之间彼此争斗，女性之间也并不团结。例如，英语系的家属桑德拉为帮丈夫争得终身职位，与系主任通奸，进行"色权交易"，迫使英语系一位名叫格拉迪斯（Gladys）的女教授提前退休。尽管格拉迪斯在学术上颇有建树，为人也相当友善，但还是成了政治操纵的牺牲品。对于她的遭遇，无人关心，无人过问。小说的主人公布丽奇特虽同为女性，非但没有向格拉迪斯伸出援助之手，反而避而远之。对于同伴的学识，她暗自佩服；对于同伴的遭遇，她选择沉默。多年的斗争经验告诉她，明哲保身才能继续生存。

对于这种现象，雅各比的批评一针见血：知识分子的正义感和良知早已丧失殆尽，美国大学成了彻头彻尾的名利场，与世俗世界毫无二致。"消逝的知识分子就消逝在大学里。"① 造成美国的大学教授伦理缺失的原因有以下几点：其一，大学并非世外桃源，它身处滚滚红尘之中，难免被其所裹挟。留在大学任教的多是当年的优秀生，但后来才发现那些班上成绩平平的同学早已名车豪宅，未免感觉失落，因此，在大学有限的资源内拼命争夺。其二，过去30年来，美国大学经费持续紧张，政府资助和拨款减少，学费收入不抵支出，解决措施表现为精简编制。因此，终身教职日益珍贵，竞争不断加剧。其三，美国大学的组织结构改变，大学不再是学术中心，而是官僚化，产业化。② 权力垄断学术，教授们纷纷向权力低头，变得谨小慎微，唯唯诺诺，不敢伸张正义。③

---

① [美] 拉塞尔·雅各比：《最后的知识分子》，洪洁译，江苏人民出版社2002年版，第15页。
② 干金林：《精神式微与复归：知识分子视角下的大学教师研究》，南京师范大学出版社2006年版，第11、214页。
③ [美] 拉塞尔·雅各比《最后的知识分子》，洪洁译，江苏人民出版社2002年版。

二、师道：授业与关怀

现代大学对个人学术权威和学术地位的强调，不仅割裂了教师之间的情感纽带，而且毁坏了传统的为师之道：教师专心致志于捍卫自己的学术利益，除完成教学任务外，对学生的情感需求不闻不问。通过小说《他们》《在冰山里》，欧茨以犀利的笔锋揭示了美国大学师生之间的隔阂，大学教师作为"教育者"的失败。

长篇小说《他们》是欧茨的代表作，获美国国家图书奖。小说以温德尔一家三口的命运为主线索，小说的题目"他们"(them)采用小写，表示"他们"的社会地位，即：美国下层阶级。小说的叙述者"欧茨老师"在引言中介绍道："莫琳·温德尔是我在1962到1967年间在底特律大学教书时的一名学生，莫琳写信倾诉她的问题和遭遇，深深吸引了我。她对自己身世难以排解的回忆，使我获得了这本小说的大量素材。"[1]虽然欧茨曾澄清小说中的"欧茨老师"并非欧茨本人，但小说中提到的1962年到1967年间，欧茨的确在底特律大学教书。因此，有理由相信，小说所反映的问题是真实生活的艺术再现。

莫琳的一家是下层阶级的代表。母亲洛莉塔命运不济，厄运连连；哥哥朱尔斯打架斗殴，无恶不作。莫琳就是在这样

---

① ［美］乔伊斯·卡罗尔·欧茨：《他们》，李长兰、熊文华等译，译林出版社1998年版，第12页。

的暴利和恐惧包围中长大的。她的家庭不仅不是庇护所，反倒是暴利的施行地。为了逃脱继父的魔掌，14 岁的她就开始出卖身体，当她积攒的钱被继父发现时，惨遭毒打。在床瘫痪一年多后，莫琳决定通过上大学改变自己的命运，由此她结识了教"文学入门"的欧茨老师。虽然欧茨老师在课上滔滔不绝，但最终也没能使莫琳走进"文学殿堂"，莫琳甚至觉得文学距离她的现实生活实在遥远，根本没有金钱来的实际。几年之后，她通过精心策划，凭借女人的魅力嫁给了自己的大学老师，过起衣食无忧的生活。

以往的评论几乎都聚焦于《他们》中的悲剧女性或下层阶级的悲惨境况。但盖尔文却开辟了新的视角：《他们》在某种程度上是对文学功用反思的"元小说"[1]。盖尔文的解读挖掘出《他们》作为学院小说的性质，在此基础上可以进一步说，《他们》也是对高等教育的反思，《他们》中的师生存在较大隔阂，大学已失去了应有的人文关怀功能。虽然有些大学老师也曾出身贫寒（包括欧茨本人），然而，一旦跻身于大学教授行列，就很快表现出中产阶级知识分子的特性：漠然的旁观者，理性的分析家。莫琳写给欧茨老师的第一封信就显示出师生之间的距离："我叫莫琳·温德尔。希望您记得我的名字，不过，您干嘛应该记得我呢？我学习不好，而且中途辍学，现在写信

[1] Gavin Cologne-Brookes, *Dark Eyes on America: The Novels of Joyce Carol Oates*, Baton Rouge: Louisiana State University Press, 2005, p.45.

真觉得惭愧。如果说，我之所以写信给您，是因为我觉得我和您有相通的东西，这是不是对您的一种侮辱呢？"① 莫琳的信里透着自卑，可以想象，曾经沦为妓女并惨遭继父毒打的经历给她年轻的心灵留下了怎样的创伤。她需要关怀和鼓励，然而，这显然超出了小说中欧茨老师的职责范围——传授知识。在课堂上，"欧茨老师"专心致志地给学生剖析经典名著《包法利夫人》的思想，可却没有得到学生莫琳的共鸣："您为什么觉得《包法利夫人》那本书重要呢？为什么您说它比生活都重要呢？它根本没有我的生活重要。"② 莫琳向往文学提供的秩序和美好，而不需要文学的复杂和沉重，因为她自己的生活已经足够悲惨。莫琳不能理解欧茨老师何以对虚构人物那么痴迷，对身边的学生却视而不见："您高声朗读其中（《包法利夫人》）的一些段落，看得出来，您的乐趣是在书本上，而不是在我们身上。您念那本书的时候表情庄重，您从来没有那样跟我们讲过话，因为您相信那本书比学生还重要吗？……您讲课时说话很快，我们总是跟不上，而您却撇开我们，越说越快。您讨厌我们吗？"③ 莫琳的现实世界与欧茨老师的相比是天壤之别：欧

---

① ［美］乔伊斯·卡罗尔·欧茨：《他们》，李长兰、熊文华等译，译林出版社 1998 年版，第 373 页。
② ［美］乔伊斯·卡罗尔·欧茨：《他们》，李长兰、熊文华等译，译林出版社 1998 年版，第 377 页。
③ ［美］乔伊斯·卡罗尔·欧茨：《他们》，李长兰、熊文华等译，译林出版社 1998 年版，第 379 页。

茨老师工作稳定，衣食富足；而莫琳的生活动荡不安，朝不保夕。同为女性，欧茨老师本应是莫琳学习的典范，她本可以提供莫琳关于女性自尊、自强的人生指导。但她们之间没有过沟通，她给了莫琳一个不及格的分数，大学教育没有使她看到改变人生的希望，莫琳回到原来的人生状态，她靠拆散他人家庭，过上寄生生活。

如果说师生隔阂使莫琳自甘堕落的话，《在冰山里》的犹太男生却因此失去了生命。小说里的天主教大学犹如"冰山"一般，同事冷言冷语，教师之间没有集体感，人人独来独往，有的同事可能一年都见不到面，每个人在办公室停留不到五分钟就各自离开。艾琳修女是新来的讲师，她虽然30岁出头，但已心如死水，表情冰冷。班上突然出现的犹太男生却给她的生活带来一线生机，他对文学充满激情和见解，在课上与她息息相通。但他古怪而变幻不定的头脑使他与其他学生格格不入，他父亲甚至强行将他送进过精神病院。她常常想他，他不来上课时，她会心情沮丧。但另一方面，她又十分恐惧，害怕被这个犹太学生拖进一种关系中去，长期的情感压抑和戒备使艾琳修女失去了与人发展亲密关系的能力。当男生向她靠近，寻求她的帮助和理解时，她拒绝了。只有得知男生投河自尽后，艾琳修女才醒悟到情感的缺失给人造成的灾难性后果。

这些男生与女生的故事让读者反思美国高等教育存在的问题。当代美国大学教育只强调知识的学习，忽视学生的内心感受，学生的情感需求得不到满足。大学教师致力于个人学术声望的追求，失去与学生交流的机会。学校的大环境充斥着自私冷漠，学生自然感觉不到爱和关怀。

通过《玛雅的一生》，欧茨告诉人们：冷漠传递冷漠，只有关怀才能唤醒关怀。在该小说中，欧茨塑造了二元对立的男女教授形象，代表了两种不同类型的教学理念。玛雅的导师麦克西米兰·费恩（Maximilian Fein）才学过人，是学生崇拜的偶像，但他高傲冷峻，拒人千里；玛雅虽然也学术卓越，但对学生友善关怀，广受学生爱戴。小说虽然没有详细描写玛雅组织课堂的场面，但却多次提到了她的教学理念。如：尽管其他同事只顾学术不顾教学，玛雅却坚持认为："教学与学术同等重要。她每天思索着如何调动沉默的学生，如何与学生充分交流，走进学生内心，如何在这生命的非凡阶段成就人生。为此，她无怨无悔。"[①]总之，对于玛雅来说，学术与教学并不矛盾，学术使她思考，教学使她愉悦。玛雅和她的导师费恩教授代表了情感与理性的对立，玛雅更多了人性的关怀。

三、建构基于关怀伦理的大学文化

林斌在《超越孤独艺术家的神话》一文中指出：欧茨的创作观在经过了1971年到1973年间的过渡期后出现了转折，力图颠覆"孤独自我的神话"，逐渐表现出群体意识。[②]在《不神

---

① Joyce Carol Oates, *Marya: A Life*, New York: Harpercollins, 1986, p.242.

② 林斌：《超越孤独艺术家的神话》，《当代外国文学》2003年第1期。

圣的爱情》中，欧茨借诗人丹尼斯之口呼吁教师之间应该互助互爱："生活让我们彼此隔离……人类是如此的无知，他们发出的'探索号'卫星能到达宇宙的遥远一端，殊不知人类最应该探索的是他们自己。人类应该热爱自己，彼此互爱。"① 欧茨在写作《不神圣的爱情》时正是女性主义第二波如火如荼之际，也是关怀伦理应运而生之时。纵向的等级制是男权文化的产物，个体沦为攀登欲望阶梯的牺牲品。关怀伦理旨在以横向的和谐关系取代纵向的等级制度，对个人主义提出挑战，强调自我与他人之间的情感纽带，强调个人与群体之间的相互依存。

萨拉·卢迪克（Sara Ruddick）的《母性思维》为改革高等教育机构提供了可资借鉴的模式。该书认为："母性思维"不同于"母爱"，"母爱"属于自然关怀，是生理本能；而"母性思维"可以通过培养后天习得。女性主义的目标之一就是将关怀伦理注入高等学府。②

诚然，竞争是国家或组织成功的主要驱动力。对于高等教育来说，它也的确意义深远，能促进学术繁荣，激励学术创新，推动学校发展。但欧茨以冷静的头脑揭示了过度竞争的负面作用：竞争引起人际关系紧张，强化人的敌对情绪，引发机会主义行为，危及弱者的生存。欧茨并不反对竞争，但她反对

---

① Carol Oates J., Unholy Love, New York：Vangard. p.229

② Sara Ruddick, Maternal Thinking：Toward a Politics of Peace, Boston：Beacon，1989.

没有关爱作前提的竞争，因为那无异于自然界的弱肉强食。欧茨倡导的是以关怀柔化竞争，建立既竞争又合作的集体环境，增强群体的凝聚力，和个体之间的思想沟通与相互协作。以关怀为竞争导航，竞争就不再为个人谋利，而是为了学术群体的发展。

本节结语

在欧茨的笔下，大学不再是学术的殿堂，而沦为政治的角斗场；教授也与赛义德定义的理想"知识分子"相去甚远：他们不再是正义的代表，也远非弱者的喉舌，基本丧失了质疑和批判的精神。即使与美国文学史上其他学院派作家塑造的教授形象相比，欧茨的"教授们"也缺少很多可爱元素：他们没有马拉穆德笔下列文教授的激情投入，没有赫索格的天真的理想主义，没有圣彼得教授（威拉·凯瑟笔下的）的坦然平和。欧茨的教授们有的只是为自我利益的相互倾轧和在孤独深渊中的痛苦挣扎。作为置身于校园中的严肃作家，欧茨绝非以观赏和出卖校园"恶之花"为乐趣，她要审视大学存在的弊病，诊断其病因，她真正所企盼的是药到病除后的欢愉。尽管她笔下的大学教授可能丧失了立场和良知，但欧茨依然是不折不扣的坚守者。她怀着强烈的忧患意识和责任感，从深邃的人文关怀角度，寄希望于人们的惊醒和感奋。

同在普林斯顿大学任教的肖尔瓦特（Elaine Showalter）教授，曾为现代语言学会（MLA）主席，也是美国"女性主义批评"的奠基人。回首几十年的学院生涯，她不无感慨，其新近出版的《教授旅馆：学院小说及其不满》(*Faculty Towers： Academic Novel and its Discontents*) 总结了她对学院题材小说的看法："学院小说是我个人的最爱。它是知识分子自我反省的一种方式。优秀的学院小说应该关涉当代话题，抨击学术不公，展示知识分子在残酷竞争和自我超越过程中所承受的痛苦和压力。"① 这恰与欧茨学院小说的主题不谋而合，也反映出欧茨小说的现实性和前瞻性。

第二节　乔伊斯·卡洛尔·欧茨的学院小说
《我带你去那儿》的女性伦理思想

乔伊斯·卡罗尔·欧茨 (Joyce Carol Oates) 是美国当代著名女作家，自 1963 年出版首部短篇小说集《北门边》(*By the North Gate*) 以来，一直活跃于美国文坛。作为 20 世纪北美最高产的作家之一，欧茨令人吃惊的文学成果受到赞誉和批评。欧茨本人认为自己是个女权主义者，她的众多文学作品，小说类和非小说类都证实了这一点。欧茨憎恨人们由于她的性别就把她归类于"女"作家，她认为不能由于性别就限制她的写作主题、风格或作品种类，在她著名的作品《关于

---

① Elaine Schowalter, *Faculty Towers：Academic Novel and its Discontents*, Oxford：Oxford University Press，2005，p.6.

拳击》(*On Boxing*，1987) 中她就挑战了这一偏见。在她的论文集《(女)作家：机会和机遇》((*Woman*) *Writer*：*Occasions and Opportunities*，1988) 中，欧茨关注的主题是成为作家的妇女在社会中被讽刺、被边缘化和压制的地位。在她的小说中，女性人物代表了社会的不同层面。一些女性人物是社会不同形式保留的被动牺牲品，例如《任你摆布》(*Do With Me What You Will*，1973) 中的埃林娜，另外一些则直接成为传统思想的牺牲品，如厌女症、家长式特权和束缚、压制女性发展的传统观念 (如《狐火：一个少女帮的自白》中的马迪和莱格斯)。在她的作品中，女性人物代表社会的许多阶层。有些女性是不同形式的社会暴力的被动牺牲品，强暴、乱伦、身体和精神上的虐待经常伴随着欧茨作品中的女性人物，他们成为男性暴力倾向的牺牲品，但社会往往选择原谅、宽恕这些男性。欧茨的女权主义思想不仅在小说中得以充分展现，在她的短篇小说、论文和诗歌中都体现了同样的思想。比如在诗集《无形的女人》(*Invisible Woman*) 中作家与女性展开无形的抗争。在该作品的"后记"里欧茨指出，女性被视为看不见的人这一现象在当今社会十分突出，原因是社会更多地关注女性的外部特征，而她们内心的自我被忽视了。对欧茨来说，无形是个重要的概念，因为它指导女性展开社会变革，使得女性在获得更多个人自立能力的同时，从失去自我转变到争取自我，从隐形转变为有形。这一积极的女权主义思想贯穿了欧茨诗歌和小说。

　　事实上，欧茨对学院派作品这一文学流派的贡献更是不可小觑。她的许多短篇小说都以学院这块圣地作为故事发生的背景。如早在 1974 年出版的短篇小说集《饥饿的鬼魂：七个讽刺喜剧》（*The Hungry Ghosts*：*Seven Allusive Comedies*，1974）就是围绕着大学校园展开的一系列有关大学教授和大学生的故事。文学作品的社会价值是欧茨进行创作的主旨，其小说的社会性揭示了这位女作家的作品广受好评的原因和研究意义，也体现了文学伦理学的人文精神和社会责任感。欧茨发表于 2002 年的长篇小说《我带你去那儿》（*I'll Take You There*）正是这种创作理念的绝好体现，小说中的女主人公历经寻找友谊、爱情和自我的三个过程。

　　文学伦理学 20 世纪 60 年代首次出现在文学批评领域，后从 90 年代开始扮演越来越重要的角色。现今，文学伦理学更是文学批评中最前沿的研究手段。60 年代，文学评论家重新把目光投向伦理学领域，以求对现有的文学批评方式有所革新。当时，解构主义大行其道，最受欢迎，解构任何东西似乎成了文学评论界的趋势。约翰·艾利斯（John Ellis）批评文学批评"看不到任何实质上的改变，没有什么新鲜的评论"，"解构主义的解读似乎在用千篇一律的方式解读任何文学作品"，① 最后得出的结论一定都具有不确定性。对于文学作品涉及的道

---

① 　John M. Ellis，*Against Deconstruction*，Cambridge：Cambridge University Press，1989，p.33.

德伦理重大问题，解构主义从不给出明确答案。劳伦斯·道格拉斯（Lawrence Douglas）观察到，"由于解构主义的复杂分析，我们已经失去了对文本做最简单的判别的能力——比如，该文本是力图真实反映事实还是仅仅是逗趣而已，我们无从得知"。① 道德评论家急切地需要一种能够提供明确的道德导向以及伦理内涵的文学批评理论。因此，他们提倡运用伦理道德哲学来代替一味玩弄理论、诡辩的解构主义。伦理学为评论家提供了一个新的分析视角来解读道德问题以及道德伦理在文学创作中所扮演的重要角色。

美国英语系教授肯尼斯·沃麦克（Kenneth Womack）在2002 年撰写的《战后学院派小说：讽刺、伦理学、社团》（*Postwar Academic Fiction：Satire，Ethics，Community*）一书可以称之为对学院派小说研究的发轫之作。在该书中，沃麦克运用 90 年代盛行于美国学术界的伦理学理论作为切入点，引用许多关于伦理学的经典著作，选择以伦理学批评作为分析英美学院派小说的切入点。

沃麦克指出：为数众多的批评家认为伦理学批评是在当前文学理论走入死胡同、需要重新定义和评价过程中，理论家们找到的一种积极的文学批评方法，因为它最有可能把单纯的理论体系与实用主义和社会需求有机地结合在一起。正是这样一

---

① Lawrence Douglas，"Scholarship as Satire：a Tale of Misapprehension"，*The Chronicle of Higher Education* 42，May 17，1996，p.56.

种伦理道德型的批评方法给抽象清高、玄而又玄的文学理论赋予新的活力，使它成为一种与人们的社会和文化生活息息相关的批评方式。[①] 希利斯·米勒（Hillis Miller）在《阅读伦理观》（*The Ethics of Reading*：*Kant*，*de Man*，*Eliot*，*Trollope*，*James*，*and Benjamin*）一书中提到以伦理学的方式分析文学作品可以在文本和读者之间建立一种充满活力和生命力的联系，[②] 那斯巴姆（Martha C. Nussbaum）认为小说本身就是一种道德成就，健康向上的生活本身就是文学作品。[③] 杰弗里·高尔特（Geoffrey Galt）强调伦理学批评应当被看作各种话语和学科的发源地和中心，前者是通过后者发散开来、聚合、碰撞。[④] 可以得见，伦理学批评方法不仅能够在读者和作品中间建立密切的联系，还可以使个人与个人之间树立起团体意识和精神。沃麦克在总结了不同伦理学理论家的观点后得出结论：相关理论的探讨和争论，尤其是20世纪90年代伦理学理论成为学界的前沿阵地以来，越来越多的学者和相关的学术研究表明，伦理学已经和正在成为一种可以运用于不同批评领域和文化内涵的解释方式。与此同时，伦理学也必须建立起跨学科

---

① Kenneth Womack，*Postwar Academic Fiction*：*Satire*，*Ethics*，*Community*，New York：Palgrave，2002，p.6.

② Kenneth Womack，p.13.

③ Martha C. Nussbaum，*Love's Knowledge*：*Essays on Philosophy and Literature*，New York：Oxford University Press，1990，p.15.

④ Kenneth Womack，p.16.

的、不断革新的方法论，才能成为一种实用而广泛的阐释学模式，才能运用于文学研究领域。

在阐述文学作品和伦理学的关系时，沃麦克指出：伦理学批评为评价战后美国高等教育机构的伦理学功用提供了最为合理、最有力的解释方法论，究其原因，学院派小说作家试图运用讽刺文体，批判大学圈子里的非道德和不合伦理观念的行为，这正为伦理学批评展现其特质，即它本身具有的与社会生活息息相关的文学阐释方法提供了很好的施展才能的舞台。①学院派小说这种特殊的文体刻画了大学里的个人在学院这个生活圈子里多姿多彩的生活轨迹，客观而准确地验证了伦理学批评所关注的重点是个人在追求自我过程中的道德评断和伦理抉择。②

在这部小说中，欧茨讲述了一个孤独、敏感、内向的哲学系女大学生的故事，塑造了一个有趣的形象——学院型自我（academic self）以及她对所属团体的认同和归属感，揭示了大学校园里大学生的伦理建构过程和伦理选择。欧茨创作这部小说的目的就是为读者展示这样一个特殊社会群体的道德水准和价值取向，细致入微地描述在这个狭隘而自闭的空间里女主人公面临的种种伦理和道德上的困惑，进而揭示大学里的非道德和违背伦理观念的状况，反映作者对大学这个特殊社团的讥讽

---

① Kenneth Womack，p.19.
② Kenneth Womack，p.23.

和所作出的道德评判。

　　故事发生的时代是 20 世纪 60 年代，大的背景是发生在大学校园乃至全国性的民权运动。如今在普林斯顿大学任教的伊莱恩·肖瓦尔特（Elaine Showalter）教授于 2005 年撰写了《教授旅馆——学界小说及其不满》（*Faculty Towers：The Academic Novel and Its Discontents*）。在此书中，肖瓦尔特就学院派小说从 20 世纪 50 年代以来的发展以及当时社会的变革勾勒出独特的总表，她把 50 年代至今的学院小说分为六个阶段。她认为学院派小说所反映的社会是对当时社会的迟来的评价，如 50 年代的学院派小说反映的是二战后 40 年代的生活，而 60 年代的作品是对 60 年代美国高等学府学人的反思和道德评判。以此类推，被肖尔瓦特冠名为"玻璃旅馆"时代的 70 年代，正是众多学院派作家回顾上一个十年的绝好时机。他们带着尚未平息的痛苦甚至达到极致的愤怒开始在笔下揭示 60 年代这个特殊时期的政治动荡。大学不再是一个人人羡慕的圣堂或避难所，而是深陷在动荡多变的社团和大社会之间，从 50 年代的"象牙塔"时代，从"一个遵循自我规范和传统、与世隔绝的社会圈子，一个自我陶醉、子宫般闭塞、令人窒息的小世界"，① 变成一个脆弱的机构而非坚不可破的堡垒。② 《我带你

---

①　Elaine Showalter，*Faculty Towers：The Academic Novel and Its Discontents*，Philadelphia：University of Pennsylvania Press，2005，p.14.

②　Elaine Showalter，p.49.

去那儿》这部小说对 60 年代的社会局势，尤其是高校内部令人震惊的变化重墨勾画，以期展示一幅美国高校乃至美国社会的道德价值取向轨迹图。

小说的三部分"忏悔者""黑人情人"和"出路"，恰恰是女主人公阿尼利亚成长过程中三个十分重要的阶段。第一部分的故事背景是大学校园，阿尼利亚千方百计加入卡帕姐妹会，为的是寻找同性间的友谊，得到别人的认可和接纳，摆脱一落草就失去母亲，被家人和邻里看成是另类的不幸命运。在第二部分里，阿尼利亚意外地在课堂上发现了自己崇拜至极的男友，渴望获得爱情。在找寻友谊和爱情均未果后，女主人公父亲的病重和去世让她意外获得了可能的"出路"，并以此完成了自己与大学这个小社会、与男性和与大的社会之间的定位，这种定位正是她所作出的伦理道德上的选择和思考，尽管这个过程十分痛苦，但经过脱胎换骨般的蝉蜕，作者笔下的女大学生最终找到了作为一个经济和精神上双重自立的学者型自我。

同性之间的亲密友谊对女性来说具有更重要的意义。这点对从小失去母亲、被家人所厌恶漠视的阿尼利亚来说更是弥足珍贵，可望而不可即的梦想。在加入姐妹会，搬进那座古老的宿舍楼之前，她就多次怀着无比激动的心情偷偷仰视着它，心里坚信：成为其中的一员必将使她发生彻底的改变，使她形只影单的大学生活焕然一新，找到温暖和归属感。这座建筑物历史悠久，位于大学城北端、路尽头的一座陡峭的小山上，把自己和外面的世界隔绝开来，以一种傲人的姿态雄踞在高处，暗示了它所代表的卡帕姐妹会的性质和特色。整座建筑散发着神秘、阴森、寒冷的光泽，绿斑遍布外围的石灰墙和圆柱，石板瓦屋顶上满是青苔。尽管它如一位出身高贵、优雅傲慢的贵妇人，在难得一见的阳光照耀下"熠熠生辉，十分美丽"，[①] 但华丽而诱人的外表掩盖不了它内部的破败、阴暗、冰冷甚至残酷。

蜗居在这座著名建筑物里的姐妹会的成员是怎样的一个群体？与贫穷、懦弱、自卑，内省、聪明好学、学业优异的女主人公阿尼利亚相反，姐妹会里的其他 40 多个女孩子们咄咄逼人、适应力强、外向，她们有"富裕的双亲宠爱，还有不计其数的男朋友"。[②] 她们的物质生活十分优越，又能有机会进入高等学府学习，这在 60 年代的美国也是件令人羡慕的事情。但极度的空虚并不能远离这些天之骄女。她们热衷于声色，每一天几乎都是在化浓妆、着奇装异服、出席一场场晚会、与不同男孩交往、做爱的迷乱之中度过。她们挥霍着自己的青春和人生中最美好的时光而毫不心疼，性感迷人是她们出现在外人尤其是男人面前的风采，而她们的房间就像"乱糟糟的猪圈"，[③] 未上妆的女孩们脸色苍白粗糙，胸部垫得高高的，极具女性魅力——"她们的生活就像套在她们身上的另一件衣服。

---

① ［美］乔伊斯·卡罗尔·欧茨：《我带你去那儿》，顾韶阳译，人民文学出版社 2005 年版，第 5 页。

② ［美］乔伊斯·卡罗尔·欧茨：《我带你去那儿》，第 30 页。

③ ［美］乔伊斯·卡罗尔·欧茨：《我带你去那儿》，第 63 页。

在男性面前，她们的生活就是一台精心准备的戏，一演就是好几个小时。她们是如此狂热的女演员，也许她们从未意识到自己是在演戏"。① 大学学业则被完全抛在了脑后：没有人认真读书，考试是在作弊、抄袭、投机取巧中打发过去的。她们目中无人，完全以自我为中心，藐视权威，没人理睬管理者塞耶夫人和学校校方的任何规定和纪律约束。获取更高和更多的知识，丰富自己的精神世界，承担对社会的责任和义务，树立良好的道德规范，所有这一切并不是他们上大学的目的。她们唯一的生活目标是在毕业前成为别人的未婚妻。可以看出，在女作家欧茨笔下，这些女大学生精神极度空虚，贪图享乐，不愿对自己和别人负责，对别人漠不关心。冷酷是她们的代名词。大学校园对她们来讲，不是学业进步，理性成熟的伊甸园，而是完全自由、开放、以自我为中心的大舞台，追求爱情只不过是发泄她们年轻肉体中荡漾的激情的借口而已。到头来，绝大多数女大学生成了大学校园的一个个匆匆过客，只能为自己曾经的荒唐和风流韵事付出代价。

阿尼尼亚曾经无数次走过姐妹会大楼，无数次梦想成为其中光荣的一员，因为她渴望得到友谊，得到这个特殊团体的认可。她所作出的这样一个道德抉择是合情合理的，因为每个个体都企望一个集体或团体的吸纳，期望获得社会的承认，从而找到自我，获取社会公认的道德取向，对自我价值进行定

---

① ［美］乔伊斯·卡罗尔·欧茨：《我带你去那儿》，第63—64页。

位。但是，残酷的现实彻底打破了她的梦想。被视为另类的阿尼利亚无论怎样努力扮演一个乖巧、正常、招人喜欢、受欢迎的人，都不可能被别人视为同类，不可能被接纳，融入这个小小的社会团体之中去。

首先，她的贫穷使得她不能理直气壮、光明正大地生活在这个小集体里，因为她的破衣烂衫，她的素面朝天让其他人，尤其是势利小人的代言人塞耶夫人总是以鄙视轻蔑的眼光和言语对待她。她们总是以别样的眼光，刻薄的语言、冷冰冰的态度对待这个可怜却很勤奋、聪明过人而又善良的女孩子。她从一开始就与这里的人和环境格格不入：别人衣着华丽，浑身香气扑鼻，浓妆艳抹，吸烟喝酒，男朋友一大把。而她衣衫褴褛，浑身二手货，没有化妆品，更糟糕的是，阿尼利亚连饭都吃不饱，只好到街道上去捡垃圾筒里的东西，衣服和食物，昂贵的会费对她来讲更是天价。她们让她加入姐妹会的主要原因是为了让她帮助她们完成学期论文。有一次当她表示无能为力时，得到的一致责问是："该死的你以为你凭什么待在这儿？你的美貌？"①从卡帕姐妹会的同胞们那里，她收获的只有冷脸、孤独、鄙视。在这个特殊的群体里，阿尼利亚能被幸运地收纳为会员，就是因为她可以从学业上帮助别的从不学习的女孩子，而一旦她的这点利用价值都消失了，她的存在就变得毫无意义。

---

① ［美］乔伊斯·卡罗尔·欧茨：《我带你去那儿》，第65页。

在作家欧茨笔下，贫困学生成了美国高等学府里的弱势群体，他们得到了不公正的待遇，很少得到自由表达自己思想的机会，别的人也不情愿花一点时间去了解他们内心的痛苦挣扎，倾听他们的困惑和希望。尽管与别人共同存在于高等学府里，他们只能游离在大学人群的边缘，听任自己被排除在主流社会之外。从这里看出，作家欧茨刻意暴露出学院这个圈子在价值取向上存在的偏见和错误，认为大学里的强势群体包括众多大学生和教师所选取的道德评判标准是不正确的，他们所作出的道德判断只能是错误的。例如，在这部小说中，贫富成了人们判断一个人的行为的主要依据。每当姐妹会里有人犯了错误时，主人公阿尼利亚理所当然成了头号值得怀疑的对象，她的贫穷为别人指责她、怀疑她、甚至诽谤和污辱她提供了理所当然的最佳借口，关于她的谣言满天飞，说她有"先天性麻风病"，"种族背景复杂"，"打扮令人作呕"，自私、不乐于助人，在校友面前"精神崩溃"。① 为了自身的命运，她只能一次次迫于压力违心地承认莫须有的错误，一次次充当了别人的替罪羊，而最后她更是被一脚踢出姐妹会，这个结局是早已命中注定的了。

另外，英国籍的塞耶夫人，更是作者无情批判的对象，她试图以自己种种过时、虚伪的言语和行为方式来保持自己在大学里的社会地位，而这种地位的维持是建立在对少数低年级

---

① ［美］乔伊斯·卡罗尔·欧茨：《我带你去那儿》，第129页。

学生，尤其是弱势女生的压制上，女主人公阿尼利亚就是其中的受害者，最终，塞耶夫人造成阿尼利亚被开除出卡帕姐妹会的结局。虽然只是一名普通的舍监，塞耶夫人却是管理学生的家长：她的统治至高无上，如同女皇一样，"不可以随随便便地接近……在与她进行单独谈话前，你必须遵守一套所谓的仪式"，[1] 她的房间就是禁区，她保持着英国人的矜持和做派，并竭力维持着表面的作为英国人的尊严，如订阅英国报刊，尽管她本人很少问津，而女大学生们更是嗤之以鼻。但是，在她面前，"任何塞耶夫人的熟人必须承认英国的所有东西比美国同类产品都高出一筹"。[2] 她所维护的是过时了的、令人作呕的道德理念和所谓的正人之道。这表现在她对学生们要求十分严格，有一整套的繁文俗套对她们加以约束和管教，但她自己却是个彻头彻尾的伪君子。她为了铲除异己，捍卫自己的所谓尊严和荣誉，把意外进入她的卧室而发现了她是个瘾君子的阿尼利亚视为眼中钉。为了拔除这个钉子，塞耶夫人不惜违背最起码的道德理念，向女生部长撒了弥天大谎，最终达到了开除这个可怜的替罪羊的个人目的。而她把阿尼利亚排除在姐妹会这个校园团体之外，对这位年轻的学者在寻找自我的道路上设置了巨大的障碍。这也是阿尼利亚成长过程中的第一块拦路石。塞耶本人作为大学里的管理人员，是当时美国高校里尔虞我

---

① ［美］乔伊斯·卡罗尔·欧茨：《我带你去那儿》，第11页。

② ［美］乔伊斯·卡罗尔·欧茨：《我带你去那儿》，第13页。

诈、为了个人利益和前途，不惜昧着良心、出卖作为普通人的良知的典型代表，也从一个侧面表现了 60 年代动荡不安、道德底线遭到践踏的社会现实。大学早已不再是人们心目中的天堂，人人趋之若鹜的象牙塔，已经变成一座摇摇欲坠的孤楼。学院圈子里的芸芸众生退化为生活在"瓶子中的苍蝇"，哲学家路德维希·维特根斯倾注毕生心血为苍蝇寻找出路，但事实却是这样：

> 人类不愿从瓶中出来。瓶里的一切令我们倾心着迷，光滑如镜的瓶子爱抚、安慰着我们，也禁锢了我们的经历与抱负；瓶子就是我们的皮肤，我们的灵魂；我们已适应被玻璃扭曲的视线，我们不愿失去这层障碍，不愿看个真切；我们无法呼吸新鲜空气，也无法在瓶子外面生活。①

很早以前，英国著名作家乔治·奥威尔（George Orwell）就用一个著名比喻来说明大学并不是一座象牙塔，而是一头鲸鱼："鲸鱼的大肚子就像子宫，你待在里面，那个黑黑的、舒适的地方正好适合你，在你和现实世界之间充满泡沫，使你对外面所发生的一切持最最漠不关心的态度。"② 这两个比喻都形

---

① ［美］乔伊斯·卡罗尔·欧茨：《我带你去那儿》，第 189 页。

② Scott Russell Sanders，*Writing from the Center*，Bloomington：Indiana University Press，1995，p.106.

象地再现了大学众生的真实生活：封闭、与世隔绝的生存环境势必造成知识分子的目光狭隘、自以为是、性格脆弱、自我逃避和自恋情结。学院的文化气息是清高的、冷漠的，理智的、不动声色的，而同时又是片面的、狭隘的。

阿尼利亚的情人马修斯正是这种环境的产物。成为黑人青年沃诺·马修斯的情人，追求真正的爱情，最终也遭遇失败的过程是阿尼利亚人生中另一个重大转折点。她把爱情梦寄托在一个不能让女人依靠、不希望被人爱的男人身上，一个不愿受制于任何承诺，自私、自以为是的哲学系研究生，其结果可想而知。在阿尼利亚眼里，马修斯是智慧、深邃、才智过人的代表，是她崇拜的偶像。他作为黑人的肤色并没有成为她认识、单恋他的任何障碍，而她作为白人的肤色也丝毫不影响她对他的膜拜。种族问题没有成为这对年轻人相识相知的障碍，但在外人看来，她成为他的情人是多么不可思议的事情和选择！但阿尼利亚毫不顾及外人的眼光，勇敢地作出自己的选择，没有违背自己的良心做事。

如果说卡帕姐妹会大楼代表着美国大学校园里的上层阶层，那么马修斯所居住的钱伯斯街区则象征着大学里的另一个极端，低矮、灰暗、破旧的公寓楼跟美丽相距很远。发生在这里的爱情故事从一开始就预示着不妙的结局。在那座神秘、高贵的楼里，阿尼利亚没能够收获认同、一丝的温暖，友情更是无从谈起。在这个破旧的公寓房里，阿尼利亚同样没有得到奢望的爱情，连一点点温暖的感觉、被重视的感觉也没有收获，得到的只是更大的伤害和欺骗，还有自己感情的无偿付出和精神上的折磨和痛苦。

　　女作家欧茨在刻画马修斯时大量使用了反讽的笔触，揭露他的伪君子形象。众多哲学大家成了沃诺·马修斯口中的常客，如加缪、萨特、波伏娃。以马修斯为代表的哲学系学生"比较容易识别，因为都比较老成，一副倦容，胡子拉碴，头发灰白，似乎为了探索真理，他们已奋斗了几十年，几个世纪。他们的脸就好像干旱的土地一样，变得干瘪"。① 高才生的马修斯本人更是张口闭口人类的生存问题、人生的大计，而他自己连最起码的道德准则都不能遵循。迂腐、卖弄学问、虚荣、伪善、自私、逃避成了马修斯这名哲学专业研究生的代名词。事实证明，他并不具备比别人更高的精神境界和良好的道德行为，他充其量不过是个普通的男人，孤独、冷酷，"书生气十足的眼镜闪烁着恶毒的智慧之光"。② 在与阿尼利亚交往过程中，马修斯一直占据主导地位，他利用女孩子对他的崇拜而肆意去压制她，冷落她，命令她，折磨她，似乎通过这个白人女孩发泄他对整个白人社会的不满和愤恨。小说中写到他故意拖着她去高档餐厅就餐，目的只是让别人看到她——一个白人女孩是他的情人。而事实上，他对她没有任何情意可言，只是在利用她的纯真感情，填补自己生活的空虚和孤独。更有甚

---

① ［美］乔伊斯·卡罗尔·欧茨：《我带你去那儿》，第 147 页。
② ［美］乔伊斯·卡罗尔·欧茨：《我带你去那儿》，第 146 页。

者，作为一个黑人学生，马修斯对发生在 60 年代黑人的民权运动和学生运动漠不关心，仍然努力把自己禁锢在虚幻的象牙塔里，学问成了他逃避现实的绝好途径。马修斯成了作者欧茨笔下一个值得评判的大学生形象代言人，他的以自我为中心、对国家大事毫不关心的个性正是许多美国大学生的翻版，他的冷酷无情、虚伪自私、自视清高也是作家刻意剖析和批判的焦点，这也正反映了曾经生活在象牙塔里自我封闭、自以为是的众多学子们离经叛道的价值观和大失水准的道德风范。传统的伦理道德遭到抛弃和践踏，而新的道德秩序尚未树立起来，学院似乎成了一片混乱的道德的沙漠。

在经历了寻找友谊和爱情失败后，阿尼利亚意外获知父亲还活着，可即将离世。她驾车赶到父亲身边，亲身经历了父亲的死亡。她在痛苦中反思自己的过去，梳理自己寻找自我的过程。最终，父亲的死使她想到了"出路"："给瓶子中的苍蝇指点出路？那就打破瓶子吧。"①对于生和死的思考，对于自己在学校和社会上的定位，自己的价值和地位以及自己的未来的思索和作出的决定，使得阿尼利亚终于可以坦然地面对来自大学和社会的种种压力、歧视和不公待遇，勇敢地追求属于自己的生活目标、行为规范和为人之道，做回到一个真实、独立的自我。

女主人公给自已找到的出路何在？在小说的第三部分

————————

① ［美］乔伊斯·卡罗尔·欧茨：《我带你去那儿》，第 241 页。

"出路"里，我们看到她在一个小城市为自己租了一间小屋子，一个人度假、写作。她即将出版自己的第一本小说集，用预支的部分稿费买了一辆小车。她面对垂死的父亲急切地表达了自己的未来蓝图："我想写一些美好的东西……我想写一些能经受时间考验的东西……确切地说写作并不是我生活的全部，爸爸，但我——我不能——当时我不能——没有它就像——不能没有梦？不能没有呼吸？"①可以看出，写作成了阿尼利亚证明自己、找到自我的重要途径。写作不仅成就了她的精神世界，还使得她成长为一个独立的人，一个不受别人束缚，不必受别人感情支配的人，一个未来的成熟的学者。父亲去世后，阿尼利亚第一次作出自己人生的重大决定，把父亲的遗体运回家，葬在母亲身边，她组织了父亲的葬礼，第一次以成人的身份出现在家乡人面前，第一次促成了自己完整的家。这也标志着阿尼利亚寻找自己的梦想，追求自身价值的漫漫长路终于看到了曙光，光明的出路就在眼前。

在这部小说中，作家欧茨以犀利的眼光、尖刻的笔触和细致入微的心理描写勾勒了 60 年代的美国大学和师生们所面临的道德问题，非道德的行为和伦理缺失的抉择，批评了高校中根深蒂固的种种陋习：大学生和学校管理人员之间的尔虞我诈、冷酷无情、懦弱胆怯、相互猜忌、卖弄学问等等。她揭示了以马修斯和卡帕姐妹会成员们为代表的知识分子为了满足自

---

① ［美］乔伊斯·卡罗尔·欧茨：《我带你去那儿》，第 283 页。

己的欲望而相互利用，只注重个人利益和感官享受，缺乏对别人，包括对校园以外的大的社会层面的关注和了解，对世事漠不关心，自以为是，肆意践踏道德底线。以塞耶夫人为首的学校管理阶层更是不择手段地追求权力和社会地位，对权力和地位有无尽的欲望，无视基本的道德规范和伦理标准。女主人公阿尼利亚在经历了追求友谊、爱情和亲情的磨难后，对自己、大学和社会的看法发生了变化。她终于看清大学校园和校园里的人们的真实面目，意识到高等学府是一个不友善的、敌对的环境，在这个社团里，人人为自己着想，要想找到自我不能靠别人，只能通过自身的抗争、奋斗。只有自我得到承认，才有可能建立起与别人以至社会的关系。

总之，通过女主人公在大学的人生经历，作者展现了在大学校园里不同人的道德水准和伦理抉择，揭示了其中的非道德和非人性的现象，最终揭示出本小说在反映社会现实尤其是人伦、人情方面所表现的批判意义。

第三节　欧茨短篇小说集《饥饿的鬼魂：
七个讽刺喜剧》知识分子形象

《饥饿的鬼魂：七个讽刺喜剧》是欧茨的短篇小说集之一。它以学院生活为背景，高校教师和知识分子为主人公，着力探讨了学者们在学院这个特殊圈子里所遭遇的种种窘境和他们寻求出路的过程。欧茨的这部小说集作为学院派小说的代表作，揭示了美国高校知识分子的现状及伦理道德方面的探索。

《饥饿的鬼魂：七个讽刺喜剧》发表的时候欧茨正在一所大学任教，对于学院氛围和当时的文学潮流她是十分熟悉的。评论家乔安娜·克莱顿（Joanne Creighton）指出欧茨"以讽刺的态度揭示学者们的恐惧，揭示这个曾经被称为象牙塔的小社会以及身在其中的学者们，揭示这个圈子里的残忍、懦弱、剽窃、炫耀、嫉妒以及同行之间的敌对"①。同时，作品时时反映出知识分子对伦理道德的追求，即对于"善""集体"以及"个人身份"的不懈追求。

小说集由七篇独立的小说组成。作家以讽刺的语气描述了学院派隐士般的生活和自身的缺陷，展示了学院派自我的特征以及其不完整的伦理建构。首先，小说的标题就极具讽刺意味。欧茨将一些政治、哲学、宗教的著作名篇作为自己故事的题目，例如约翰·班扬（John Bunyan）的《天路历程》（*The Pilgrim's Progress*），弗里德里希·尼采（Friedrich Nietzsche）的《悲剧的诞生》（*The Birth of Tragedy*），托克维尔（Alexis de Tocqueville）的《美国的民主》（*Democracy in America*），布克·华盛顿的《超越奴役》（*Up from Slavery*），以及威廉·布莱克（Booker T. Washington）的《人物素描》（*Descriptive Catalogue*）。这七个故事整体呈现了同一个主题：

① Joanne V. Creighton, *Joyce Carol Oates*, Boston：Twayne, 1979, p.128.

即学术环境中学者们的欲壑难填，以及对于群体的渴望。本小节分为三部分。第一部分着力于学者们所承受的科研教学压力，以及由此所引发的自我身份丧失和学术竞争。从伦理学的角度重新审视，就会发现学者们从未停止过对于"善"的不懈追求。第二部分则将"集体"概念纳入分析的中心。学者们由于职业以及研究的需要经常采用隐士般的生活方式，然而他们内心里却渴望团体归属感。第三部分重点分析被边缘化的非主流群体，即少数裔及女性学者，他们要求得到主流社会的认同，渴望平等的地位。

一、内心的重负以及对自我和善的渴望

作为学术界的一员，欧茨有意识地在作品中细致地描述了美国学术界的状况。阅读她的作品时，读者可以从其犀利的讽刺笔触中，发现她明确表达了这样的信息：学术界已经变了，不再是昔日纯洁的净土。在欧茨最为多产的 60 年代以及 70 年代，她明显受到当时社会变革的影响。小说中的大学学者们处于社会转型期，他们传统的职责和责任随着时代的改变而发生改变，使得他们在适应时势的过程中感到困惑、迷惘，不知所措。一方面，学院里的新人在大学里越来越难立足；另一方面，那些已经获得一席之地的教授们都被沉重的学术成果发表要求压得喘不过气。在学术圈中，学术成果的多少决定了学者相应的地位。在欧茨的讽刺小说中，此类问题得到了淋漓尽致的展现。小说集中的第一篇《美国的民主》和第二篇《人

物素描》中，主人公们都遭遇了同样的问题：学术成果发表压力。在他们不得不一味追求出版成果的过程中，知识分子失去了自我。

欧茨在小说集的前言部分，说明了本书的目的是"写给那些虚构的鬼魂般的同事们，他们的灵魂在书中游荡"。接着她解释学术界的主要基调："在古佛教哲学中，鬼魂不断地被饥饿，也就是被各种欲望所驱使在世界游荡。"①

在学术界，这个"饥饿的鬼魂"难以满足的欲望与学者们所承受的压力是相似的。学术界长期以来被困扰折磨的就是所谓的思想负担。进入 20 世纪六七十年代，社会现实要求学者们除了承担传统责任外，还要满足社会与时代的不同需求。也就是说，改革中的世界要求学术界承担比过去更多的责任和义务。

关于学者责任，唐纳德·肯尼迪（Donald Kennedy）认为，学者的责任不仅仅在于帮助学生提升智慧，他们的责任远比学者本人和公众认知的多：

> 关于学者责任方面大学和社会存在一个巨大的认知分歧。大学和学者把大部分精力致力于知识产业，似乎在学术领域倾注的心力不够。而社会大众对于学者这个

① Joyce Carol Oates, *The Hungry Ghosts：Seven Allusive Comedies*, Los Angeles：Black Sparrow Press, 1974, ii.

群体，很明显期待值更高。①

公众希望高等教育首先要能够承担起大学生的教育任务。在肯尼迪的《学术职责》(*Academic Duty*) 一书中，他列出了十分具有挑战性的责任条目：学者们需要用自由的心态备课、教学、指导学生思考、为大学做贡献，要在学术上有所建树，要发表成果，成果要能反映社会现实，要有前瞻性和创新性。因此，学者们需要在自己的生活和学术界取得平衡，还要在不同的"学术责任"中平衡自身的精力和时间。

在众多的责任中，最重要的莫过于"教学"，"为大学做贡献"，"发表成果"以及"创新"。教学任务居于学术界责任的核心；为所在学校做贡献看来很空泛，却很重要。在科研部门，整个团队的能力及名声毋庸置疑地起到至关重要的作用，学者们同样要参与管理所在机构，处理有关事务，帮助政策措施的落实。对于学者们本人来说，学术机构以及所在学校对他们的评价基于他们发表的成果。学者们必须与时俱进，在教学和科研上具备创新性和前瞻性。

责任太多无疑导致尖锐的矛盾。学者们除了需要对学生负责，努力为学校工作，同时必须学术成果丰富，创造力十足。然而，他们的时间和精力是有限的，怎么可能达到一个完

---

① Donald Kennedy, *Academic Duty*, Cambridge：Harvard University Press，1997，p.20.

美的平衡？如果给他们选择的机会，先完成哪一项才是合理的呢？这些问题日夜折磨着他们。他们被责任所缚，而内心的私欲则渴望着名誉、尊重等回报。

欧茨的小说集真实反映了高校学者的生活方式。主人公们都被心理桎梏所累：承担应尽的责任同时努力满足萦绕内心的"饥饿鬼魂"的趋势。人们会认为欧茨的主人公代表着学术界的黑暗面，然而，用文学伦理学的角度来分析，这一作品绝不是阐述绝望之作。恰恰相反，该作品表达了学者们追寻善和在忙碌混乱的学术界里迷失的自我。用讽刺的笔调揭露黑暗和罪恶正是欧茨表达她对学术界找寻真正自我的渴望。

提到伦理方面的评断，就会出现另外一个需要讨论的问题。即伦理批评理论的基础是什么呢？欧茨短篇小说集问世的那个时代，同时代的伦理批评为了避开严格的审查，很自然地选择使用比较泛泛的定义，比如真理、善等字眼。出于同样的原因，伦理学批评家提倡道德哲学应该远离后结构主义的复杂体系。修辞学则使得批评家可以使用阐释解决伦理学一直存在的问题以及伦理学在创作和分析文学文本应处的地位。伦理学旨在突出读者和他们文本阅读体验中的内在联系，伦理学的支持者希望能形成一种伦理学的批评法补充文本叙述的价值判断以及文本中对于人的启发。这种情况下，伦理批评明确地告知人类自身最关键的本质，同时进一步敦促人们去深思关于善恶、知识等道德素养方面的重大问题。

在艾利斯·默多克（Iris Murdoch）的重要伦理道德著作

《善之王国》（*The Sovereignty of Good*）中，她详细阐述了善的概念，认为个人对善的理解包括人类对自我和世界之间相互关系的认知。默多克对于善的理解可以帮助人们理解其他抽象的概念，比如自由意志以及道德选择。"善是无法定义的"，默多克写道，"因为价值判断基于个体的意愿和选择"。① 假定"善"有定义，那也需要个人基于个体的认知来体会该定义，并且将它的定义付诸于自身的生活选择中。尽管默多克承认"善"本质上"与公正、真实或谦卑"同源，她又同时指出，个人的道德准则决定个体对"善"的表现方式。②

　　"善是一片空域，人类可以在善的空间里作出自由选择。"③ 默多克断言，"这种奇特的空域常常在选择的瞬间形成"以此来强调做道德选择的重要性。④ 个人在形成"善"的定义时需要借鉴"善"的对立面，如"恶"。默多克把"恶"定义为"无情，残忍，冷漠"。⑤ "恶"的定义也是建立在个体在社会中的经历基础上的。由于这些本体论的概念主要与个人而非集体对道德观的理解，默多克建议对这些概念的定义应该建构在神秘的自我框架里。"自我，我们的生存之地，是一个幻想

---

① Iris Murdoch, *The Sovereignty of Good*, 1970, London: Ark, 1985, p.3.
② Iris Murdoch, p.89.
③ Iris Murdoch, p.97.
④ Iris Murdoch, p.35.
⑤ Iris Murdoch, p.98.

的空间"，她观察到，"善是与了解非我、凭借道德意识看到，并对现实世界作出反应等欲望密切联系在一起的"。① 根据默多克的理论，"善是在有意义的自我意识寻找中以及自我了解的过程中显现出来的"。②

欧茨小说集中展现了美国高校教师面临的主要两方面的压力，一是科研的重压，二是同事之间的竞争带来的压力。困局之一就是著名的"出版抑或走人"（Publish or Perish）。第一篇小说《美国的民主》里的主人公面临的困境是，如果他想在梦寐以求的大学中站稳脚跟，就必须用出版学术成果来证明他的存在价值，从而在学校获得一席之地。对他而言，散落在已故编辑家的书稿就是拯救他的救命稻草。

学院派小说中经常提到"出版抑或走人"困局。这基本上是对学者们的现状的一种描述：如果不能按照所要求的发表成果，他们就面临着被开除、踢出局的下场，因为他们没有能力在大学里证明他们的存在价值。因此，对于一些学者来说，他们的首要任务是发表学术著作。与学者们的其他责任相比，发表成果可以算得上是回报率最高的一项了，这也是他们职业生涯中得到升迁的唯一方式。通过学术成果的发表，个人荣誉和稳定的生活也随之而来。因此，出版学术成果也就成为校园中学者们成功的标志。

---

① 　Iris Murdoch，p.93.

② 　Iris Murdoch，p.61.

在校园里，不止那些刚入学院的新人，就连资格老、地位高的教授们为了证明他们的存在价值，也不得不承受"发表成果"的巨大压力，否则他们就要在竞争激烈的学术界遭遇失败，导致失业的下场。这就是"非升即走"的困境。残酷的现实和惨烈的竞争迫使曾经高踞象牙塔，清高、自视很高的教授们纷纷挤到出版社门下，低声下气地希望编辑们给他们出版一两部作品的机会。为了达到这个目的，一些人陷入可悲可叹的境界，比如《美国的民主》中的罗纳德。更有甚者，一些人甚至性格扭曲，比如《人物素描》里的梅森。还有一些人如《人物素描》里的罗恩一样用剽窃的方式来达到发表论文的目的。在绝望地追逐发表成果的路上，这些学者们迷失了自我。同时，欧茨的小说还探讨了学者们失去自我后，又如何盲目地寻求他们失落的自我。

《美国的民主》主要描述了大学教师罗纳德在猝死编辑的家中寻找自己丢失的手稿的过程。尽管罗纳德很不愿意和别人打交道，他依然下定决心走出家门找回他的书稿——一本385页关于托克维尔的作品。他甘心从自己狭小的个人世界走出来登门造次那个肮脏不堪的公寓，只是为了从已故编辑的住所找到自己唯一现存的手稿，从而保全自己在附近一所大学好不容易谋到的工作。

对罗纳德来说，他的学术生涯"看来命悬一线"，尽管"手稿确实已经被出版社接收了，这是确定的事，也是事实……梅瑟教授说我肯定能继续在学校工作，他确定系里的主管要是听说我有本作品能发表肯定会对我印象很好。这本手稿对我意义重大"。① 尽管他很不愿意走出他快乐的隐居生活，然而面临解雇的威胁，他只好来到这个邋遢的公寓。

他的手稿是他唯一关心的。因此，在罗纳德的心里，编辑的死跟他的成果比起来一点都不重要。编辑迪特里希家的邻居诺瓦克夫人开门将罗纳德引进门，建议先不进编辑的房间，她必须先解释一下那个房间有多混乱。而在诺瓦克夫人张嘴之前，罗纳德凭直觉怀疑自己珍贵的书稿是不是已遭不测，因此愤怒地大叫，"出什么事了？手稿毁了吗？还是它压根不在他的房间里？"②

接着罗纳德看到了一片狼藉的房间，他震惊不已，面前的景象几乎可以称得上惊人：

> 到处都是堆积起来的东西，有椅子，箱子，被褥，书，杂志，还有四处乱扔的纸张。屋里只有一个窗户，窗棂上面积着厚厚的尘垢，把窗户的开口给堵住了。满眼所见的都是垃圾——空罐头盒、空牛奶盒，还有冷冻食品的包装。罗纳德被屋里的气味熏得眼泪直流，这味道实在是太刺鼻了。③

---

① Joyce Carol Oates，*The Hungry Ghosts*：*Seven Allusive Comedies*，pp.19-20.

② Joyce Carol Oates，*The Hungry Ghosts*：*Seven Allusive Comedies*，p.20.

③ Joyce Carol Oates，*The Hungry Ghosts*：*Seven Allusive Comedies*，p.20.

　　然而，罗纳德发怒却不是因为他面前的脏乱，而是因为感到被欺骗了。他本以为和他的前途命运紧密联系在一起的手稿必然是如出版社所保证的一样被交到一个可信赖的编辑的手中，事实如眼前所见，似乎并非如此。

　　发表的压力使得罗纳德对编辑之死听而不闻。作者欧茨的描述，让一个冷酷无情的学者形象清晰地呈现在读者眼前。在她的塑造下，罗纳德成为一个完全以自我为中心的学者，一味地抱怨编辑的居住环境糟糕，却充耳不闻诺瓦克夫人讲述可怜的编辑是在这个房间里去世的事实。萦绕在他脑中的是：他知道那人是死在这里的，但是他可没时间想这个，他只想着自己的书稿。罗纳德只顾自己喋喋不休地重复这个倒霉的编辑给他惹了多大的麻烦，脑中却没有闪过任何对这个死在垃圾堆一样房间里的可怜人的怜悯，他只是担心这个死人也许会遗失自己的稿件。

　　接下来罗纳德开始动手四处寻找书稿，他慢慢开始意识到在这个肮脏的环境里找东西不是件理智的事，也不应该是他生活的一部分，他不应该负这个责任。接着，出于某种好奇，他开口询问编辑的一些情况。他想知道为什么出版社会认为迪特里希是个可信的人而最终这人却把手稿散落在家里各处。在他内心深处，有个小小的声音告诉他，他必须责怪一些人，他必须找个渠道来排解这几天的压力。

　　而接下来的段落则描述了罗纳德面对他乱七八糟的手稿时的忐忑和迷乱。他的自我似乎随着遗失的手稿一起丢了。当他捡回散落的书页时，他似乎也重新寻回了自我。他很快找到了一页，就递给诺瓦克夫人，夫人开始阅读那页手稿，这时的罗纳德变得有些局促不安起来。他突然有股冲动想说出他这些日子由于手稿丢失所带来的种种担心、焦虑、害怕和烦恼：

> 先是我的行李丢了，家里的那份复印件压根不知道怎么了……然后我回到小镇，他们说有个小问题，说是给我校对手稿的编辑，我从前从没听说的人，死了……他死了……我问梅瑟教授怎么回事，教授说据他所知，那人是自然死亡，没任何疑点，我应该和哪个秘书谈谈。我的生活现在一片混乱……①

接着通过描述罗纳德的内心世界，欧茨点题"出版抑或走人"。罗纳德试图告知诺瓦克夫人他并不是自私冷血的学究。然而，迫于现实的压力，他必须多考虑他的作品。

> 我知道迪特里希先生的死并不是他的错，这是个悲剧……可是太多的事情搅得我心神不宁，盛夏的时候我不知道是不是还能在这里工作……幸亏有梅瑟教授，事情总算摆平了。但是，但是……我还是很烦闷。我的生活太不规律了。出版社确实接受了我的书，这是确定的

---

① Joyce Carol Oates，*The Hungry Ghosts*；*Seven Allusive Comedies*，p.19.

事……梅瑟教授也说我肯定能得到这份工作，他觉得系高层肯定会对我印象很好，因为我有本书要出版了。这对我意义重大……而现在，这些乱七八糟的……①

如此看来，罗纳德似乎永远都无法主宰自己的生活。尽管刚开始时，他似乎明确自己想要什么，但实际上他的行为却证实了他的自我和命运操纵在那部被出版社接收的书稿手上。是书稿而不是他在教学上付出的心血决定了他是否能在大学里继续职业生涯，同样也是书稿使得他的自我遭受挫折。他努力工作，认真备课，对他的学生关怀备至，这一切对他的前途一点作用也没有。正如他对诺瓦克夫人说的那样，只有"出版社确实接受了我的书稿"，②才可以帮助他在系高层那里挣得一些分数。

当书稿在罗纳德的整个教学实习期成为最关键的评判标准时，他的自我也就与之紧密相连了，因而当他"看到书稿的时候，那不仅仅是一捆纸张，而是他片片碎裂的自我"③。书稿的重要性在故事的结尾处得到升华，罗纳德终于找到所有的书稿：

　　所有的书页都是他的。他试图对那些撕破的、卷边

---

① Joyce Carol Oates, *The Hungry Ghosts：Seven Allusive Comedies*，p.20.

② Joyce Carol Oates, *The Hungry Ghosts：Seven Allusive Comedies*，p.21.

③ Hermann Severin, *The Image of the Intellectual in the Short Stories of Joyce Carol Oates*，New York：Lang, 1986, p.112.

还有污迹油点处视而不见。有人想把他毁了，但是最终失败了。他的书稿被一个不相干的人弄皱了，撕裂了，还弄污了，但是好在它没被毁了。那么他也就没被毁了。"我还活着"，罗纳德喃喃道。①

在寻找自己手稿的同时，罗纳德没花任何心思表达对可怜的编辑的同情，他甚至有时间把一个潜在的竞争对手的书稿藏到抽屉里，还乘机猥亵地打量了一下诺瓦克夫人，"他有种冲动想抓住她，抱着她。她实在是挺漂亮的"，他心想，"就算在这个肮脏的地方"。②

然而当罗纳德重新审视这个不幸的迪特里希的房间时，他开始敏锐地意识到这是"他（迪特里希）自我的碎片"，克莱顿写道。③显然，罗纳德开始懊悔在寻找自我的过程中对迪特里希公寓的践踏。在故事的结尾，他甚至对迪特里希产生一种同病相怜的柔情：他们都是在这个大社交圈中无亲无故。"这不公平"，他离开的时候啜泣着对诺瓦克夫人说。"我真担心"，他终于明白了对他来说一些可怕的事情已经发生，他也是学院这个大社会的弃儿。④

批评家特拉亨伯格认为《美国的民主》反映了"学者想要

---

① Joyce Carol Oates, *The Hungry Ghosts：Seven Allusive Comedies*，p.29.

② Joyce Carol Oates, *The Hungry Ghosts：Seven Allusive Comedies*，p.19.

③ Joanne V. Creighton，p.130.

④ Joyce Carol Oates, *The Hungry Ghosts：Seven Allusive Comedies*，p.30.

保障教师的职业就不得不放弃自己的尊严"。这个故事最想说明的是，扭曲的道德体系迫使人们更重视个人的成功，而不关心集体的善所在。[①] 基于个人对美国高等教育机构的了解，欧茨强调了"出版抑或走人"这一学术界的困局。自我的解体源于学者们盲目追求个人成功和学术成果。在发表压力下，学者们失去了他们自我认识的道德伦理基础。通过这个故事，欧茨驳斥了学术界将成果的评价凌驾于集体之上，并且嘲笑那些一味崇拜个人成绩，而忽视更有社会意义的团体间合作和集体精神。

除了科研任务的重压外，学者们面临的困境之二是同事之间的竞争压力。《人物素描》的主人公罗恩·布拉斯是系里的常驻诗人，也是系里最为多产的成员，发表了多达350首诗，然而却被资历较浅的同事雷纳德·梅森指控抄袭。正如艾琳·本德（Eileen Temper Bender）指出，在欧茨的小说中常有类似"抄袭问题属于道德和社会的范畴"。[②]

故事伊始，罗恩发表大量的作品，对他所在的科系贡献很大，同时平易近人的他在全校都大受敬重，只有他的同事梅森总对他怀有一种莫名的憎恨。接着他就从梅森的口中得知了原因：梅森嫉妒诗人，因为诗人们的日子总是过得太安逸舒适了。面对梅森的不友善，罗恩虽然困窘，但却一直表现得很有

①   Kenneth Womack, p.41.

②   Eileen Temper Bender, *Joyce Carol Oates*, *Artist in Residence*, Bloomington and Indianapolis: Indiana University Press, 1987, p.180.

学者风度。他仅仅是笑笑，解释道，"呃，他应该只是害怕失去工作吧"，要不就是"他太重视发表成果这件事了，也许有点嫉妒吧"。①

罗恩内心很清楚这种恶意的嫉恨源自于自己诗歌方面的多产。这也是他在大学中地位稳固的关键。他几乎是持一种严肃神圣的态度来看待自己的作品，因而他总是有条不紊地把自己发表的诗收集整理好：

> 他将他的诗按标题的全称排列，有的诗标题很长。有时他在段落里把这些长长的标题分开，以便重复这些诗发表的杂志名称；如果他为当地报纸做书评，那么他会很仔细地列出他要评价的书全名以及作者的名字；他还会列出他在当地酒馆里读的诗歌目录，因为每个星期五晚上有免费的诗歌朗诵会。②

他仔细地收集所有他曾经发表的诗歌，因为他知道这个事实：系主任和学生们对学者的评价基于他们发表的作品数量。学者们之间主要的竞争形势也是基于同一项原则——"出版抑或走人"。

另外，罗恩内心也深陷抄袭他人作品的困境中：他创作

---

① Joyce Carol Oates, *The Hungry Ghosts*: *Seven Allusive Comedies*, p.81.

② Joyce Carol Oates, *The Hungry Ghosts*: *Seven Allusive Comedies*, p.81.

的诗歌主要是对过去的、有名诗歌的翻写。在系里对罗恩剽窃一事开展的第一次听证会上，梅森在系里资深教授们面前正式指控罗恩剽窃。梅森向调查小组展示罗恩的诗和杰拉尔德·曼利·霍普金斯等其他名人的作品绝不仅仅是风格上的改编时，罗恩承认他的抄袭源于大学随处可见的"非升即走"的压力：

> "我们买了一幢不错的房子……而且，孩子们……他们都很可爱……我的学生们都特别可爱……我爱教书……我喜欢这里，希尔伯瑞大学……我希望你们为拥有一个诗人感到骄傲和高兴"，他对调查小组说。"其他的大学都有诗人……但希尔伯瑞没有……而你们雇佣我是希望我成为一个诗人……压力太大了，要发表东西……要发表东西……什么都行……我认为；因为根本没人读它们……我的意思是……好像没人在意它们……我在这里很幸福，教书、我的家庭、所有的事情都让我感到幸福，哦，巴斯教授，我太幸福了，我不知道接下来我该说些什么。"①

消沉了短暂的一段时间之后，罗恩开始准备为自己辩解，希望可以重拾自己在学校里的名誉。听证会刚结束时，罗恩酗酒、堕落。没多久他就决定调查同事们发表的作品，并将调查

---

① Joyce Carol Oates, *The Hungry Ghosts: Seven Allusive Comedies*, p.94.

结果作为第二次听证会反驳的武器。在听证会开始之前，他将很多大信封分别发到同事们的办公室信箱中，其后的听证会最终以集体给罗恩投信任票而告终。同事们都不愿意自己也面临同样的听证会。

故事的结局是梅森个人心声的袒露。当调查小组的听证会草率收场时，遭遇失败的梅森愤怒地试图表明他的意图："我想做的仅仅是——我只是想要承担——我耗费数周时间来准备听证会——我的伦理责任感。"① 昭然若揭的事实则是他企图在学术界伦理责任的幌子下掩饰他对他人的嫉妒。默多克评述"重要的一个论点在于善（美德）的定义在西方的道德伦理哲学中被正直所取代"，而欧茨文中关于学者剽窃一事强调学术界将知识分子的美德等同于正确、合乎规范。② "这个故事成功的奥秘"，约翰·阿尔弗雷德·埃文特（John Alfred Avant）在他的评论文中恰如其分地评道，"在于欧茨揭示了学术界的恶意、敌意是多么滑稽可笑"。③

总之，"出版抑或走人"的窘境以及其副产品——同事之间的竞争在欧茨的两个短篇小说《美国的民主》和《人物素描》中得到细致充分的再现。书中的人物在他们追求安稳的教

---

① Joyce Carol Oates, *The Hungry Ghosts: Seven Allusive Comedies*, p.100.
② Iris Murdoch, p.53.
③ John Alfred Avant, "Review of The Hungry Ghosts: Seven Allusive Comedies", in *Critical Essays on Joyce Carol Oates*. Linda W. Wagner, ed, Boston: G. K. Hall, 1979, p.37.

师生涯中失去了自我。同时，他们内心对于道德伦理中真、善的渴求促使他们不断地寻求遗失的自我和善的定义。欧茨不仅揭示了学者们所承受的压力以及面临的窘境，即对成功的渴望和心灵深处对伦理中善的追求，并同时明确地指出尽管困难重重，压力、竞争巨大，但学者们永远不会停止对善的追求脚步。

二、在大学校园寻求团体归属感

欧茨指出，大学教授们追求善和寻找归属感的过程困难重重。首先，由于学者们在美国高校经受的压力巨大，学院派中人往往选择这样一种生活方式：能保证他们在学院中获得成果，同时使他们远离与别人和社会交往的复杂情景。于是，很多知识分子纷纷选择远离社会、隐士般的生活方式，避免介入纷繁复杂的社会。他们虽然避免与别人交往，但是，他们仍然必须服从大学这个团体的政治体系，因为他们隶属于这个特殊的群体。另外，团体的"善"是知识分子个人伦理体系的根基。因此，对学院派人士来说归属于团体是十分必要的。默多克指出对善的追求来源于知识分子的自我意识和个人经历，而这些是深受他们所生活的这个团体影响的。第二，除了有些知识分子自愿游离在大社会之外，知识分子悲剧的另一个来源是缺乏集体意义上的"善"。第三，扭曲的、邪恶的社团导致知识分子破碎的自我。

首先，隐士般的生活模式在教授们中间似乎很常见。他们选择隐身于大学这个小世界，尽量避免与外面的大世界接触。寄身在学院这个精英圈子里，教授们拥有更多机会与自己的同事交流学术上的共同话题，这似乎是学者们的优势。但是，由于教师之间职称或职务晋升，相互嫉妒甚至憎恨的风气充斥着学院，使得人际关系异常紧张。这成了学者们尽量避免与他人接触的主要原因。贾尼斯·罗森（Janice Rossen）在《现代小说中的大学》（*The University in Modern Fiction*）指明学者与世隔绝的原因是"学院大体上由一个精英团体组成，定义自己的一个途径就是排斥别人"。①

欧茨在本小说中集中形象地描述了学院人士的遁世之道和与人交往中的无能。第一部小说《美国的民主》中死亡的编辑迪特里希先生的生活就是典型的例子。

猝死的迪特里希就是一个典型的遁世者。他的生活是读者通过邻居诺瓦克夫人的观察被披露出来的。迪特里希生性腼腆、胆小，害怕跟人来往，从未跟邻居交流过，从不试图与社会发生关系。用诺瓦克夫人的话讲，"没有人真正了解他，他没有任何朋友。没有人参加他的葬礼。他残疾的母亲是他唯一活着的亲人。我们一点也不了解他。有一次我偶然在克罗格超市遇见他，想跟他打个招呼，但我感觉我的女儿珍妮让他很不安……也许他天生腼腆，我不知道。"②

---

① 　Janice Rossen，*The University in Modern Fiction*：*When Power is Academic*，New York，N. Y.：St. Martin's Press，1993，p.4.

② 　Joyce Carol Oates，*The Hungry Ghosts*：*Seven Allusive Comedies*，p.16.

正是由于迪特里希不愿意与别人来往，只是每天把自己关在肮脏的小屋子里才导致他早年失去了大学的教职。后来当了编辑后，他甚至不愿意跟邻居交谈，除非迫不得已。他每天蜗居在斗室里，终日关闭着自己的心灵之门。结果，他在39岁时意外死亡，尸体直到一周后才被人发现。

小说中的主人公青年学者罗纳德事实上也是生活的逃避者之一。不是为了找回对自己的前途至关重要的手稿，他绝对不会登迪特里希的家门的。他并不关心这位编辑的私生活，对他的死亡没有任何同情。他只希望得到自己想要的东西，然后选择逃回自己的窝中。两个人具有共同的特点，安于自己的小圈子里，害怕与别人相处。这一点上在他们对待诺瓦克夫人的女儿珍妮的反应是一样的，两个人都害怕直接跟小女孩打交道。

作家欧茨通过对知识分子遁世生活理念的展现，提出对学院派来说寻求社会归属感是十分必要的，原因是集体的"善"是建构伦理体系的根基。没有伦理体系，就不会有道德意义上的"善"和自我身份的确定。

其次，除了知识分子个人自愿游离于大社会之外，欧茨还指出知识分子悲剧的一个来源是缺乏集体意义上的"善"。

另一个故事《悲剧的诞生》是作家又一次把人性中无法满足的欲望作为讽刺的对象。巴里是希尔伯瑞大学的一名助教，为了得到一个稳定的职位他必须得到指导教师塞耶教授的帮助。但是，心理扭曲的塞耶教授不但拒绝与同事们来往，还冷酷地拒绝帮助巴里，使巴里的工作梦彻底破灭。然而，相对于巴里的未知将来，塞耶本人仍然选择孤身一人的压抑生活，而非回归集体的现状更加可悲，更具有悲剧性。

塞耶教授本人由于发表过关于莎士比亚研究方面的论文而名声显赫，因而成为英语系驻校文艺复兴时期文学专家。开始时，他对年轻的巴里表示了信任，大方地给巴里提供给学生讲莎剧名作《哈姆雷特》的机会。并告诉巴里：世界本身极其复杂，即如同莎士比亚的悲剧，生活本身就是戏剧，充斥着尔虞我诈的争斗。

事实上，作家欧茨巧妙地把戏剧中的悲剧和知识分子的生活联系在一起。塞耶教授就是这一比喻的绝佳体现。尽管他已经是功成名就的知名教授，但他的研究是建立在这样一个不可信的假设上，即莎士比亚抄袭了另外一个不知名的戏剧家的成果而出名的。他担心别人在怀疑自己的研究成果，除了教学，他不与任何同事有来往。在跟房东吵了一架后，他搬进了一家酒店居住。他的生活基本上与世隔绝。后来，助教巴里的到来激发了两人之间的矛盾，塞耶突然要巴里在几天后给学生上戏剧课。

故事的高潮发生在塞耶表达了被排除在社团之外的失落感和痛苦，而他把痛苦转嫁在年轻的巴里身上。当巴里来到塞耶居住的酒店，向塞耶表达了他的焦虑和困难，恳请得到教授的帮助时，不幸的是，教授本人正处在可怕的孤独寂寞、情绪压抑的时期。他对巴里恶语相对，称他是小阴谋家。然后，塞耶把自己的悲剧定义为"经常，经常被排斥在外"。① 在把巴里赶出旅馆时，塞耶高声道出他的孤独感和对现状的不满：他认为自己被所有人欺骗，被排斥在社会之外。塞耶一意孤行地认为是社会抛弃了他，人人都在欺骗他。他没有意识到自己孤独的原因是自己自行游离在社会之外，自己不愿意与人交往。这种以自我为中心、缺乏道德和善心的选择让他成为失败者，成为每个人的敌人。

年轻的巴里满心希望得到的是一份赖以生存的工作和一个可以容纳他的社团。这就是他为什么急于得到助教的职位，得到塞耶教授的帮助和首肯。但是，成为后者的助教后，巴里意识到大学生活不过是一场赌博而已，因为大学这个特殊的社团缺乏灵感和热情，充斥着恶意和冷酷。例如，校方接受巴里和其他学生读研究生的目的是为了保证入学率，他们或许是学校未来发展的牺牲品，而巴里的导师塞耶教授更使得他前途难料。

正如这个故事的标题所讲，巴里的悲剧发生在他面对150多名学生讲解悲剧的概念。起初，巴里觉得自己掉入了一个塞耶教授布置的陷阱，不知如何脱身，而学生们也在窃窃私语，似乎在静观一场好戏的开始。在读完他的笔记之后，巴里没有什么可读的了。尴尬之中，巴里认为有必要讲解一下"悲剧"这个词的含义和理论。慢慢地，巴里觉得自己身上的悲剧感在

---

① Joyce Carol Oates, *The Hungry Ghosts*: *Seven Allusive Comedies*, p.122.

减弱，因为他意识到悲剧发生在那些缺乏伦理评判标准，不追求集体的"善"、只关注自己利益的人身上。这些人不利用解放自己的机会追求自由，比如哈姆雷特等一直想得到自由，但周围的人束缚压制他们。他们唯一的出路是逃出去，到另外的地方去追求自由。巴里对悲剧的新解读让他自己得到新启示：在一个缺失伦理道德体系和充斥着扭曲人格的环境下，他不适宜再待下去，追求新的自由的环境应该是他的出路所在。

　　故事的结尾表明不同的道德抉择意味着不同的未来。当巴里结束演讲走出教室时，他遇见女作家欧茨刻画的最邪恶化身塞耶教授满脸狞笑，手里紧紧攥着一个录音机，似乎想用它作为辩护和进攻的手段。在这一刻巴里决定离开，把自己从学院的束缚中解脱出来：去他的塞耶，去他的一切，拿不拿硕士学位有什么关系？①巴里最后选择去追寻善、健康的社团，摆脱了塞耶教授的孤独悲凉的命运，获得了自由感。对塞耶来说，他这种邪恶、与世隔绝的状态会持续下去，原因是他不愿意与别人沟通，更不必说追求善的真正意义了——"与世隔绝的个人的命运只能是悲剧"。②

　　第三，扭曲的、邪恶的社团导致知识分子破碎的自我。欧茨作品中的许多人物都面临着如罗纳德、迪特里希和塞耶教授的问题：生活在自己的封闭小圈子里，拒绝与外界的交流。

---

① Joyce Carol Oates, *The Hungry Ghosts: Seven Allusive Comedies*, p.130.

② Joyce Carol Oates, *The Hungry Ghosts: Seven Allusive Comedies*, p.44.

这并不意味着他们不向往团体的接纳，但他们根本不清楚如何与外界打交道。《天路历程》中的年轻讲师哈伯恩不满足于平静的、封闭的学院生活，受到学院富有魅力的领袖式人物伯德教授的影响，积极追随伯格投身社团的活动，但结果落得个失败的下场。

《天路历程》发生在欧茨虚构的名叫希尔伯瑞的大学，该校规模较小。在该小说中，欧茨揭示了极具个人魅力的知识分子的领军人物伯德为了满足自己对权力和影响力的欲望，不惜牺牲同事们的生命和前途。两位年轻的教师万达和哈伯恩为了寻找集体认同感，紧紧追随伯德，但结果是他们几乎被自私自利的伯德带入毁灭的深渊。肯尼思·沃麦克认为，就伦理意义来说，在这部小说里欧茨"分析了知识分子为了满足自己的学术自我，不惜牺牲同事们的伦理道德追求"[1]。伯德利用自己的个人魅力、以许诺带给同事们建立在对他的信任基础之上的自由感和团体归属感为幌子，目的是为了满足个人的意愿。

在与伯德交往中，年轻的女教师万达完全被他所控制。例如，伯德富有吸引力的声音深深吸引了缺乏处世经验、思想单纯的万达。万达由于自己个子太高，从小到大一直被排斥在集体之外，孤独是她的生活主旋律。精于世道的伯德在谈话过程中，洞察了万达的孤独和寂寞，了解了她性格上的弱点。于是，伯德成了万达心目中的上帝，她崇拜他，乐于被他指使和

---

① Kenneth Womack，p.72.

操纵。当伯德要求她与别的追随者共进晚餐时，虽然感觉恶心，但万达无意反抗，她无法拒绝被一个团体容纳的吸引力，她不愿再做局外人。她认为，自己的伦理体系是建立在归属于一个团体的基础之上的。

万达之所以完全信任和听命于伯德是因为他为她提供了与人交流的机会。不久，万达就成为每天晚上在教授家见面的伯德的追随者之一，他们对教授的话言听计从，例如伯德说，"人文主义者之间的交流是发动革命的唯一途径"。① 万达和其他追随者把伯德的话当成圣谕，每天聚会时间越来越长，每次都激动万分地谈论着即将发生的变革。

同万达一样，年轻的教师哈伯恩也无法抵御伯德教授的感召力，走上追随他的道路。他曾经满足于把自己定位在学术界里，热爱教学，热爱学生，每天认真地备课。但是，他的教学不是很成功，于是，哈伯恩把与同事交往和尽快适应学院的氛围成了让他恐惧的事。犹太人家庭出身让哈伯恩从小就与别人不往来，饱受孤独。在大学里，他把自己看作是这个社会的外来人，没有信心成为这个大家庭的一分子。当伯德及其崇拜者刚开始批评他的隐居的生活方式时，他在心里为自己辩护，认为这种生活是最完美的："他准备回家，想到不与别人往来是再好不过的事，没有密切的关系，没有亲密的联系。"②

---

① Joyce Carol Oates, *The Hungry Ghosts*: *Seven Allusive Comedies*，p.44.

② Joyce Carol Oates, *The Hungry Ghosts*: *Seven Allusive Comedies*，p.43.

哈伯恩一直在寻找自我，对伦理道德的善缺乏自己的理解，他渴望获得别人的认同，从而树立自我。但是，他发觉封闭自我的生活并不能让他实现自我价值，被边缘化的现实只能让他退缩回自己的小圈子里。他极度可望突破自己的枷锁，找出一条出路来。他的焦虑被精明的伯德教授察觉，于是，伯德又故技重演，充分利用哈伯恩的弱点，以达到自己的目的。他发现当他提到暴力作为革命的手段可以推翻过时的旧体制时，这个年轻人热血沸腾起来，觉得找到了新的希望。

哈伯恩开始被慢慢改变了。他越来越频繁地出入伯德的家，越来越离不开那些晚上的聚会。在成为伯德的追随者后，万达和哈伯恩最终认为自己被团体所容纳而成为一员了。他们觉得"我有朋友了，我有真正的朋友了"。[1] 他们每天生活在狂喜之中，认为伯德给他们的生活带来的光明。因为他们曾经是局外人，而现在他们归属于一个集体了。他们感恩与自己脱胎换骨的变化，使他们从自私、自我的个人投入人类的大家庭中，而这一切都是伯德带来的，是伯德使他们觉得自己真正体会到善的含义和归属感。

在这部小说中，作家欧茨细致地刻画了狡猾精明的伯德是如何巧妙地利用两位年轻同事的弱点，以达到自己的目的。他利用万达和哈伯恩渴望得到团体的接纳的心理，利用哲学、宗教和政治观念欺骗他们，使他们成为伯德富有魅力的家庭聚

---

[1]　Joyce Carol Oates, *The Hungry Ghosts: Seven Allusive Comedies*, p.48.

会的常客。事实上，伯德使用的是一种心理治疗方法，手段低级。但是，缺乏经验、渴望得到帮助的年轻人因此上当、受骗。他们认为自己的思想得到了彻底解放，个人得到了集体的认同。

伯德控制追随者的过程就是实施催眠术，他对从思想上解放这些崇拜者或帮助他们实现自我根本不感兴趣，他真正关心的是他的个人利益。在披着拯救别人的外衣下，伯德最终鼓动他的众多弟子为了抗议学校开除他，使用暴力抢占了文科大楼。在混乱中，万达和哈伯恩都受了伤。而最具讽刺意味的是，暴动的策划人和鼓动者伯德自己为了自身的安全选择了逃避。暴动事件后，伯德让万达照顾他的儿子菲利普，而自己和妻子却很快飞往芝加哥。几天后，伯德打电话要万达开车把他的儿子送上飞机，因为他在芝加哥找到了新工作。菲利普对惊讶的万达说，这种事情以前也发生过。就此证明了伯德是个手段极其高明的大骗子。故事的结尾万达哭诉道，"我以后该怎么办？"① 她彻底被心目中的精神领袖伯德抛弃了，而她渴望的集体归属感也彻底破灭。

在《天路历程》这部短篇小说里，作家欧茨强调了学院派自我的脆弱，其脆弱表现在它很容易被以伯德为代表的具有蛊惑力、自私自利、不道德的知识分子所操纵和欺骗。在打着博爱、同仁的旗号下，伯德把众多崇拜者带入危险境地，而自

---

①   Joyce Carol Oates, *The Hungry Ghosts：Seven Allusive Comedies*, p.59.

己则在另一个地方找到了新工作。他的行为打碎了万达和哈伯恩的自我概念和集体感，使他们自愿为了一个似乎是建立在善和道德基础上的事业而放弃原有的自我。这一切都源于他们心目中完美无比的上帝般的同事，一个以自我为中心，为了个人利益不惜牺牲他人利益的知识分子败类。两位年轻人不仅丢掉了工作，更经历了情感的挫伤。

总之，欧茨刻画了它的主人公在寻求团体和自我过程中的失败经历。尽管这些知识分子生活的经历不同，他们都意识到个人不能游离于社会之外，寻找集体归属感是十分必要的。但他们的追求遭遇了以伯德教授为代表的知识分子中的败类，他们自私自利、没有道德观念、任意践踏他人利益的行为为学院派人士追求真正的善和归属感设置了障碍，他们追求自我价值的实现和完善的举动也遭遇了失败。

三、被边缘化的女性和少数族裔

《饥饿的鬼魂：七个讽刺戏剧》发表于 1974 年，而七部小说的背景均为 60 年代和 70 年代。在美国的大学校园，虽然传统的父权制度依然占主导，但职业女性和少数族裔这些被主流社会边缘化的群体开始通过自己的抗争，追求平等化和主流社会的承认。在本作品中，欧茨揭示了在高等学府这个特殊社会里，女知识分子和少数族裔教师的尴尬境地和精神上的痛苦。面临被边缘化的现实，他们希冀得到主流社会的认同和承认，但他们不知道如何实现自己的目标。与伦理批评一样，女权主义和反种族主义为读者理解这些弱势人群寻找自我、集体感和伦理意义上的"善"提供思路，洞察他们的要求和目标：不被主流文化排斥在外，寻求团体归属感以建立自己的伦理体系。

《超越奴役》揭示了学院政治的不道德倾向，有些知识分子为了实现自己的目标不惜牺牲集体的利益，不遵循公平、道德的社会准则。这部小说的主人公主要有两个。弗兰克是一个敏感的美国黑人知识分子，为了满足异常的自我、证明自己是学院派的一分了，在职业的危急时刻不惜牺牲一名女同事的利益，他的女同事莫莉成了这场利益冲突的牺牲品，从而进一步阐释了两性关系。

非洲裔美国教授弗兰克是学院的学术骨干，他试图以自己的出版物、不俗的着装和不俗的风度来证明自己的学术自我。他毕业于哈佛大学，很快就成为希尔伯瑞大学最有名的英语教授，尽管他是一名黑人。但是，弗兰克依然认为自己被排斥在别的同事和亲戚之外。对他来说，肤色是个忌讳的话题，他讨厌别人提到"黑"这个字眼。当他的白人朋友们赞赏地对他笑时，弗兰克反而感觉不舒服，认为他们在笑话他的黑人身份。另外，他认为他在学校的地位与他的黑人身份有关，因为这所大学里黑人教授很少。

弗兰克想方设法改变自己的黑人身份。比如，他抛弃了第一个犹太女友，尽管那个女孩聪明、执着，与他有很多共同兴趣和话题。他选择了一个他并不爱的女孩作了妻子，"不聪明，但是天生一副苍白、光滑、完美的面孔"，"她的父亲是波士顿的一名法官".[①] 他不爱妻子，但十分热爱他的双胞胎儿子，因为孩子们几乎就是白肤色的。他庆幸孩子们摆脱了他的黑皮肤，并继承了他的智力基因。白肤色的儿子似乎证明了他在某种程度上属于白人社会。但是，他知道他始终无法摆脱自己的黑人出身。

意识到自己永远不可能被白人主流文化所真正认可，弗兰克开始在所处的学院圈子里采取行动，作为对自己命运的报复或反抗。首先，他对大学循规蹈矩、固定不变的生活模式感到厌烦；另外，自己身为英语系唯一的黑人教授和唯一的哈佛大学毕业生，弗兰克已经没有了生存危机感。作为被边缘化的学者，为了获取权利感，弗兰克从与年轻的女大学生调情中，找到安慰，获得快感。有一次，他跟一名女学生的绯闻被家长告到学校，最后在他保证不再言行失检才被原谅。

其次，"黑鬼"这个词让他变得疯狂。60 年代末，这个词几乎家喻户晓。弗兰克的悲剧根源在于他清楚他不是白人所说的黑鬼，但他的黑皮肤是他与生俱来的印记。尽管他尽自己最大的努力让自己成为最优秀的教授、跟白人女孩约会，以获得社会的认同。但他总是处在矛盾之中，他被大学这个圈子吸纳为局内人，但是他却被整个白人主流社会当作局外人。这样，他的一生不会摆脱被社会边缘化的命运安排。

弗兰克从来没有放弃过改变被边缘化命运的机会，例如

---

①   Joyce Carol Oates, *The Hungry Ghosts：Seven Allusive Comedies*，p.64.

他充分利用自己在任命和晋升委员会的位置来证明自己的身份。该委员会权力很大，被教师和职员们称为雇佣和解雇委员会。为学校选择新雇员时，他对耶鲁和牛津大学的候选人不感兴趣，而对来自芝加哥大学年轻美丽的女性莫莉·霍尔特产生了兴趣。心怀鬼胎的弗兰克巧妙地说服委员会雇用莫莉为讲师。但后来莫莉一次次拒绝了弗兰克的挑逗和性骚扰后，他变得恼羞成怒。他请求委员会的主席考虑莫莉任职期间的表现，开会时，弗兰克编造了一系列的罪状证明莫莉不具备成为一名合格教师的资格。最后投票的结果是莫莉被解雇了。

莫莉作为女权主义者代表，无意识中卷入了一场两性之间的抗争。莫莉年轻，漂亮，打扮入时。她离婚带着3岁的儿子生活，博士论文就是关于性别身份危机的，她把自己看作女权主义思想的先锋，在生活中追求男女平等。在弗兰克眼里，打扮时尚、超前的莫莉是个天生的尤物，是个可爱的小东西。弗兰克把自己当作男性社会的代表，主流文化的化身，理所当然地认为自己优越于白人女性莫莉。

但是，作为60年代的独立女性，莫莉不同于别的女性。例如，当弗兰克明白无误地显示自己成熟男性的观点并试图帮助莫莉时，她坚定地回答："不，谢谢你！谢谢你的关心。"[1] 当时的她困难重重，非常需要这份工作，需要薪水支付孩子的医疗费。但她不希望她被雇佣是因为她的外表或她的观点。作家

① Joyce Carol Oates, *The Hungry Ghosts*:*Seven Allusive Comedies*，p.69.

欧茨认为这份工作给莫莉提供了重新建立自己的伦理体系的机会，因为稳定的物质生活是她坚守女权主义思想的基础。

但是，当莫莉勇敢地挑战大学校园里的父权制度时，她从一开始就意识到她是一个牺牲品。她拒绝了弗兰克这个伪君子的挑逗时，就面临着被解雇的危险。委员会讨论她的问题时，没有任何时间和机会让莫莉为自己辩护。这个想为自己在社会中争取到平等权利的女性最后成了失败者和牺牲品。痛恨自己黑人身份的教授弗兰克为了证明自己在学院范围内的影响力和权势，不择手段，不道德地利用政治权术达到了自己不可告人的目的，不惜致自己同事于死地。

总之，欧茨以嘲讽的笔调刻画了"学院自我主义者的化身"。① 弗兰克无法改变自己的黑人身份，遭受被排斥的痛苦。他反过来又利用自己在大学的权势打压自己的女同事莫莉，导致莫莉在追求集体的认同、公平和平等权利过程中，以失败告终。事实上，两者都无法摆脱整个社会的父权制度的控制和操纵。

除了展示大学里的女教师如何艰苦地在学院范围里追寻社会的认同感和自我身份的认定，欧茨还关注了六七十年代辛苦耕耘的女作家们经历的痛苦和无助。在《名声之累》和《烦恼》两篇小说中，欧茨指出为什么女作家和诗人没有被主流文化接纳的原因，并揭示了美国大学对女权主义思想的不同

① Eileen Temper Bender，p.106.

态度。

《名声之累》通过对男主人公默里的解读揭示了父权社会对女权主义者和女性诗人的态度和行动。汉娜·多米尼克是个很著名的女诗人，她在学生中声誉很高，作品丰厚，先后出版了近十本诗集。不料，这位女诗人的卓越成就招致默里的嫉妒和憎恨，他认为长相平常的汉娜根本不能称之为诗人，她的诗歌不过是"拙劣无比的咒骂男性的散文而已"。① 几乎没有任何出版成果的默里出于私心和不平衡心理，经常咒骂成就卓著的女诗人。另外一个著名的诗人迈尔到大学来做主题发言时，同样把女同行汉娜作为攻击和批判的对象，认为这些解放了的妇女一直在攻击弗洛伊德提出的女性从一出生就被阉割的事实，为了克服这种恐惧心理，女性不得不把男性作为攻击的对象。

这个故事表明以男性为主的父权制度对待女权主义的态度是基本一致的：大多数男性对女权主义者持反对态度。在学院圈子里，女权主义者甚至所有女作家都被看作是心理上被阉割的异性。

故事的结局反映了六七十年代女作家的普遍经历和命运。面对迈尔的恶毒攻击和不公平评价，汉娜这位有名的女诗人在众多观众面前放声大哭，说不出任何为自己辩护的话来，只能落荒而逃。那个时代的女性面对男性的侮辱和攻击时，自感应

---

① Joyce Carol Oates, *The Hungry Ghosts：Seven Allusive Comedies*, p.143.

该马上进行还击，但他们没有找到更好的对策来为自己辩护；另外，他们没有得到社会对女性争取自由权利的一致认可。男性依然是主流文化的代表，女作家处于被社会排斥和边缘化的境地。

与《名声之累》相似，《烦恼》讲述了富有创造性的女作家不稳定的精神状况以及为了维护名声和给大学尽义务之间的困难。故事里的女主人公伯娜丁·多诺万是一位女作家，由于女性的身份比男性人物遭受了更多困难。

在欧茨的小说集中，作者以嘲讽的口吻揭示了人们对女性知识分子的态度和看法。"被阉割""无能之辈"是男人在议论女作家时使用的恶毒字眼。女性知识分子的多产和名望没有得到任何奖励，相反，反而招致主流文化的非议，甚至无端指责，这也正是作家欧茨本人在现实生活中的真实遭遇。在这部作品中，欧茨建议女性为了坚持自己的追求，不仅要提高自身的学术成就，还需要不断寻求自己的个人身份、自我和求善。

《烦恼》中的伯娜丁·多诺万的遭遇就具有代表性，她在爱情和职业中经受了猜疑、攻击，并经历心理上的变化。故事开始，伯娜丁正处于生活的最糟糕时期。美貌的她始终处于社会的边缘地带，她的生活宁静得如同隐士一般，因此，她时常感到孤独寂寞。她动身去参加每年一度的美国现代英语协会的年会，在会议上将有关于她的小说的小组讨论。她怀着紧张焦虑的心情等待着"多诺万专家"们的研讨，同时以紧张的心情等待情人赫尔曼的到来。由于致力于自己的小说创作，伯娜丁在过去七年里多次拒绝了赫尔曼的求婚，她不愿意让婚姻成为追求事业成功的阻碍。

伯娜丁内心对她的学术评论家怀有戒备和仇视心理，因为这些批评家针对她的作品展开批评，威胁到她的学术名声和地位。果不其然，她领教了采访者们的敌视和不公评判。其中名为斯坦利的批评家前来采访伯娜丁，在采访结束时把她称为"当代美国女作家中最优秀的作家之一"。但他回到家后，却出尔反尔，彻底改写了关于伯娜丁的评论，声称她"尚未确定自己真正的主题或表达风格"。①

小组讨论会的气氛十分紧张，伯娜丁饱受打击和曲解：作为一名女性知识分子，她逃脱不了被人们歪解、打压的命运，她面对批评者的不公评价没有任何辩解的机会和能力。第一位评论者拉森来自一个小学院，演讲了一篇根本站不住脚的文章《论伍尔夫的写作风格对伯娜丁·多诺万创作的影响》，把对伯娜丁作品的讨论引向"男性""女性"和"雌雄同体"风格上来。伯娜丁深受打击和侮辱，十分无助，而且没有任何人替她做辩护。第二篇演讲的论文《多诺万作品中的烦恼和反语》让她更感觉难受，因为这位无名的女教授别有用心地大量引证批评家和采访者的话，来说明这些肯定伯娜丁作品的评论都是完全错误的。事实上，在那个时期，评判一个女作家的作品不是

---

① Joyce Carol Oates, *The Hungry Ghosts*: *Seven Allusive Comedies*, p.191.

看她在文学上的付出，而是把作品与性别纠缠在一起。

伯娜丁意识到自己成了别人眼中的物品，只能任由那些不知名的评论家肆意践踏和解构，在这个过程中，她的自我被毁灭。全身颤抖、眼泪夺眶而出之时，伯娜丁终于熬到讨论会的结束。更令人意想不到的事发生了，从听众席中跳出一人，高声喊道："你们所有人——我知道你们是谁！我知道！你们在说我的谎话，是不是——在讲我，伯娜丁·多诺万的谎话——你们都在卑鄙地说谎！"① 人群中议论纷纷：这是伯娜丁本人吗？会议结束后，伯娜丁摇摇晃晃地走出来，不知道自己到底该往哪里去，她的自我被群体的伦理判断曲解而彻底毁灭。

总之，伯娜丁和其他女作家一样从来都不曾被归类为主流，原因是父权制度规定了女性永远只能是男人眼中的物品。批评家塞韦林（Hermann Severin）认为《烦恼》这个短篇小说"主题过于狭隘"，② 因此他认为这个故事"不是关注学术界的具体特点和问题，因而对欧茨的知识分子观几乎没有什么贡献"。③ 但是，欧茨在最后三个故事里揭示了 20 世纪 60 年代的主要话题之一——被边缘化问题。《超越奴役》从多角度揭示了黑人教授弗兰克虽然是白人占多数的学术界的学术权威，是个局内人，可以决定别人的学术命运，但由于自己的黑人肤

---

① Joyce Carol Oates, *The Hungry Ghosts*: *Seven Allusive Comedies*, p.198.

② Hermann Severin, p.134.

③ Hermann Severin, p.121.

色，他永远受自己出身黑人这个事实的折磨。他因此意识到在白人社会圈子里他永远是个局外人。这种现实让他疯狂，于是，在无望的追求归属感的过程中，他利用自己在大学的权威和权力不惜违背自己的道德底线牺牲女同事莫莉的前途和未来。虽然他在这件事上得逞了，但他永远无法摆脱不被白人社会接纳和认可的命运。另外，这部故事集中的女性知识分子面临着同样的遭遇，他们要么成为别人追求个人成功和利益的牺牲品或猎物，要么他们被看作固定不变的模式，父权社会体制的永远的物品。女性学者和作家的命运只能是成为男性观察、评论的对象，男性用他们的标准来衡量女作家的成果，结果是，女性知识分子只能接受对他们的肆意歪曲、批评和最终毁灭的命运。

四、小 结

欧茨的小说集《饥饿的鬼魂：七个讽刺戏剧》以知识分子为主人公，解读了他们在寻找伦理范畴的自我中遇到的道德困境，探讨了知识分子寻找道德意义上的善和集体归属感的道路。

几乎所有的知识分子在获得自我意识中都遭遇了困难，因为他们背负着巨大的压力。压力来源于他们所有承担的诸多项任务，比如备课、教学、发表论文等，这些重任让知识分子无所适从，因为这些工作对他们都很重要，很难决定哪个更重要。欧茨以"饥饿鬼魂"命名的私欲在知识分子的命运中起重要作用，它驱使知识分子尽量满足自己的欲望，追逐名声和威望，而不是承担作为教师的责任。

为了达到他们的目的，一些知识分子选择发表文章作为在美国大学里获得名声和尊重的道路，这就是为什么"非升即走"成为学院派人士的主要困境的原因。从某种意义说，在大学圈子里出版物和人的个人身份同样重要，因为出版物代表着名誉和财富。第一个故事《美国的民主》中的主人公罗纳德在过世的编辑污秽不堪的家里寻找自己的手稿达4小时之久。在作家的笔下，罗纳德被刻画成失去自我的代表，那些散落的手稿给罗纳德的职业生涯和未来带来微弱的希望之火，这就是为什么他疯狂而绝望地搜寻他的作品散页，对编辑迪特里希的死没有表现出丝毫的同情。对自己命运的考虑是首位的，在这种困境中，集体的善和他人的利益对他毫无意义，他根本无暇顾及他人和社会。

大学同事之间的人际关系由于异常激烈的竞争而变得异常紧张。学院派人士从字义上讲就是精英的意思，特指一小部分人群。这些人具有同样的学术研究兴趣、分享同样的学术奖励，但在学术圈里，在追求归属感、认同感和学术地位的道路上，他们也是竞争对手甚至是敌人。《人物素描》的主人公罗恩·布拉斯是系里的常驻诗人，发表了许多作品。但是，他的才能和成就却招致资历较浅的同事雷诺德·梅森的妒忌和猜忌，无端指控罗恩抄袭，目的是为自己在大学赢得较高地位和权势。当调查小组的听证会草率结束时，遭受到失败的梅森愤怒地试图证明他的意图是为了学术伦理上的责任，事实是，他企图在学术责任的幌子下掩饰职业生涯对他人的嫉妒心理。同时，作家欧茨认为剽窃行为说明了学术界将知识分子的利己主义等同于正直的概念，① 这是错误的。

知识分子的另一个特点是隐士般的生活模式。欧茨小说中的许多人物往往把自己封闭在自我的小世界里，缺乏集体意识。例如，《悲剧的诞生》中的塞耶教授就让他的助手巴里陷入困境，原因是巴里拒绝了他的调情，最主要原因是他与世隔绝的怪异行为。批评家特拉亨伯格说，"个人与世隔绝只能导致悲剧"。② 巴里不幸成为塞耶教授古怪行为的牺牲品，但同时，他开始反思自己的价值取向和未来。他意识到伦理意义上的善和他的自我身份绝不能由一件事或他人来决定。最终，巴里的悲剧在欧茨笔下由于他的道德反思而转变为充满智慧的思考，并预示着充满希望的未来。在《天路历程》中，集体被当成实现个人利益的诱饵。两位年轻、单纯的教师万达和哈伯恩不愿再遭受孤独之苦，他们受到极具个人魅力的同事伯德的诱惑，紧紧追随伯德以得到社会的认同和归属感，但结果是他们几乎被自私自利的伯德带入毁灭的深渊。

这部小说集还关注了大学里少数族裔和女性知识分子的遭遇。事实上，文学伦理学批评经常以女权主义和反种族主义

---

① Iris Murdoch, *The Sovereignty of Good*, p.53.
② Stephen Joel Trachtenberg, "What Strategy should We Now Adopt to Protect Academic Freedom?" *Academe* 82 (Jan. -Feb. 1996), p.130.

为主要目标，因为不公平是伦理学的考察范畴。在《超越奴役》中，美国黑人教授弗兰克不愿接受被白人社会排斥、边缘化的命运，为了得到承认，他以牺牲别人的命运来提升自己的权利、实现自我。女同事莫莉沦为他的牺牲品，尽管身为女权主义者的她竭尽全力为自己和所有女性的权利而抗争。在作品集的最后两篇小说《名声之累》和《烦恼》中，欧茨指出女作家和诗人受到以男性为主导的主流文化的歧视，这些被排斥的群体很难得到社会的承认。

　　总之，在这部短篇小说集里，欧茨探讨了在建构知识分子的自我过程中遇到的求善和集体感问题。通过揭露作品中的美国大学教授们和作家们违背道德准则和社会规范的事例，欧茨展现了大学这样一个特殊社会机构的不道德性和不称职，从学术和心理等方面给追求真、善、认同感的个体带来阻碍和困惑，甚至致命打击。欧茨对学院和高等教育机构的执白、坦荡的批评和不恭态度使得作者能充分利用讽刺（或作家的贬义诗学观）这种文体的影响力和价值，直击知识分子个人的道德准绳和团体需求的差异。默多克指出，"艺术超越个性自私和过分的束缚，能够增强读者的艺术鉴赏力和感受力。艺术是善的代言人"。[1] 揭示美国高校存在的道德缺陷和不道德的行为，欧茨旨在提醒我们要重新审视学术圈里追求名利和个人成就的风气，以及由此导致的人际关系。

---

[1]　Iris Murdoch，p.87.

第四节　回归"母亲的话语"：勒瑰恩《地海传奇》
　　　　六部曲中的女性书写实验

一、引　言

　　20 世纪 60 年代掀起的女性主义第二次浪潮将妇女运动推向了新的高度，大批的西方女性学者积极而大胆地参与到了对不同语境下妇女处境、地位、权力和身份的研究与探讨中。1975 年，法国著名女性主义学者埃莱娜·西苏在《美杜莎的笑声》中首次提出"女性书写"（écriture féminine）的概念，号召女性进行摆脱菲勒斯中心语言的写作实践。她提出"女性必须书写自己：她必须书写女性，也必须引导女性书写……女性一定要通过自己的活动把女性写进文本，写进世界与历史。"① 然而，西苏在其关于女性书写的论著中并未对"女性书写"进行严格的界定或定义，而是赋予女性书写以开放和流动的特质，鼓励女性进行基于自身躯体和欲望的书写实践。

　　在文学领域，一些女性作家发挥其文学想象力和创造力，通过虚幻世界的构建积极参与女性书写实验，努力去诠释其关于女性主义的乌托邦愿景。而娥苏拉·勒瑰恩（Ursula K.Le Guin）就是这群女作家中颇富才华和创造力的代表。游走于现实和虚幻之间，勒瑰恩游刃自如地构建并行走于一个又一个虚

① 转引自刘岩《女性主义》，《外国文学》2012 年第 6 期。

幻世界，等待、探索并发现"真正的法规——伦理的和审美的，当然也是科学的——并非来自于自上而下的任何权威，而是存在于万物之中。"①

在地海的世界里，勒瑰恩悄然行走了30多年，用六部作品完成了地海的构建并讲述了地海的故事。这六部作品包括《地海巫师》（1968）、《地海古墓》（1970）、《地海彼岸》（1972）、《地海孤儿》（1990）、《地海故事集》（2001）和《地海奇风》（2001）。《地海传奇》六部曲的创作并非一蹴而就。事实上，在西方文学界，人们习惯把前三部作品视为一个整体，称为"地海三部曲"，这一习惯与作品的成书年份及作品内容有着密切的关联。

1986年，勒瑰恩受邀在美国著名女校布林茅尔学院发表毕业演说。在演讲中，勒瑰恩提出了"母亲的话语"（the mother tongue），并以女性主义的视角审视了"母亲的话语"的他者性、通俗性、双向性和颠覆性。勒瑰恩鼓励并号召学生们在今后的岁月中学着"释却"（unlearn）她们在高等教育体系中所习得的被赋予权力的语言——"父亲的话语"（the father tongue），从而重新习得她们在幼年时期所熟悉的"母亲的话语"。最后，勒瑰恩表达了对女性们用"母亲的话语"发声、述说和交流的期望。四年后，出乎人们的意料，勒瑰恩为

---

① Ursula K. Le Guin, *Dancing at the Edge of the World*: *Thoughts on Words*, *Women*, *Places*, New York: Perennial Library, 1990, p.44.

地海续写了第四部小说。令读者吃惊的是，《地海孤儿》一改前三部小说的叙述模式，勒瑰恩开始用"母亲的话语"叙事。接着，勒瑰恩出版了《地海故事集》和《地海奇风》，读者们所熟悉的地海世界受到了颠覆性的重构。在"地海改写"一文中，勒瑰恩写道：

> 作为一个女性和文艺家，我无法在和女性主义意识的天使们决斗之前继续我的英雄故事。我花了很长时间才得到她们的佑护。从1972年起，我知道将会有第四本关于地海的书，但是直到十六年后我才可以写作它……现在，地海世界来自一个女人的双眼，而非是使用一种假装无性别的描述英雄传统的男性视角……当这个世界翻转了，你无法继续颠倒着思考。曾经的天真成了现实的不负责任。视野必须被更改。①

因此，《地海传奇》六部曲的书写影射了勒瑰恩在30多年的创作历程中女性主义思想的蜕变和不断成熟。本节将从女性话语的构建、地海历史的改写和性别的超越三个层面探讨勒瑰恩在地海系列小说创作过程中所经历的女性主义思想嬗变以及在该思想指导下所进行的女性书写实验。与此同时，本节也将

---

① Ursula K. Le Guin, *Earthsea Revisioned*, Cambridge：Children's Literature New England with Green Bay Publications，1993，pp.11-12.

探讨勒瑰恩如何使用"母亲的话语"讲述关于地海的故事。

二、女性话语的构建

几个世纪以来，在父权制占主导地位的社会中，女性群体长期处于被压抑和边缘化的地位。因此，探寻、挖掘和倾听女性主义先驱者们"失落的声音"是当代女性主义理论发展过程中的一个重要议题。埃莱娜·西苏（Hélène Cixous）和露丝·伊里盖蕾（Luce Irigaray）分别提出"女性书写"和"女人话"，倡导将性别立场带入文本，鼓励女性作家进行"身体写作"。而同时代的另一位极具影响力的法国女性主义学者朱莉亚·克里斯蒂娃（Julia Kristeva）则努力开启一种属于前符号态的母体的话语来突破代表父权的逻辑象征话语。可以说，勒瑰恩对于回归"母亲的话语"的倡议与西苏等人的主张殊途同归，其实质都是呼吁女性进行身体和欲望书写，以对抗菲勒斯中心文化中的二元象征秩序，构建异质的女性话语，进行女性书写实验。

在"地海三部曲"的书写中，勒瑰恩虽然使用了具有女性主义色彩的道家思想阐释了地海魔法的精髓，但是前三部小说所描绘的可以说是一部男性视野中的英雄史诗。男性法师格得是地海魔法权力的象征，扮演了征服者、引领者和解救者的角色。虽然第二部小说《地海古墓》勾勒了女性主人公性意识和自我意识的觉醒，但是男性仍然扮演了女主人公的引导者和救赎者的角色。因此，在某种程度上说，勒瑰恩在"地海三部曲"中沿袭了男性叙事的模式和"父亲的话语"。

然而，从《地海孤儿》开始，我们读到了勒瑰恩探索中的"母亲的话语"。小说伊始，勒瑰恩安排了"父亲的话语"的消亡——蒂娜的丈夫火石死了，蒂娜的养父锐亚白大法师欧吉安死了，而从亡灵之地乘龙归来的格得法力全失，身心俱疲。"父亲"的退场使我们得以将目光转移到地海世界中一个个鲜活的女性身上——独居在中谷橡木农庄的中年寡妇蒂娜，女巫磨丝和艾薇，蒂娜收养的孤女特哈努，锐亚白智障的农家少女希瑟，蒂娜在中谷的好友云雀以及蒂娜已经出嫁的女儿苹果等。我们开始看到她们的日常起居，穿着打扮，生活琐事；听到她们的对话、交谈和喃喃自语；读到她们的想法、感受和体验。正如勒瑰恩所言，"经常，女性们更容易信任彼此，更容易尝试用我们自己的语言（母亲的话语）说出我们的经历，我们以此来赋予彼此权力"。[①]《地海孤儿》一书中充溢着女性的声音——蒂娜和云雀之间关切的询问和回答，蒂娜对特哈努的叮嘱、安抚和鼓励，特哈努沙哑而简短的应答，蒂娜和磨丝之间若有所思、时断时续的对答，蒂娜和苹果见面时的家常对话，蒂娜的内心独白，希瑟疯癫的自言自语 …… 由此，多元、流动且富于包容性的女性话语形式纷纷现出，不断消解着传统西方哲学中所一贯秉持的理性逻辑和男性秩序。伴随着话语主

---

① Ursula K. Le Guin, *Dancing at the Edge of the World*：*Thoughts on Words*，*Women*，*Places*，p.151.

体的变化，英雄主义的宏大叙事得以消逝，取而代之的，是女性间的信任、亲近、分享和给予，是女性话语的一次次前置。

地海的女巫是地海系列小说中的特殊群体。她们虽同男性术士和巫师一样具有魔法天赋，却无法接受全面、系统而专业的魔法训练。她们是地海社会的最底层，是被唾弃的他者。她们通常独自生活在黑暗、脏乱，满是药草味的小屋中，不修边幅。她们的法术大多是熬制药草，治愈、接生和照料死人归土。相对于男性法师和术士的魔法，女巫们的法术虽不高深却朴素，世俗而接地气。在"地海三部曲"中，女巫们是被边缘化的沉默者。直到《地海孤儿》，以磨丝为代表的女巫才走入我们的视野。然而她们的话常常是断续而充满隐喻的，连同她们的法术一样，徘徊在男性的理性话语体系之外。例如，磨丝在提到男人时说"男人在他们的皮囊中犹如壳里的坚果。果壳坚硬，果壳里满满地是伟大的男人果肉。果壳里除了男人自己，其他什么也没有"。① 此处，磨丝所述说的实则是父权文化体系中的男性自恋史。在菲勒斯中心主义思想的影响下，男权社会中似乎只存在着高高在上、坚不可摧的"男性主体"和被排斥在外的、屈于其下的包括女性在内的他者。再比如，当讲到自己的法术时，磨丝说"我有根，我的根比这岛上的陆地更深，比这海更深，比这岛屿的升起更久远，我源于黑暗"，②

---

① Ursula K. Le Guin, *Tehanu*, New York：Simon & Schuster, 2001, p.63.
② Ursula K. Le Guin, *Tehanu*, p.64.

"我所有的知识都在泥土里，在黑暗的泥土里。在他们的脚下，那些骄傲的人。在他们的脚下，那些骄傲的领主和法师"①。这里，磨丝所讲述的正是长期被父权文化压抑却从未消逝过的坚强有力并富于智慧的女性存在和女性话语。

可以说磨丝的述说和话语形式正是勒瑰恩回归"母亲的话语"的尝试。勒瑰恩曾评述"母亲的话语"是"原始的：不准确的，不清晰的，混乱的，有限的，琐碎的，平淡无味的。"②其实，这种话语模式和女性长期以来的社会处境和情感压抑有着密切的关系，正如蒂娜所言，"没有人曾教她连贯地思考。没有人曾倾听她的话。所有对她的期许都是混乱不清，神秘兮兮，喃喃自语。她是个女巫。她和清晰地表意没有关系。"③然而，这种压抑却也赋予了女性没有局限和边界的言说方式。而一旦女性选择停止缄默，创造性地书写女性的欲望、身体和话语，则必将对男性话语体系产生颠覆性的影响。

勒瑰恩曾评论说"父亲的话语"是居高临下的，是分裂的，二元的，是命令，不需要得到回应，只需要被遵守。而"母亲的话语"是对话，是联结，是交换，是缠绕，是网。④

---

① Ursula K. Le Guin，*Tehanu*，p.64.

② Ursula K. Le Guin，*Dancing at the Edge of the World：Thoughts on Words，Women，Places*，p.149.

③ Ursula K. Le Guin，*Tehanu*，p.61.

④ Ursula K. Le Guin，*Dancing at the Edge of the World：Thoughts on Words，Women，Places*，p.149.

在《地海传奇》后三部曲中，勒瑰恩有意向读者诠释了构成女性之间联结的多重话语形式。蒂娜擅长织布，她的丈夫火石称呼她为高哈（Goha），意谓弓忒岛上一种小小的白色的结网蜘蛛。《地海孤儿》中，我们时常看到这样的场景，蒂娜和特哈努与磨丝一起用灯芯草编织篮子。无论是高哈这个名字还是编织篮子的动作都暗示和影射了"联结"这一概念。在《地海故事集》中，一个维护魔法的正义性与传承的民间秘密组织"手"，其成员间大多为拥有法力的智妇，他们用暗号般的手语来辨识组织的成员，赋予彼此信任，这种联结如同地下的树根般无声地在地海诸岛扩展。《地海奇风》中，卡尔格的公主瑟瑟日柯什被父亲送往汉诺弗与国王黎巴嫩完婚，语言和习俗不通的公主起初被汉诺弗人视为是"帐篷柱子"，[1]"砖头烟囱"，[2]连一向儒雅有礼的国王黎巴嫩也对她充满了厌恶。于是，受国王之托前去探望公主的蒂娜再一次扮演起了"保姆，导师，伙伴"[3]的角色。小说结尾，我们发现正是蒂娜和卡尔格公主以及养女特哈努的联结，才使得她们能够走上促使地海世界获得最终平衡与和谐的使命之路。

可以说，地海系列小说中所构建的各种关于联结的话语形式正是一种源自母体的智慧。母体在创造生命的同时也用乳汁滋养了生命。相较于菲勒斯中心秩序在运作中的占有和掠

---

① Ursula K. Le Guin, *The Other Win*, New York：Penguin，2003，p.63.

② Ursula K. Le Guin, *The Other Wind*, p.61.

③ Ursula K. Le Guin, *The Other Wind*, p.73.

夺，"母亲的话语"则更多地强调了给予。例如，地海系列小说中的女主人公蒂娜便在女儿、妻子、朋友等各种角色的切换中一再诠释了"母亲的话语"中给予的力量和意义。

此外，勒瑰恩还探讨了女性在构建自身话语体系抑或回归"母亲的话语"时所面临的选择。在《地海孤儿》中，蒂娜对法力尽失的格得谈到自己当年放弃和欧吉安学习法术时的想法。"那是别人的语言。我过去常想，我可以装扮为一名战士，持长枪，长剑，羽毛等等，但那会适合我吗，对不对？我用剑来做什么？这样会让我成为一个英雄吗？这样只会使我穿着不合适的衣服，几乎不能走路……所以，我脱下一切，穿上了我自己的衣服。"①

逃离娥团古墓，不去学习欧吉安的法术，蒂娜两次放弃了"父亲的话语"抑或男性权力的分享。她选择嫁为人妇，"敦伦，生养，烘烤，烹饪，清扫，纺织，缝纫，服侍"②，日复一日地重复着家庭生活的劳作，以一种生命的体验再现了勒瑰恩对于"母亲的话语"的诠释——"它（母亲的话语）是重复的，一次又一次，如同那被称为女人的工作；囿于土地，围绕着房子。"③ 因此，蒂娜对于生活的选择亦是其在面临自身话语建构时的自觉取舍。

---

① Ursula K. Le Guin，*Tehanu*，p.106.

② Ursula K. Le Guin，*Tehanu*，p.38.

③ Ursula K. Le Guin，*Dancing at the Edge of the World：Thoughts on Words，Women，Places*，p.149.

三、地海历史的改写

在《地海传奇》后三部曲中，勒瑰恩用"母亲的话语"叙事，颠覆性地改写了地海的历史。首先，勒瑰恩通过地海历史的改写为女巫们和女巫的魔法正名。《地海故事集》开篇关于"寻找者"的故事讲述了柔克岛巫师学校创建的源起。在黑暗时代，地海因为男人们对权力的饥渴和欲望陷入极度的混乱，而女巫们因为处于男人权力追逐的边缘而成了男性巫师的替罪羊，于是有了流行于地海的俗话"无能的好似女人的魔法，恶毒到犹如女人的魔法。"[①]《地海孤儿》中，当柔克岛巫师学校的形意大师宣称可以解决地海世界问题症结的人是"弓忒岛上的女人"时，法师们和许多听到这一消息的男人们表现出的是怀疑和不屑。然而，地海历史的真相却是柔克岛的巫师学校是由生活在柔克岛上隶属于组织"手"的智妇们和少数男性共同讨论创建的。巫师学校的第一个学生是一位名为朵瑞的女性，朵瑞为巫师学校带来了被视为地海魔法基垫的宝典《名录》，并且成为巫师学校药草和治愈学科的创建者。

其次，勒瑰恩通过地海历史的溯源及地海中流传的故事探讨了地海巫师及法师们仪式般的禁欲思想的缘由。柔克岛巫师学校创立早期，一些男性学生认为女性的法术与陆地内部的太古力（the Old Powers of the Earth）有关，因此要求区分男

---

① Ursula K. Le Guin, *A Wizard of Earthsea*, New York: Bantam Dell, 2004, p.3.

人的法术和女人的法术，并声称"一个真正的巫师必须是一个男性，并且是禁欲的"①。在地海，太古力是一种神秘而不受男性巫师控制的原始力量，而女性的法术由于被男性巫师视为是和太古力有着千丝万缕联系的阴性存在，而成为许多地海男性巫师们憎恶、排斥和压抑的对象。这种情感的滋生逐渐形成了地海魔法世界中一种潜在的厌女情节。例如，《地海孤儿》中，当蒂娜和女巫磨丝为死去的欧吉安料理后事时，站在一边的锐亚白巫师白杨的言行中充满了鄙夷、争斗和愤怒。在《地海故事集》中，勒瑰恩讲述了"黑玫瑰和钻石"的故事。钻石最初在父亲的安排下和巫师铁杉学习魔法，铁杉对于魔法的阐释中贯穿着"平衡"的思想以及"知识，秩序和控制"。② 铁杉坚信"每一个真正的法力之人都是禁欲的"，③ 因为"真正的技艺需要专一"④，禁欲是一种力量的"交易"。⑤ 和男人的魔法不同，故事中玫瑰的母亲阿缠生养玫瑰并未影响她施行治愈、接生和找寻的魔法，她甚至生下玫瑰以体悟如何更好地为她人接生。玫瑰也曾质疑钻石，"为什么你非得停下一件事才能去做另一件事？"⑥ 地海的女巫虽然不婚，但她们的巫术是不需

---

① Ursula K. Le Guin, *Tales from Earthsea*, New York：Penguin，2003，p.75.

② Ursula K. Le Guin, *Tales from Earthsea*，p.112.

③ Ursula K. Le Guin, *Tales from Earthsea*，p.116.

④ Ursula K. Le Guin, *Tales from Earthsea*，p.122.

⑤ Ursula K. Le Guin, *Tales from Earthsea*，p.116.

⑥ Ursula K. Le Guin, *Tales from Earthsea*，p.130.

要禁欲的。这种对于巫术的态度和地海女性对于生活的态度是一致的。《地海孤儿》中，欧吉安提及蒂娜从来不只做一件事。蒂娜的回答是"不。总是至少两件事，并且通常更多。"[①]正如勒瑰恩所言，"父亲的话语的基本姿态不是推理而是制造距离——在主体或自我与客体或他者间制造间隔。"[②]"母亲的话语"则不同，蔓延的分支彼此缠绕。女性对于自我的定义无须对立和割裂出他者，同样，地海中女性的生存也无须是心无旁骛的。

此外，《地海故事集》中"地之骨"这个故事再次通过还原地海历史的真相揭示了女性在男权社会历史中的被隐身。欧吉安是地海享有盛誉的大法师。当弓忒岛面临一场摧毁性极强的大地震时，人们看到的是欧吉安独自坐在码头边的信号塔顶施法遏制了这场地震，因而欧吉安获得了弓忒岛人的赞誉和感激。然而，历史的真相却是，欧吉安的师父杜尔斯运用了其启蒙之师女巫阿尔德之法潜入弓忒陆地的核心，化为地之骨，从而引导、抚慰和遏制了这场地震。但是，对于历史，女巫阿尔德和她的法术是隐身和不被记录的。杜尔斯从不愿向人提起自己的这位师父，而对她的法术只是说"泥土，岩石。肮脏的魔法。古老的，非常古老，如弓忒一般古老。"[③]

---

① Ursula K. Le Guin, *Tehanu*, p.28.

② Ursula K. Le Guin, *Dancing at the Edge of the World：Thoughts on Words，Women，Places*, p.148.

③ Ursula K. Le Guin, *Tales from Earthsea*, p.148.

四、性别的超越

在地海系列小说中，勒瑰恩勾勒了龙的形象。地海中的龙，可以说是阳性的存在。它们体格庞大，周身散发着力量和热量；它们是风和火的化身，不喜陆地和水；它们向往自由，翱翔于西风之外。《地海巫师》中，格得因能和龙对话并在和龙的决斗中杀死了龙而被地海人奉为英雄和"龙主"。《地海彼岸》中，龙协助格得和阿刃王子找到了导致地海魔法失灵的根源，从而拯救了岌岌可危的地海魔法。然而，我们发现，在"地海三部曲"中，龙却始终是男性话语的对象。因此，勒瑰恩在《地海传奇》后三部曲中对于龙这一形象的改写成为其女性书写的重要转向和尝试之一。

《地海孤儿》开篇不久，蒂娜就向孤女特哈努讲述了楷魅之妇的故事，亦即人与龙本为同族。小说第四章，当龙族的最长者凯勒辛将奄奄一息的格得送回弓忒岛时，站在岩石边的蒂娜直视了龙火热的眼睛并和龙对话。之后，小说中多处影射了蒂娜和龙族的关系。例如，小说第八章，蒂娜在阳光下梳头发，特哈努看到的是溅向空中的火花。在锐亚白，当蒂娜再次邂逅当初将特哈努推向火中的戴皮帽的男子时，愤怒的蒂娜在特哈努眼中是"一只红色的龙"[1]。而女巫磨丝则看到了蒂娜周身燃烧的火焰。小说的末尾，当蒂娜被极度厌女的巫师白杨迫害时，特哈努唤来了龙族的长者凯勒辛。凯勒辛称特哈努为

---

[1]　Ursula K. Le Guin, *Tehanu*, p.135.

女儿。

《地海故事集》中，"蜻蜓"一文的主人公伊芮安来到柔克岛的巫师学校，渴望通过学习实现完整的自我认知。于是，敲开并走进巫师学校大门的伊芮安预兆了地海新的变革。故事结尾，伊芮安身体中所爆出的火焰使得从亡灵之地归来的活死人召唤师父瞬间化为一地骨骸。寻得真我的伊芮安飞向了西方之西的龙族栖居之地。

《地海奇风》中，和蒂娜一样来自卡尔格的公主周身亦散发着龙的气息。和特哈努，伊芮安一样，公主瑟瑟日柯什身形高大健硕，充满活力，周身被红色镶有金边的面纱遮盖，如同一个红色的柱子。而红色让人联想到火焰的颜色。当公主第一次对国王黎巴嫩掀开面纱时，她的脸颊或因娇羞而"红如燃烧着的火焰"。①

巧合的是，我们发现在后三部小说中被影射出和龙族有着各种联系的女性在小说中都有过受制于男权政治、文化或家庭的创伤经历。蒂娜幼年时被选为"被吞噬的人"，生活在卡尔格沙漠之中，没有选择地成为一个女祭司。公主瑟瑟日柯什虽有显贵的身份，然而却生活在高高在上的冷漠的父权阴影下，后被其父如货品般运往汉弗诺和国王黎巴嫩成婚。如果黎巴嫩拒绝和她成婚，公主将被视为卡尔格的耻辱而被处死。我们看到，在卡尔格这种极端的男权文化下，公主纵使有着血统

---

① Ursula K. Le Guin, *The Other Wind*, New York：Penguin，2003，p.173.

上的身份，却只是男性政治权谋下的工具和物品，根本没有选择的权力和自由。特哈努六七岁时被其流浪汉父亲殴打、奸污并被推入火中。这个经历使得特哈努半边的脸完全成为疤痕，如同男权迫害的印记。而伊芮安的童年和青少年时期则经历了父亲的酗酒、哭泣、喊骂和性侵。

在《美杜莎的笑声》一文中，西苏曾将飞翔视为是"妇女的姿势"①，将女性比作是"空中的游泳者"。② 我们发现当上述地海女性被赋予了和翱翔于西风之外的古老龙族以关系亦或本身便是龙女之时，她们也将承担起地海世界中极具颠覆和震撼力的使命和责任。在最后一部小说《地海奇风》中，四位女性共同参与到了解决地海生死危亡的行动中，和男性合力推翻了阻断地海生死的石墙，使地海亡灵得以安息。小说的结尾，特哈努和伊芮安随龙族飞向西天之西，国王黎巴嫩和卡尔格公主结为夫妻，蒂娜回到锐亚白的家中和丈夫格得团聚。地海实现了真正的平衡与和谐。

因此，勒瑰恩在后三部小说中为龙这种阳性的存在赋予女性的性别，并使最后出现的三位女性特哈努、伊芮安和瑟瑟日柯什周身散发出富于阳性的美可谓是勒瑰恩极具想象力和创造力的女性书写实践。同时，小说中所描述的龙所好之水和火又象征了席卷一切的变革力量。因此，正如形意大师和欧吉安

---

① ［法］西苏：《美杜莎的笑声》，黄晓红译，载张京媛主编《当代女性主义文学批评》，北京大学出版社 1992 年版，第 203 页。

② ［法］西苏：《美杜莎的笑声》，第 206 页。

在小说中的呼喊，勒瑰恩通过为龙赋予女性的社会性别不仅再现了阴阳结合的道家思想，也表达了关于超越性别的社会变革的期冀。

五、结　语

勒瑰恩曾将女性比作火山，意即沉默不语的女性一旦发声将会爆发出颠覆性的力量。《地海传奇》六部曲的书写展现了勒瑰恩 30 多年间女性意识的不断成熟及其对于女性身份、境遇等各个层面的思考。随之而来的是勒瑰恩在地海系列小说中对于"母亲的话语"的回归。以"地海三部曲"为背景，勒瑰恩在后三部小说的书写中，以"母亲的话语"为蓝本，构建了女性的话语体系；通过对地海历史的溯源和挖掘探讨了女性在男性历史文本中被隐身的现实以及被篡改的真相；通过龙与女性的结合而表达了对于构建超越于性别的社会变革的理想。因此，《地海传奇》六部曲是勒瑰恩回归"母亲的话语"的书写实践，更是其作为一个女性作家对于女性生存之思考的全景式展示，以及对于构建平等和谐两性关系的社会理想的努力。

第四章　男性作家田纳西·威廉斯的女性主义思想

第一节　罗丝：田纳西·威廉斯永远的缪斯

田纳西·威廉斯（Tennessee Williams，1911—1983）是美国当代历史上最伟大的戏剧家之一，他在现实生活和作品中对女性命运的关注是其文学创作生涯的主要特色之一，究其原因，他与他的姐姐罗丝共同经历的风风雨雨尤其是罗丝的悲剧人生对威廉斯妇女观的形成产生了巨大而深远的影响。罗丝在威廉斯的不同时期的不同剧作中，以不同的面貌呈现在世人面前，充分展示了威廉斯对姐姐以及其他女性的同情、关切、支持和美好祝愿。

威廉斯与罗丝感情深厚无比。他们俩从小的时候就非常要好，亲密无间，在美国密西西比河小镇里度过了宁静安详、无忧无虑的童年生活，那时姐姐是小汤姆的唯一玩伴，成名后的威廉斯曾饱含深情地回忆起年轻时代的罗丝："她非常漂亮、极具魅力，她拥有非凡的想象力。我们俩亲密无间，我们不需要别人做我们的朋友。……我是个情愿与女孩玩耍的男孩。"①
威廉斯多次直言在他的生命中没有比罗丝更重要的女人了，他
反复重申他的全部生活意味着两样东西：一是他所从事的创
作，即他的工作和事业；二是他的姐姐罗丝。威廉斯的终身好
友玛丽亚·圣·扎斯特（Maria St. Just）也证实了罗丝对威廉
斯的重要性，她把罗丝称为威廉斯唯一的永远的缪斯，② 是他
艺术创作的源泉。

　　但是，美丽无比的罗丝没有如人所愿地得到命运的垂青
或怜悯。1937 年，处于青春期的罗丝变得十分敏感和神经质，
有一天她对母亲说她的父亲想要强暴她，于是母亲决定让罗丝
接受一种额叶切除手术，以治愈罗丝的精神分裂症。但是，不
幸的是，手术失败了，其严重的后果是年轻的罗丝不得不在精
神病疗养院苦度漫长的余生。当这一切发生时，威廉斯正在外
地上大学，他得知消息后感到十分痛心和内疚，内心里认为他
对姐姐的悲剧负有不可推卸的责任，因为他在姐姐最需要他
的时刻没有守候在她的身边而导致了悲剧的发生。他的负疚
感和对罗丝的挚爱在他后来的诸多作品中淋漓尽致地表现出
来，罗丝的名字和形象以及她所喜爱的玫瑰花出现在许多剧本

---

① 　Donald Spoto，*The Kindness of Strangers*：*The Life of Tennessee Williams*，Boston，Little，Brown and Company，1985，p.10.

② 　Tennessee Williams，*Five O'clock Angel*：*Letters of Tennessee Williams to Maria St. Just*（1948—1982），Commentary by Maria St. Just，New York：Knopf，1990，p.108.

中。比如，《玻璃动物园》中的劳拉是以罗丝为原型刻画出来的人物；在《玫瑰黥纹》（*The Rose Tattoo*）中，美丽绽放、热情似火的玫瑰花在女主人公赛拉菲娜的生活中意义非同寻常；在《送奶车不再在此停留》（*The Milk Train Doesn't Stop Here Anymore*）和《大路》（*Camino Real*）中，昨日的玫瑰花代表着死亡和时间的流逝；还有《踩烂牵牛花案例》（*The Case of the Crushed Petunias*）中的野生的玫瑰，《不满意的晚餐》（*The Unsatisfactory Supper*）中的罗丝大婶和她的玫瑰花等等。

毫无疑问，姐姐罗丝的形象总是萦绕在威廉斯心头，我们可以从威廉斯的一本传记《陌生人的善意：田纳西·威廉斯的一生》（*The Kindness of Strangers：The Life of Tennessee Williams*）中找出许多史料和评述来证实姐弟俩的亲密关系。威廉斯的好友回忆道，"我有好几次与田纳西一起去看望他的姐姐，我可以清楚地感觉到他对罗丝抱有很深的负罪感——他当年没有采取任何措施去阻止手术的实施，因此他对罗丝的生活负有责任和义务。他对她的关心和付出是感情的最真实、最自然的流露，他俩在一起的场面是十分感人的"。① 威廉斯全心全意地热爱罗丝，从某种意义上来看，罗丝就是威廉斯本身不可分割的一部分。② 在他的晚年，威廉斯更加开诚布公地谈

---

① Donald Spoto，*The Kindness of Strangers：The Life of Tennessee Williams*，p.172.

② Foster Hirsch，*A Portrait of the Artist：The Plays of Tennessee Williams*，Port Washington：National University Press，1979，p.223.

到他与罗丝的关系："罗丝和我都需要人们的关心和照顾……
我是一个比常人更孤独的人，我也有精神分裂症倾向，为了避
免变得疯狂，我只有工作。"①

　　20世纪70年代，在威廉斯生命中的最后10年，他更加
频繁地去探望罗丝，并为她在奥西宁市购买了房子，建立罗丝
基金以保障她富足的晚年生活，不论在任何情况下威廉斯都未
减弱对姐姐的关爱。哈里·拉斯基（Harry Rasky）回忆起与
威廉斯一起去纽约看望罗丝的情景："在整个会面过程中，罗
丝竖起耳朵听着电视机里传出的声音，而她的两眼却紧紧盯着
房间里的威廉斯。"②1976年，威廉斯与罗丝在一起度假时，克
雷格·安德森（Craig Anderson）回忆道，"在他们姐弟之间弥
漫着深深的爱意，威廉斯带罗丝外出吃饭，她，一个将近70
岁的小老太太，安静地坐在那儿，田纳西耐心细致地照料她，
为她切肉，满足她的任何一个愿望和稀奇古怪的要求，罗丝特
有的天真无邪把她弟弟的内心世界中最美好的东西都淋漓尽致
地发掘出来了。"③1997年，当87岁的罗丝走完她悲剧性的一
生时，田纳西·威廉斯心中的缪斯永久地离开了我们。

①　Donald Spoto，*The Kindness of Strangers*：*The Life of Tennessee Williams*，p.303.

②　Donald Spoto，*The Kindness of Strangers*，*The Life of Tennessee Williams*，p.309.

③　Donald Spoto，*The Kindness of Strangers*：*The Life of Tennessee Williams*，p.333.

是他姐姐悲惨的人生经历为威廉斯提供了观察和审视美国社会乃至整个世界范围内所有女性的绝佳窗口。毫无疑问，威廉斯积极进步的妇女观正是源于他与罗丝的密切关系以及后来蓬勃云起的妇女解放运动。罗丝的影子几乎盘旋在威廉斯的每一部作品中，并与剧作家一起在经历了风风雨雨、纷繁复杂的社会大熔炉的洗礼之后，变化、成长、进步。例如，在威廉斯的早期作品中，罗丝曾经是生活在传统观念的禁锢和现代文明和价值观冲击下悲剧女性的化身，是弱者的代言人。但是，随着时代的滚滚洪流，罗丝的形象发生了质的变化，她逐渐演化成奋起抗争女人的传统角色和男权社会束缚的觉悟女性的代表，成长为追求自由、平等和个人幸福的女性化身。

威廉斯由于本人与自己不幸的对姐姐的密切关注和爱怜，继而对所有的女性抱有不同一般的感情。随着时代的变革，他对女性问题的洞察和对女性的了解经历了一个逐渐清醒和变化的过程。在他的笔下，被动无助、鄙下怯懦的劳拉们渐渐成长为要求独立和自由的阿尔玛般的新女性。这一切表明剧作家本人逐渐摆脱了传统狭隘的男性观点，以发展的眼光看待女人的成长，同情她们的不幸，更赞赏她们的觉醒、抗争和追求。

威廉斯的这种思想转变不是凭空而来的，而是与当时他所历经的社会变革，尤其是妇女运动的蓬勃发展和女权运动的兴起和推进息息相关的。20 世纪 50、60 年代，伴随着遍及全美的民众大规模的反越战情绪，黑人的民权运动、大学校园的学生运动和其他相关的政治运动，妇女开始以全新的眼光重新审视和考虑自己的处境、性别角色和社会地位，随即爆发了妇女解放运动，女权主义思潮开始在文坛兴起，正是在这种社会、历史和政治背景下威廉斯创作出自己的许多剧作，其作品中打上了深深的女性主义烙印，反映作家对时代变化的敏锐眼光和对女性的特殊关照和同情。

第二节　不幸母女的悲歌:《玻璃动物园》的主题

历史是妇女解放运动的最好见证者。多少年来，女性经受了以男人为中心的社会和传统习俗的遏制、歧视和不公待遇。女性为此进行了艰苦的反抗和斗争，因为如果坐以待毙，她们根本无法获得作为一个个体的人应得的自由、关爱和重视。许许多多有良知的作家在他们的作品和生活中，充分展示了对女人的同情、关心和尊敬，他们甘愿为女人的平等和独立摇旗呐喊。威廉斯就是其中最为有名的作家之一，在许多作品中，他把主要精力和创作热情投入到对女性命运的关注之中。

虽然威廉斯本人并未承认他曾受到过任何女性主义理论的影响，但他对女人的同情和关注是显而易见的，在他的早期作品中，他对女主人公不幸命运表达了深深的忧患。作为一名正直、敏感的作家，威廉斯觉得自己有责任把他在与不幸的姐姐罗丝、南方淑女式的母亲生活时的亲身体验和感受付诸于笔端，因为正是她们为他的创作提供了基本素材和动力，正是她们使得他对女性主义理论和妇女问题萌生了朴素的感情。同时，60 年代遍布美国各地的如火如荼的妇女解放运动和随之兴起的女性主义理论不可避免地对同时代的威廉斯产生影响，他的作品证实了这一点，所以，威廉斯的妇女观与女性主义文学理论有相吻合的地方就不足为怪了。

女性主义理论虽然流派众多，但有三个共同目标：一是揭露父权社会的构建和对妇女的偏见和歧视；二是促进对女作家发掘和重新评价的进程；三是细考文学作品和文学批评中的文化、社会、心理和性欲等背景。[①] 不难看出，女性主义文学批评家的第一个目标就是要重新审视男性作家的作品，揭示其中在文化和社会氛围中对女人的束缚和压制，这也为我们运用女性文学理论分析威廉斯的剧作提供了理论依据。

在繁多复杂的学说中，社会女性主义者的独特贡献在于，他们把目光主要集中在妇女的历史上，即传统妇女被动、受害的经历，认为传统的、历史的妇女观是错误的、无效的，因为它是父权社会中的男人建立的，对女性持有偏见和歧视的。传统的妇女观为女性规定了特定的社会角色，女性是绝对不可推脱和试图抗争的。社会女性主义者鼓励妇女积极勇敢地冲破传统角色的樊篱，挑战建立在强大、优越的男性基础之上的社会制度和道德准则，争取自己应有的权利和地位，成为一个独立

---

① Wilfren L.Gurein, Earle Labor, Lee Morgan, Jeanne C. Reesman, and John R. Winllingham (eds), *A Handbook of Critical Approaches to Literature*, 3rd ed, New York: Oxford University Press, 1992, p.184.

的自由的个体。

在他的第一部成名作《玻璃动物园》中，威廉斯就揭示了落后的妇女观和传统角色对阿曼达和劳拉母女的压制和束缚，她们的悲剧命运成为本剧的主题。从小就受到家族道德和传统观念的误导，阿曼达被赋予的传统角色是贤妻良母型，劳拉则被男人期望要么成为纯洁无瑕的处女，要么走母亲的老路。由于母女俩女人不得不在经济上依附于男人，过于消极被动，面对现代文明和男权制度束手无策，无所作为，只能无助地等待悲惨的结局。

剧本一开始，海员汤姆·温哥菲尔德回忆了二战前他的家庭生活，那时他们住在一个人口稠密、中下层百姓聚集的一个蜂房式的小公寓里。汤姆的母亲阿曼达生活在两个世界里，在过去的甜蜜梦境中，她是一位风光的南方美人，生活得悠闲自在，拥有数目众多的追求者，一个下午就来了17位绅士，众星捧月般环绕着她；而在现实世界中，她遭到丈夫的无情抛弃，孤独地带着两个孩子过着清贫、单调、毫无乐趣的生活。劳拉，汤姆的姐姐，是一个害羞而敏感的女孩，身体有轻微残疾。她觉得如果没有她的琉璃动物收集品的陪伴，她将很难生活下去。汤姆，这个家庭唯一的男子汉和生活费来源者，在一家仓库当办事员来养家，然而他厌倦乏味的工作，渴望成为一名自由自在的诗人。当他的母亲总担心他姐姐嫁不出去时，一个星期五，汤姆邀请他的同事吉姆·奥康纳到家中做客。吉姆热情地与劳拉聊天，并邀请她跳舞，奇迹般唤起劳拉勇敢面对

生活的勇气和自信心，但他与另一年轻女子已订婚的消息却使
母女俩的梦想彻底破灭，遭到致命一击。然而，这次相会使得
他们第一次真切地意识到什么是生活的本来面目，两个可怜的
女人彻底觉醒了，她们决心团结起来，共同对抗不平等的命运
安排。阿曼达为此事和儿子吵了一架，不久，汤姆愤然离家出
走。然而无论他走到哪里，他都摆脱不了对姐姐和母亲的一种
无法推脱的罪恶感。

　　这个剧本使我们真切地意识到女性在不同的生活方式中
感受到的深深绝望；他们对理想生活的追求，尤其是对自身本
体的维护完全是徒然的。女人在男性经济中什么都不是，什
么也得不到。相反，所有的男人都拥有高于女人的自由感和
优越感。例如，在本剧中三个男人，汤姆、他离家出走的父
亲和同事吉姆·奥康纳在思维方式上非常相近，并且都抱着
同样的幻想，那就是他们要维护男人的自由和驾驭女人的权
力，而且，他们作出的任何决定都没有充分考虑女人的感受和
意愿。

　　温哥菲尔德先生，这位抛弃妻儿、逃避责任的丈夫和父
亲，在这个家庭中只是以一幅巨照的形式出现。他出走后带
给家人的唯一信息是仅有一张明信片，上面只写着这几个字：
"你好——再见！"① 虽然他曾只是一个普通的电话接线员，可

---

① ［美］田纳西·威廉斯：《玻璃动物园》，鹿金译，上海译文出版社
1982年版，第23页。

他用迷人的微笑和漂亮的外表吸引了年轻、单纯、幼稚的阿曼达，她嫁给了他，被改变为纯粹的家庭主妇，失去了自主权，满足了他得到传统婚姻的欲望。但是后来为了满足自己对自由和冒险经历的追求，他抛弃了妻子和年幼的孩子。很显然他已经对作为一个为责任所累的丈夫、父亲以及乏味的工作感到厌倦，他选择了逃避，成了一个自私、不负责的男人。

虽然汤姆同情、热爱他的姐姐和母亲，最后也抛弃了她们，他不自觉地认为劳拉无知、不成熟，比自己低下。实际上，儿子和父亲都把女人看作累赘，所以他们急于离开女人而去寻找自由天地。汤姆对于母亲的唠叨和打扰他写作感到极其忿怒，他不满足于当一名仓库管理员来支撑他的家庭，他渴望诗人的自由，而不是与一个爱唠叨的母亲和脆弱的姐姐过着贫穷而令人难过的生活。当母亲和姐姐不能让他高兴时，他就跑到电影院去避难，去感受电影中虚幻生活的乐趣。为了帮劳拉找到一位养活她的替代者，他同意母亲的安排，为可怜的劳拉寻找一位男士。正如我们所知，在男性经济条件下，女性只是单纯的可交换的物品：她们受到男人摆布，男人对于他们拥有的物品，比如女人，享有绝对的特权。确实，汤姆的大度和友善是由对姐姐的深爱激发出来的，但是让劳拉变为传统家庭里因袭的妻子角色也是他的最终愿望。汤姆和他父亲都把女人看成包袱，男人可以随时把这个负担从肩上卸下来，因此最后的结局是他决定永远地离家出走，希望世间广阔的生活空间能够给他提供一个全新、自由的天地，充分享受社会和传统给予男人的特权和优势。

那么汤姆对他的母亲又持何种观点呢？汤姆怀疑母亲过去辉煌的罗曼史是否真实，他总是在母亲讲述过程中打断她的话，对他的姐姐表示了对母亲的不满和怀疑，而母亲的唠叨、使唤和摆布更令他愤怒。在他的心目中，阿曼达应是一位顺从的、脆弱的母亲形象，这是他期望的理想化的女性形象之一。按他的想法，作为唯一的经济支柱决定了他应该在这个家庭中当家做主，而不应是他的母亲发号施令。在这里，威廉斯入木三分地揭示了男性对于女性的忽视和偏见以及女性在家庭中的附庸地位，男性希望女性应该遵守他们的标准并符合他们对女人的气质的要求。

从女性主义角度来看，不幸的劳拉是传统妇女的化身。由于必须依靠男人过活，传统女性在家庭和社会中是无足轻重的弱者，劳拉正是如此。身体上的残疾导致她精神上的麻痹，而她所受的教育使得她把男人当作生活的拐杖，所以，她热切地渴望得到弟弟的姐弟之情和经济来源，后来，劳拉在与吉姆会面后盼望得到吉姆的异性之爱和同情。事实上，劳拉确实得到了汤姆和吉姆的关心和鼓励，但他们最终并未成为她真正的救世主。

玻璃般脆弱的劳拉在现实世界中毫无作为，她是与社会格格不入的人。在身体和精神上的缺陷使她过早地中断学业，无力完成商务课程，与人相处感到恐惧，以至于不愿与人交往，甚至是自己的家人。她是一个彻头彻尾的孤独失意者。她摆脱困境的唯一方法就是蜷缩在自己的狭小世界中，在那里她可以把握自己的存在，这就是她的玻璃动物园世界，一个和谐、平静而没有歧视、竞争和压力的地方。但即使这样一个虚幻世界都不能被平静地维持下来：最后被一个男人彻底打破了，一个由她母亲和弟弟一手安排的年轻人。实际上，劳拉被迫扮演了很多角色，如循规蹈矩的处女，她弟弟脆弱的姐姐，她母亲听话的女儿，男性时尚和虚荣心的牺牲品，这些角色都不是她所情愿接受的，但她无力抗争，只有逃避。

照在劳拉身上的光线也使她与众不同（这是威廉斯在导演笔记中特别提到的），"有一种特殊的纯净的透明性，就像用在早期圣女和圣母的宗教画像上的那种光"，①男人理想的劳拉应像天使一般，是不可亵渎的、完美的，受男人没顶朝拜的圣女形象。男人们不承认女性个人的反应和意愿，却要求女人不管身体上还是心理上对自己的兴趣、爱好和追求都不应有所期望，只能顺从男人的意志和传统习俗。随着西方社会工业化的愈演愈烈，成千上万的劳拉们要从身体和精神上彻底摆脱困境，更需付出百倍的努力。

对于女性主义者来说，在婚姻中获得自由平等的地位是一项最基本的任务。但由于女性新接受的教育并没有使女性能够明智地去选择中意的丈夫，或作出任何决定，让她们去寻找幸福和理想的婚姻是困难的。英国女作家弗吉尼亚·伍尔夫

---

① ［美］田纳西·威廉斯：《玻璃动物园》，第7页。

（Virginia Woolf）认为建立性别平等的第一个障碍是教育，她指责她所处的社会提供给女性的教育只是训练他们"服从男性以及男性的虚荣心"，① 简·惠尔引用雷·斯特雷奇的话作了详细的解释：

> 我们已经有许多证据显示与对男孩相比，父母忽视对女孩的教育。它导致了一种不太直接，明确的金钱效果；有一种根深蒂固的偏见。……那就是女孩在智力上缺乏能力，也没男孩那么需要智力开发；才艺以及艳丽的吸引人的外表才是她们真正需要的。女人的内在成就很不利于与男性的关系以及牢固的婚姻……我们必须承认这些观点在人类本性中存在着很深的根基。②

母亲阿曼达正是传统婚姻和社会规范的受害者。例如，她年轻时即被教导怎样用优雅的方式交谈，讨男人喜爱和欢心。后来阿曼达多次向劳拉灌输同样的思想，"一个姑娘光有漂亮的脸蛋和苗条的身段是不够的——尽管我在这两点上一点也不差。她还需要有机灵的头脑和高明的口才来应付各种场面才行"。③

---

① T. E. Apter, *Virginia Woolf: A Study of Her Novels*, London: the Macmillan Press Ltd., 1979, p.10.

② Jane Wheare, *Virginia Woolf: Dramatic Novelist*, *Houndmill*, Basigstoke, Hampshire: the Macmillan Press Ltd., 1989, p.41.

③ ［美］田纳西·威廉斯：《玻璃动物园》，第 15 页。

当汤姆问到在那时候女性应知道些什么，阿曼达肯定而自豪地说"世界上发生的种种大事！从来不谈粗鲁、庸俗或下流的事情"。① 人们希望女性最多应该有一点学问以便可以与男人用优雅的方法交谈以及满足男人的虚荣心，因此人们把注意力都放在女性的规矩和道德上，使女性成为这种家族教条教育的产品——"宽容、屈尊俯就，不需做重要工作，使他们保持纯洁、不受污染。其结果是造成女性很深的甚至很危险的无知……"② 实际上，阿曼达不成熟和愚昧得令人可笑可怜，她无法分辨对错，没有鉴别力为自己和女儿选择一个合适的丈夫，更无法独立生活。她的无知是被社会和男人强加于身的，在这种意义上，她也是牺牲品和受害者。

阿曼达的角色是传统的，她被冷酷的现实塑造成一位贫困而令人厌倦的母亲。除了她丈夫的照片之外，她独自为两个孩子的福利担忧，并不得不"单枪匹马地支撑着过日子"，③ 她需要一个男人来帮助度日。以自我为中心的丈夫出走之后，她的儿子汤姆成了这个家庭唯一的支撑者。为了家庭的利益，阿曼达不得不时时督促儿子努力工作，她还担心儿子会变成酒鬼，不再挣钱或抛弃她们。在她心灵深处，她是很喜欢她的孩

---

① [美] 田纳西·威廉斯：《玻璃动物园》，第 15 页。

② Phyllis Rose, *Woman of Letters: A Life of Virginia Woolf*, London: Routledge & Kegan Paul, 1978, p.52.

③ T. E. Apter, *Virginia Woolf: A Study of Her Novels*, London: the Macmillan Press Ltd., 1979, p.40.

子们的："我的两个孩子——他们都是与众不同的孩子！难道你认为我不知道吗？我是多么——骄傲！"① 而汤姆一点都不理解母亲的思想，女儿劳拉则是阿曼达另一个更大的负担。她急于让劳拉通过在夜校学习打字和速记能养活自己。在劳拉辍学之后，阿曼达一筹莫展，不知道怎么安排劳拉的未来。

　　阿曼达生活中每一天都喘不过气来。被一个自私的丈夫搞得穷困不堪，她只能通过对青年时代美好生活的回忆来安慰自己受伤的心灵，聊以自慰。她所得到的唯一解脱就是回忆她早已逝去的幸福的小姐生活，那时的她卖弄风情，生活得无忧无虑。这就是为什么她不断向汤姆和劳拉提起在蓝山时的那个星期天下午她得到 17 位绅士来访的罗曼史；另外，她所钟爱的小说《飘》也为她提供了追溯往昔的机会。总之，她愚昧地坚守过去和幻想，把这个当作武器来面对残酷而令人窒息的现实。

　　但是，阿曼达并不甘心被动地接受作为牺牲品的传统角色，相反，她努力寻求女人的自我价值和尊严。从剧中我们看到她试图以勇敢者的姿态来对付生活，在剧作的一开始，田纳西把她设计为："一个精力旺盛而慌手慌脚的小女人，狂热地迷恋着另一个时代和地方……阿曼达身上有许多值得钦佩之处，可爱、可怜之处和可笑之处同样多。不用说，她有韧性，而且相当英勇，尽管她愚蠢的行径有时候使她在不知不觉变得狠心，这个

①　T. E. Apter, *Virginia Woolf: A Study of Her Novels*, London: the Macmillan Press Ltd., 1979, p.49.

身材瘦小的女人是心地善良的。"① 虽然大多数时间阿曼达表现得言谈举止荒唐可笑，思想落伍，观念过时，但她想尽办法找活路来维持生计，例如她千方百计推销妇女杂志和卖内衣赚钱，不轻易向丈夫和儿子的自私行为低头，甚至当她为女儿精心设计的约会彻底失败后，阿曼达没有气馁，没有灰心丧气，而是勇敢地站在劳拉一边，用一个母亲的力量和勇气安慰她、支持她，这时，阿曼达显得那么高贵、高大。剧尾，伴随着汤姆的离去和心碎的劳拉，阿曼达更表现出一种"悲壮的美"。②

在《玻璃动物园》中，威廉斯试图挖掘出南方文化和文学遗产对女人的影响，特别是传统女性受到的压迫、伤害和误导，他警告男性要特别关注强加在女性身上的传统角色的局限性和危害性，同时提出了自己的方法来解决妇女问题，尽管这些方法不能从根本上改变女人的悲剧命运。

正当温哥菲尔德一家人处于深深的绝望和生活在虚幻的世界中时，吉姆出现了，他试图唤起劳拉的自信心："你知道我对你的强烈的劝告是什么吗？想想你自己在某些方面比别人高明！……只要稍微看看你的周围。你看到了什么？整个世界挤满了普通人嘛！……他们哪一个有你十分之一的优点！"③ 在恍惚中吉姆吻了劳拉，然后突然声称"我不应该做这种事——这样做不对头。……我想我还是把自己的处境跟你讲明好，免

---

① T. E. Apter，*Virginia Woolf: A Study of Her Novels*，p.3.
② ［美］田纳西·威廉斯：《玻璃动物园》，第 112 页。
③ ［美］田纳西·威廉斯：《玻璃动物园》，第 96 页。

得你——误会，也免得——我伤害你的感情。……我已经——
有约束了。……我已经——有固定的情人了！"① 伤害了劳拉之
后，他匆忙与她说再见，奔向另一个女人。他在瞬间打碎了温
哥菲尔德母女的梦想，向她们展示了生活的残酷本质，使她们
不得不勇敢地面对一切，并重新把握它。

　　虽然吉姆被劳拉和阿曼达母女当成了她们的救世主，但
她们很快被扔进了沮丧的泥潭。事实证明，男人拯救不了女人
的命运，她们只有依靠自己的努力和力量。虽然劳拉经历了失
败的约会，但最终母女俩都发生了令人振奋的变化。母亲令人
发笑的愚蠢消失了，她重新捡回了自己的尊严和勇气，最后，
她对丈夫的形象道了再见——那张照片——准备帮助劳拉走出
不幸的生活。不幸的劳拉也抬起头来，"向她的母亲微笑"，②
这预示着她很有可能克服了害羞和自卑感，从挫折中重生，抬
起头来直面人生。母女关系也变得和谐融洽，充满希望和合
作精神，正如阿曼达所说："咱们生活在这个难对付的时代里，
不得不狠狠抓住了不放的就是——互相依靠。"③ 相互理解和热
爱在她们之间产生了。女性主义者认为，女性自身之间的合作
和互助是女性获取自由的根本所在，因此不难预料，温哥菲尔
德母女的生活开始闪现出一丝希望。

　　这部剧极富自传性，其中反映了田纳西·威廉斯对 30 年

① ［美］田纳西·威廉斯：《玻璃动物园》，第 103—105 页。
② ［美］田纳西·威廉斯：《玻璃动物园》，第 112 页。
③ ［美］田纳西·威廉斯：《玻璃动物园》，第 41 页。

代大萧条时期的回忆。那时他在国际鞋业公司的仓库里工作，我们也找到了溺爱他的母亲，敏感而深居的姐姐，出走的父亲的形象。历史背景为该剧提供了神秘的气氛，也加深了读者对该剧主题的理解。剧作家的姐姐和母亲在当时社会的困境使他认识到女性整体的不幸命运，因为他自己亲身体验，威廉斯对作品中的女主人公寄予了深深的同情和认同。所以，尽管阿曼达母女遭到男人们的无情抛弃，几乎到了山穷水尽的困境，但是，剧中的结尾却让读者看到了希望的曙光：劳拉和阿曼达在绝望中清醒过来，开始勇敢地面对现实的挑战和磨难，重新认识女人的价值和命运，有迹象表明，两个柔弱的女人第一次团结起来，准备开始自己新的人生旅程。

第三节　觉醒的女人：《夏与烟》中的阿尔玛

　　受所处时代和个人经历的影响，田纳西·威廉斯不仅刻画了以劳拉和阿曼达为代表的传统女性，还塑造了另外一种南方女性，她们意识到南方清教思想中令人窒息的陈旧礼仪对女性的限制，不再满足于现实，而是大胆追求平等的两性关系和理想生活。《夏与烟》（1948）中的阿尔玛·万米勒是威廉斯笔下觉醒的南方女性代表，是"未受教育却自愿走向觉醒的姑娘"，①

---

① Signi Lenea Falk, *Tennessee Williams*, Boston：Twayne Publishers, 1961，p.76.

她经历了从顺从、被动、依赖、饱受清教传统束缚到渴望从禁忌中获得解放的过程。

作为密西西比州牧师的外孙,威廉斯能够理解《夏与烟》中阿尔玛所承受的那份消极生活的压力,他经常认为自己就是阿尔玛,承认阿尔玛是他最喜欢的角色:"我最喜欢的角色是阿尔玛小姐……她进行着最激烈的挣扎……阿尔玛经历了和我一样的事情——从清教的束缚到完全的放荡……自由。从禁忌中解放。"① 阿尔玛从疯癫的母亲和勇于追求爱情的罗萨身上受到启发,同其生命中三个男人的生活经历同样令她受益。

《夏与烟》的故事情节很简单。约瑟夫·克鲁奇注意到,田纳西·威廉斯对无能为力的理想主义者表示同情,比如这一戏剧的女主人公阿尔玛。② 布鲁克斯·阿特金森认为,剧中对真理的坚持以及对女性表现出的巨大同情使其成为一部佳作。他称赞这部戏剧"出自诗人的自由世界:他观察周围的普通人,虽不知道每个人承受的痛苦是什么,但他知道那无法解除"。③ 对于这一点,我们期待不同意见,我们认为作者的确试图提出一些方法来解除女性的负担,这才是他的主要关

---

① 转引自 Foster Hirsch, *A Portrait of the Artist*:*The Plays of Tennessee Williams*, pp.7-8.

② Nancy M. Tischler, *Tennessee Williams*:*Rebellious Puritan*, New York:The Citadel Press, 1961, p.160.

③ 转引自 Nancy M. Tischler, *Tennessee Williams*:*Rebellious Puritan*, p.160.

注点。

　　在戏剧的开始，阿尔玛·万米勒是密西西比州一个牧师和他疯妻子的女儿，她在 7 月 4 日国庆音乐会上表演独唱，并对毕业于医学院的邻居约翰·布坎南产生了好感。然而，从一开始，两人便因争吵而产生矛盾。阿尔玛在不安和慌乱中打算接受邀请，搭乘约翰的汽车。但当约翰看到时尚又迷人的罗萨·冈萨雷斯小姐，穆恩湖赌场所有者的女儿时，他立即追随罗萨而去，留下阿尔玛和阿尔玛的追随者罗杰。阿尔玛虽然尊重罗杰的性格和不错的职业，但根本不爱罗杰，更无法想象与他产生任何身体上的亲密关系。在她的知识分子俱乐部，阿尔玛鼓起勇气邀请约翰前来参加。见到约翰后，阿尔玛激动地朗诵了一首名为《爱的秘密》的诗歌，委婉地表达对约翰的爱，俱乐部的每个成员都明白阿尔玛的用意。

　　由于失眠和心脏问题，阿尔玛来到约翰的父亲工作的医生办公室。在这里，约翰发现了她的真实感受和她身体出现问题的真正原因：她太孤单了。一个周六的晚上，她和约翰一同去穆恩湖赌场，她想让他明白生活意味着永恒的努力与挣扎。她刻意与约翰保持着一定的距离，而约翰相信人与人之间的"亲密关系"和肢体接触。约翰试图握住阿尔玛的手，并建议阿尔玛与他在楼上的私人房间共度一晚。阿尔玛既惊恐又生气，于是乘出租车回家了。她拒绝了这次性行为，因为对于清教徒来说，这是无法饶恕的罪孽。

　　后来，当阿尔玛听说由于债务问题，约翰即将娶罗萨为妻时，愤怒的阿尔玛与约翰的父亲通了电话。紧接着，在与罗萨父亲的争执中，约翰的父亲身受重伤，不久便去世了。经历了这场悲剧，阿尔玛和约翰都发生了巨大的变化。曾经沉迷于肉体享受的约翰如今追悔莫及，他前往流行病蔓延的邻镇，继承了父亲的工作。他成功控制了疾病的蔓延，回家时成为小镇人人称赞的楷模。最终，约翰和一个妓女的女儿结婚，过上了平静的生活。他成为了一名受人尊敬的医生；婚姻成就了他的体面。而阿尔玛，这个始终追求精神愉悦的女孩，这个曾经饱受清教束缚的南方女性也发生了转变，她开始追随感性的指引。在经历嫁给约翰的无望中走出来的阿尔玛开始反叛传统道德观念和女性的清规戒律，最终选择了一个陌生的旅行推销员，两人一起前往穆恩湖赌场，一个满足肉体欲望与获得快感的地方。

威廉斯的一则故事《黄色的鸟》发表于 1947 年，提供了阿尔玛·万米勒这一人物的雏形。故事里的阿尔玛·塔特怀勒是新教牧师的女儿。生活在牧师家庭的阿尔玛总是精神压抑，便通过吸烟来释放自己，她的父亲以告发来威胁她。和戏剧中的阿尔玛一样，阿尔玛·塔特怀勒的"堕落"是对现实、父权控制的反叛，以及对清教价值观和令人窒息压抑的道德观的反击。

在戏剧中，父权制是导致阿尔玛悲剧的第一个原因。剧作家在这里探讨了父权制和宗教的本质，以此来解释阿尔玛的觉醒。在《女权辩护》中，玛丽·沃斯通克拉夫特（Mary Wollstonecraft）详细描述了中产阶级女性受困于家庭这一私人生活领域并导致道德伦理的无知。尽管作者强调了妇女被禁锢于家的社会影响——缺乏正规的教育，将性别的社会化融入女性气质，玛丽·沃斯通克拉夫特的书还关注妇女与其父亲（或丈夫）的关系。正如厄休拉·沃格（Ursula Vogel）所说："妇女遭受的歧视与18世纪其他弱势群体遭受的待遇是不同的……因为妇女受到排斥的原因并非显而易见。由于人与人之间的关系，女性被统治和征服的真相被掩盖。"[①]

对于阿尔玛来说，父亲的权威令她感到压抑和窒息。在家中，她没有自由，也没有父女间的相互理解。苏珊·穆勒·奥金（Susan Moller Okin）认为，家庭在很大程度上决定着女性在生活中能获得的机会以及她们将会成为什么样的人。人们普遍认为家庭对于个人，尤其是女性的道德发展起着重要的作用。但是，家庭也时常会暴露出问题，由于家庭的权力结构，女性遭受不平等待遇的现象一直存在。[②] 阿尔玛的父亲控制着家中的所有事务以及两个妇女。他希望将阿尔玛培养成一个顺从、性纯洁、行为得体的完美女性。作为一个僵化、无趣又严守教规的牧师和疯癫母亲的独生女，阿尔玛"大多数时间

① 转引自 Imelda Whelehan, *Modern Feminist Thought: From the Second Wave to Post-feminism*, New York: New York University Press, 1995, p.25.

② Susan Moller Okin, "Justice, Gender, and the Family." *Feminist Philosophies* (2nd Ed), Janet Kourany, James P.Sterba, and Rosemarie Tong (eds), New Jersey: Prentice, 1999, pp.314-315.

都是在尊长的陪伴下"①成长的。引用玛丽·沃斯通克拉夫特的话,阿尔玛的顺服是父亲暴政的结果:"我坚信,男人的暴政导致大量的女性作出愚蠢的行为;同样,我一直努力证明的是:狡猾,我现在将它视作女性的性格之一,是受到男性压迫的结果。"②

法国著名评论家露丝·伊利格瑞和雅克·拉康认为,女性气质本身就是男性经济的一个面具而已。为了满足男性的期望,女性需要扮演多种角色。③阿尔玛的父亲要求她扮演多重角色:传教士的女儿,母亲的姊妹和仆人,家庭的社交代表以及社会生活中的女性。在这方面,阿尔玛的经历和阿曼达相似,"她们的纯洁和天真使她们与其他女性、社会和理性的生活疏远"。④但是,这样的角色和生活让阿尔玛根本无法满足自己的欲望,她告诉约翰,"这世上有太多痛苦,让人一想起就备感厌倦,也使大多数人无法摆脱"。⑤生活没有给可怜的

① Tennessee Williams,*Summer and Smoke*,*The Theater of Tennessee Williams*(Vol.2),New York:New Directions,1971,p.135.

② Mary Wollstonecraft,*Vindication of the Rights of Woman*,Hanmensworth,England:Penguin,1975,p.318.

③ Jacques Lacan,*Feminine Sexuality*. eds.,Juliet Mitchell and Jacqueline Rose,trans. Jacqueline Rose. New York:Norton,1982,p.25

④ 转引自 Alice Griffin,*Understanding Tennessee Williams*,South Carolina:the University of South Carolina Press,1995,p.96.

⑤ Tennessee Williams,*Summer and Smoke*,*The Theater of Tennessee Williams*(Vol. 2),p.142.

阿尔玛带来任何欢乐与自由。这就是为什么她对生活持悲观态度。

此外，万米勒先生以冷漠的态度对待阿尔玛，他无意分享她的感受和情绪。当阿尔玛和约翰一起外出时，万米勒先生认为他的女儿失去了理智，并试图阻止，因为他不相信约翰是一名正直且适合阿尔玛的绅士。他不尊重女儿的个人兴趣和选择。在这样的家庭中，没有任何有意义的交流，也没有人考虑女儿的愿望和需求。后来，当阿尔玛试图违反自己的社会角色并以自己的方式对待生活和婚姻时，万米勒先生非常愤怒。

除了父亲的武断统治和高压管控，宗教信仰为阿尔玛带来的并非精神上的解脱和救赎，而是一种不祥的、神秘的、无法实现的思想。阿尔玛告诉约翰，对她而言教会意味着"一扇巨大的彩色窗口，最大的拱形门的高度是人类身高的五六倍——拱形的天花板和所有精致的尖顶——所有这些都超乎想象！对我而言——这就是秘密，是存在的原则——是超越人类极限的永恒挣扎与渴望"。①

在整个无忧无虑的童年时代，阿尔玛却被迫接受正式又冷漠的教育：待在室内、练习音乐。与此同时，她的邻居约翰，一个男孩，却能自由自在地享受户外的游戏——四处奔跑、跳跃，充满活力，这一切深深吸引着童年的阿尔玛。戏剧

---

① Tennessee Williams, *Summer and Smoke*, *The Theater of Tennessee Williams* (Vol. 2), p.197.

的开始是这样描述阿尔玛，一个 10 岁的孩子，"她已经拥有了成年人的高贵；在她的身上有一种非凡的精致和柔情，或者我们将其称为是一种灵性，这使她与其他孩子表现出了明显不同"。① 这种教育，使长大的阿尔玛成为一个拘守礼节的人：

> 在她身上，有一种过早出现的老处女的特征。她紧张的笑声中，也透露出一种显而易见的过分礼貌和自我意识；她的声音和姿势属于多年来的教堂活动，和教长区的女主人……她的本性被隐藏了起来，甚至连自己都未曾觉察。②

阿尔玛对小镇上的人并不热情，她的社交礼仪是十分传统的。比如，约翰告诉她，人们在嘲笑她的手势，她说话的方式、口音和面部表情，并说她很做作，但阿尔玛却兴奋地喊道：

> 好吧，好吧，好吧。[她试图掩饰内心的伤感。] 可能是这样，某些人似乎会这样说。但既然我从未想过要有任何的矫揉造作，所以对此，我真的不知如何是好……

① Tennessee Williams, *Summer and Smoke*, *The Theater of Tennessee Williams*（Vol. 2），p.125.

② Tennessee Williams, *Summer and Smoke*, *The Theater of Tennessee Williams*（Vol. 2），p.135.

口音？这让我无话可说！有时，的确会有不讲究措辞的人指责我说话带口音。我的父亲是牛津大学的罗德学者，在那里，他养成了使用长音 A 的习惯。我想我一定是从那儿学来的，但这完全是无意识的。①

　　面对这些公众舆论，她非常想为自己辩护，同时，她也向父亲表达了内心的愤怒：她严厉且墨守成规的父亲已经把她训练成了一名不同寻常的女性。她或许也能隐约感受到她所受的教育使她与众不同。毫无疑问，她的经历、家庭背景和教育都对其行为产生了影响。在万米勒先生的个人意志和坚持下，阿尔玛只开发了人性中的精神层面，而对肉体的热情毫无了解。换言之，作为父权制教育的受害者，阿尔玛被培养成一个墨守成规的"真正的女性"，就像《玻璃动物园》里的阿曼达一样。

　　作为女性的阿尔玛无法表现性欲，也无法满足身体欲望，对此评论家伊利加雷认为，在父权制社会，妇女只是一种商品："正如在商品交易中，商品的自然效用总是被交换功能掩盖，同样女性的身体特性也不得不受到压制，沦为男性紧迫需要的流通品。"②

---

① Tennessee Williams, *Summer and Smoke*, *The Theater of Tennessee Williams* (Vol. 2), p.151.

② Luce Irigaray, *This Sex Which Is not One*, trans. Catherine Porter, Ithaca: Cornell University Press, 1985, p.187.

　　阿尔玛只有精神世界是真正属于自己的。比如，她外出时总是披着面纱。或许，面纱是她隐藏自己来自他人以及对他人的真实想法的武器，尤其是异性，因为女性公开表达自己的希冀和欲望是不被允许的。当约翰掀起她的面纱吻她时，阿尔玛感到的是颤抖与困惑：这是她第一次被男人爱和需要。她十分享受与约翰的身体接触，并渴望成为他的妻子。阿尔玛再一次委婉地表达了自己的心愿："如果有一天你——结婚了……你难道不希望她是一个优雅的女士吗？"① 约翰提到了男人与女人之间的亲密关系，但阿尔玛坚持未结婚前不能与男人做爱：在清教的教义中，这是罪恶的。这是约翰不能爱阿尔玛，也不能娶她为妻的主要原因之一；阿尔玛是无性的处女，一个灵魂。之后，约翰更明确表明：

　　　　在赌场的那个夜晚——我不能与你做爱。即使你想去楼上，我不能那样做。是的。是的。那难道不滑稽吗？我对你灵魂的恐惧胜过你对我身体的恐惧。你就如泉中天使一般安全——因为触碰你让我感到那是不得体的……②

由于生活中缺乏爱和温暖，阿尔玛患上了严重的神经官

---

① Tennessee Williams, *Summer and Smoke*, *The Theater of Tennessee Williams* (Vol. 2), p.201.

② Tennessee Williams, *Summer and Smoke*, *The Theater of Tennessee Williams* (Vol. 2), p.222.

能症和歇斯底里症。从弗洛伊德的观点分析，阿尔玛的神经官能症是由性压抑引起的。① 她经常感到沮丧、紧张、压抑，表现异常。例如，在音乐会之后的很长一段时间，她饱受精神崩溃的折磨。当约翰将鞭炮扔向她时，她几乎无法呼吸。每每感到紧张时，她都会用力转动戒指，以致割破手指。她的"手势和礼节都十分夸张。所以这不难理解，人们可能会指责她'摆架子'和'做作'……由于紧张和自我意识，她养成了用带一点气喘吁吁的笑声来开始和结束她的谈话"②。作为医生的约翰明确告知，阿尔玛说话和笑的时候，总会吞进空气："这是患有歇斯底里症的女士的小技巧……你有一个分身，这个分身非常恼火。"③ 她告诉约翰，她时常感到恐慌，感到被包围，她真正的自我被"自己隐藏了起来"④，因为她被剥夺了表达自己真实想法与情感的自由。

阿尔玛的成长经历教会她克制情感。她非常关心约翰，希望他尽快变得更好，为他的荒唐行为辩护，但却无法坦诚表达对他的爱。又一次，在一个小型聚会上，巴塞特夫人讽刺了

---

① W. David Sievers, *Freud on Broadway：A History of Psychoanalysis and the American Drama*, New York：Hermitage, 1955, p.382.

② Tennessee Williams, *Summer and Smoke*, *The Theater of Tennessee Williams*（Vol. 2）, p.139.

③ Tennessee Williams, *Summer and Smoke*, *The Theater of Tennessee Williams*（Vol. 2）, p.144.

④ Tennessee Williams, *Summer and Smoke*, *The Theater of Tennessee Williams*（Vol. 2）, p.135.

约翰和罗萨的恋情，阿尔玛忍不住大喊了起来，她无法忍受有人看轻约翰，但她没有勇气表明对约翰的爱。突然的痉挛发作是她表达情感的唯一方式。在约翰面前，阿尔玛紧张且不自然，这意味着她渴望赢得约翰的内心和身体。每当约翰盯着她或朝她笑时，她都会表现出"手足无措的慌乱"。[1] 当约翰提出与阿尔玛同坐一条长椅时，她开心地笑道："足够我们两个人坐！我们俩——都不胖。"[2] 她如此关心约翰，以致她不知该如何表现。有一次，阿尔玛急于邀请约翰参加聚会，但她犹豫是否打电话："阿尔玛犹豫不决。她拿起电话，又放下。然后再次拿起，按下一串数字。"[3] 在与约翰交谈时，她表情紧张："她手中紧紧握着一片棕榈叶，快速扇动着，露出灿烂又紧张的微笑，好像她就站在他面前一样。"[4] 电话结束后的等待，同样令她激动又焦虑，但她总是试图在他人面前控制和掩盖自己的真情实感。

她一旦无法控制自己，就会变得歇斯底里。对于阿尔玛来说，歇斯底里是她维护尊严、表达真实感受的方式，使她远离

---

[1]　Tennessee Williams, *Summer and Smoke*, *The Theater of Tennessee Williams* (Vol. 2), p.140.

[2]　Tennessee Williams, *Summer and Smoke*, *The Theater of Tennessee Williams* (Vol. 2), p.147.

[3]　Tennessee Williams, *Summer and Smoke*, *The Theater of Tennessee Williams* (Vol. 2), p.159.

[4]　Tennessee Williams, *Summer and Smoke*, *The Theater of Tennessee Williams* (Vol. 2), p.159.

伤害与嘲讽。同时，她对父亲积累已久的敌对情绪也找到了出口。阿尔玛的变化发生在一个炎热的夏日，她沉重的思想负担、失败的情感经历和痛苦的家庭生活让她终于爆发了。布坎南医生的悲剧发生后，她每天将自己关在家中，就像生病了一样。当父亲责备她的懒散行为时，阿尔玛愤怒而又直接地回应了他。

> 万米勒先生：阿尔玛！你为什么不着装打扮？看到你整日闲坐真让我感到痛心，像个病人一样，而你明明什么问题都没有。我真是搞不懂你……
>
> 阿尔玛：我已经铺好了床，洗了早晨的餐盘，给超市打了电话，送去了待洗的衣服，削了土豆皮，剥了豌豆，又给午餐摆好了桌。你还想让我做什么？
>
> 万米勒先生［十分尖刻］：要么梳妆打扮，要么回到你自己的房间……
>
> ……
>
> 万米勒先生：我该怎么回复那些询问你的人？
>
> 阿尔玛：告诉他们我变了，而你也会看到我的改变。①

阿尔玛第一次开始反抗自己的父亲，她也明确地告诉约翰："但现在，我改变了主意，那个曾经说'不'的女孩

---

① Tennessee Williams, *Summer and Smoke*, *The Theater of Tennessee Williams* (Vol. 2), p.225.

儿已经不存在了，她在去年夏天死去了——内心那团火焰散发出的浓烟使她窒息而死。"① 路易斯·布莱克威尔（Louise Blackwell）将阿尔玛归为"为了寻求伴侣，通过调整畸形的家庭关系，试图冲破家庭的束缚而使自己与环境格格不入"② 的女性之一。她在"冬天"改变了"牧师的女儿"这一角色，并开始无视小镇施加在她身上的种种压制。

戏剧的尾声，阿尔玛为追求性自由，放弃了曾经的道德生活，学会了如何在生活中取悦自己。在最后一幕，泉水中天使前，阿尔玛的变化十分明显，天使曾经是她的象征。阿尔玛缓缓走向年轻的销售员，犹豫中摘下了面纱，这意味着她不再是隐藏在面纱之后的女士。这让我们想起约翰在约会中试图吻她时，她拒绝揭开面纱。这是阿尔玛人生第一次尝试与男性主动交流，她一直是个被动者。此外，她还摆脱了不自然的举止："她笑了……以一种与以往截然不同的方式，有一点疲惫，但非常自然。"③ 渐渐的，她的言行开始变得具有启发性，变得有亲近感：

---

① Tennessee Williams，*Summer and Smoke*，*The Theater of Tennessee Williams*（Vol. 2），p.243.

② Louise Blackwell，"Tennessee Williams and the Predicament of Women"，in *Tennessee Williams：A Collection of Critical Essays*，Stephen S. Stanton（ed），Englewood Cliffs，N.J.：Prentice-Hall，1977，p.101.

③ Tennessee Williams，*Summer and Smoke*，*The Theater of Tennessee Williams*（Vol. 2），p.225.

[阿尔玛身子后倾，微眯着眼睛看着他，像是在暗示着什么]

阿尔玛：旅行推销员的生活有趣……却孤独。

那个年轻男子：没错。旅店的床总是孤独的。

……

阿尔玛：每一间独居的房间都是孤独的。[她闭着双眼]①

接着，她又说到了穆恩湖赌场："夜幕降临之后，在小镇中，有很多事情可以做，但湖上也有各种各样的夜间娱乐活动。"② 最后，她接受了年轻男子同去赌场的邀请。或许这个销售员能指引阿尔玛走向救赎，因为她已经开始了性自由的生活。从她的语言、行为的转变中，我们可以想象阿尔玛会有不止一个伴侣；她可能会走向乱交———一种完全的自由。她选择拒绝做父权制被动的受害者，她希望成为生活的积极参与者，扮演自己渴望扮演的角色。在父权制社会中，妇女被定义为不得有性欲的性对象，但阿尔玛拒绝压抑自己的身体，③ 而是用

① Tennessee Williams, *Summer and Smoke*, *The Theater of Tennessee Williams* (Vol. 2), p.253.

② Tennessee Williams, *Summer and Smoke*, *The Theater of Tennessee Williams* (Vol. 2), p.255.

③ Ann C. Hall, "*A Kind of Alaska*"———*Women in the Plays of O'Neill, Pinter, and Shephard*, Carbondale and Edwardsville: Southern Illinois University Press, 1993, p.43.

它来颠覆男人的期待。阿尔玛的转变，正是女性的自我觉醒之旅。

为了表现阿尔玛从精神生活向物质生活的变化，剧作家威廉斯把每一个艺术因素都发挥到了极致。比如，他把戏剧舞台分为牧师家和医生办公室两个部分，象征两个相互矛盾的世界，阿尔玛被夹在中间。牧师居所代表上帝的房子，而医生的办公室则代表着人类原始的性欲，两个世界的主导者皆是男性而非女性。在牧师家，父亲是中心和统治者，阿尔玛无法表达和满足自己的意愿和情感。在父权制社会，她无法和男人一样满足自己的性欲。这部戏剧的题目蕴含深意，故事的第一部分发生在夏季，但那时的阿尔玛是个"冷漠"的人；第二部分发生在冬季，那时的阿尔玛已经有所不同。随着季节的更替，阿尔玛也不断变化，她从夏天的"冰冷"变成冬天的炎热。

在阿尔玛的生命中，有两个女人和三个人男人对她的改变起到了作用：两个女人是她的母亲和罗萨，三个男人是她的父亲、约翰和罗杰。她的母亲是个疯女人，从她身上，我们可以看到一个男性沙文主义，冷漠又无情的丈夫给妻子带来怎样的压迫，父亲对阿尔玛的严苛和控制或许能解释万米勒夫人发疯的原因。母亲的不幸遭遇暗示了阿尔玛的绝望和严峻处境。因此，阿尔玛从母亲身上吸取了教训：如果不想成为第二个母亲那样的女人，她必须寻求完全不同的生活方式。在阿尔玛成长和觉醒的过程中，万米勒夫人起到警钟的作用。除此之外，在经历内心的矛盾和挣扎后，罗萨的随性、开放、简单和她追求爱情的勇气都给阿尔玛树立了榜样。

故事中的三个男人也在阿尔玛的发展中起到了重要作用。阿尔玛的父亲让她明白应该对什么进行反击，她年少时的目标和偶像约翰让她意识到自己想要什么和梦寐以求的理想生活；罗杰，她的追求者也可能是未来的丈夫让她相信，如果嫁给他，她的未来就会像母亲那样，成为一个顺从的妻子，对丈夫毫无爱与激情。总之，阿尔玛与剧中这些人物的相互关系逐渐使她从"过度遵守礼仪""自我意识"和"精致与优雅"的处女蜕变为一名自救的成熟女性，她选择离开父亲，投入一个陌生男人的怀抱。

阿尔玛的疯母亲在她寻求自我和理想生活的过程中起着十分重要的作用。阿尔玛还在上高中时，万米勒夫人的精神就崩溃了，她"逃避生活的责任，陷入一种反常的幼稚状态"。[①]万米勒先生视他的妻子为肩上"难以忍受的十字架"，对妻子冷漠和不耐烦。但是，万米勒夫人也许在她仅剩的一点理智中，认为应该让丈夫为她的悲剧付出一些代价。她经常让他陷入困境，例如从商店偷走一顶昂贵的羽毛帽，或是在公共场合大声喊叫。她似乎是下定了决心要羞辱丈夫并让他失去面子，这是她间接表达反抗的方式。她为女儿违背父亲的勇气感到高

---

① Tennessee Williams, *Summer and Smoke*, *The Theater of Tennessee Williams* (Vol. 2), p.132.

兴，万米勒夫人不禁大笑，"哈哈！谁被愚弄了？究竟是谁被愚弄了？哈哈哈哈！难以忍受地画十字，你这满嘴空话的老家伙"。[①] 这是万米勒夫人人生中第一次谴责她目中无人的丈夫，她以自己的方式警告阿尔玛：如果她不把命运把握在自己手中，她就会成为另一个万米勒夫人，而万米勒夫人正是父权制社会中，女性在压力与压迫下走向崩溃的象征。

万米勒夫人也是推动阿尔玛走向自我的力量，是她帮助女儿不要害羞，不要胆怯，要成为一个自由的女人。例如，万米勒夫人经常揭露阿尔玛对约翰的好感，让她丢脸。有一次，阿尔玛邀请约翰参加小型智力派对，她内心充满喜悦，"手拿电话茫然微笑"。[②] 就在这时，万米勒夫人突然惊呼，"阿尔玛恋爱了——恋爱了"。[③] 万米勒夫人告诉奈莉，阿尔玛是如何"躲在窗帘后偷看他，并……暗中监视。约翰每次晚上回来 [阿尔玛] 都会冲下楼去透过这扇窗看他"[④]。这一切，使阿尔玛必须直面自己的真心和欲望。约翰来访前，阿尔玛变得紧张又焦虑，她不想让父亲知道这一秘密。万米勒夫人再一

---

① Tennessee Williams，*Summer and Smoke*，*The Theater of Tennessee Williams*（Vol. 2），p.191.

② Tennessee Williams，*Summer and Smoke*，*The Theater of Tennessee Williams*（Vol. 2），p.163.

③ Tennessee Williams，*Summer and Smoke*，*The Theater of Tennessee Williams*（Vol. 2），p.164.

④ Tennessee Williams，*Summer and Smoke*，*The Theater of Tennessee Williams*（Vol. 2），p.168.

次直言不讳地说："隔壁那个高高的男孩儿来看她，是他要来了。"① 因此，阿尔玛只能承认与约翰的约会，并决定和她的偶像一起出去，尽管万米勒先生对此非常惊讶并且强烈反对。万米勒夫人头脑中尚存的理智促使她揭露阿尔玛的内心想法，让阿尔玛勇敢地寻求自己的爱与生活，尽管她自己并未意识到这一点。从某种意义上说，阿尔玛是因为母亲才被迫承认了自己的真实想法。评论家布莱克威尔在谈到阿尔玛与母亲的关系时指出：

> 她的母亲非成熟的行为举止预示着阿尔玛性格的逆转。她并未像母亲那样回归童年并排斥性关系，但她确实放弃了曾经的道德观，以获得性经验。她未来的生活或许可以实现这一点，因为她从母亲那里学会了如何扭转生活，获得更满意的经历。②

另一位女性角色罗萨也对阿尔玛的成长有所帮助，她代表男权社会中一种极端和不被接受的女性形象。罗萨被许多市民鄙视，人们谴责她狂野、坦率、反常、放荡，但她坚持自己的生活方式。音乐会上，罗萨的出现与阿尔玛形成了鲜明的对

---

① Tennessee Williams, *Summer and Smoke*, *The Theater of Tennessee Williams* (Vol. 2), p.189.

② Louise Blackwell, "Tennessee Williams and the Predicament of Women", p.102.

比，令人印象深刻。

> 她懒散的步调产生了一种声音和气氛，如棕榈树上的风，如丝绸般的耳语，如金属饰物的轻微波动。她穿着一件几乎令人难以忍受的华丽服装，帽子上装饰着闪着光泽的蓝绿色羽毛，还有钻石和祖母绿色的耳环。①

罗莎是一个出生在贫苦家庭的墨西哥女孩儿，她不在意女性的传统角色，勇敢追求自己的爱。比如，在做爱时，约翰抱怨道，"你永远都要在做爱时抓伤、咬伤我，你总要做些什么，每次离开你，我身上都会留下血迹。这是为什么？"这时的罗莎表现得具有攻击性，她回答，"因为我知道，我无法留住你"。② 总之，罗莎是一个坚定、执着、大胆的女人，她虽然知道无法留住约翰的爱，但她依然勇敢而坚定地追求自己希望拥有的东西，她成为阿尔玛和其他女性的典范。

除了父亲对她的影响外，阿尔玛与约翰的交往也帮助了她。在与约翰的关系中，阿尔玛从年少时起就将自己放在被动，有时甚至蒙耻的位置。她爱上约翰时，还是个孩子，从那以后，她的目光无时无刻不停留在约翰身上："每每环顾四周，

---

① Tennessee Williams, *Summer and Smoke*, *The Theater of Tennessee Williams* (Vol. 2), p.145.

② Tennessee Williams, *Summer and Smoke*, *The Theater of Tennessee Williams* (Vol. 2), p.211.

我都会看到你透过猫眼看着我。"① 阿尔玛承认自己被约翰的外表吸引了。当阿尔玛将一块手帕放在桌上，让他擦鼻子时，约翰感到自己被戏弄了。他快速吻了阿尔玛，猛地散开她的头发，并以一种嘲弄的方式逃走了，留下受伤而又困惑的阿尔玛。因此，从他们交往的最初，阿尔玛就在受伤害，但她无法控制对他的爱。

约翰像孩子一样，有意无意地将阿尔玛真诚的情感视作理所当然。他"在这个停滞不前的社会中变得出色，不安，因为他过剩的精力依旧没有找到出口"。从医学院毕业后，他成为了"挥霍者、酒鬼和好色之徒"。② 他在音乐会上遇见阿尔玛时表现得咄咄逼人：他盯着她，让她尴尬，让她感到羞怯。他企图朝她扔鞭炮愚弄她，模仿她的笑声和她说话的方式。他故意让自己的身体触碰到她，扰乱她的情绪。他宣称对阿尔玛的爱是真诚的，他认为自己更主动，更有权力。同时，约翰清楚地意识到阿尔玛真正的问题。他明确地说，"阿尔玛小姐太孤独了！"而且"因为你的心中有太多情感，会让你很容易受到伤害"。③ 有时，他会利用阿尔玛的短处，他的行为经

---

① Tennessee Williams, *Summer and Smoke*, *The Theater of Tennessee Williams* (Vol. 2), p.126.

② Tennessee Williams, *Summer and Smoke*, *The Theater of Tennessee Williams* (Vol. 2), p.132.

③ Tennessee Williams, *Summer and Smoke*, *The Theater of Tennessee Williams* (Vol. 2), p.185.

常让她感到痛苦。约翰的确欣赏并喜欢阿尔玛，但他并没有好好对待她。当约翰遇见罗萨，穆恩湖赌场拥有者的女儿时，他突然停下了和阿尔玛的聊天，随即离开阿尔玛走向罗萨。这对阿尔玛的感情造成了极大的伤害。之后，阿尔玛表达了对约翰深深的爱。但约翰承认自己无法与阿尔玛做爱。这个她唯一爱着的男人把她视作石头般的天使，让人无法接近，纯净、圣洁、了无生趣。在约翰眼中，阿尔玛是无性的圣母玛利亚，而在男性的标准和期待中，这是一个理想化、刻板化的女性形象。

阿尔玛确实在精神世界的化身。尽管从童年时代就无法控制地爱上了约翰，但作为牧师的女儿，她无法公开追求性爱。作为灵魂和道德天使的象征，阿尔玛不能谈论肉体欲望。约翰的力量和生活方式吸引着她，她渴望与他建立亲密关系，甚至婚姻关系。但阿尔玛无法拥有追求自己幸福的权利，为了扮演圣母的角色，她必须在对约翰的感情和自己的欲望之间挣扎并作出牺牲。

约翰虽然并没有拯救阿尔玛，但他像《玻璃动物园》里的吉姆·奥康纳对待劳拉一样，是肉体的象征，这使得阿尔玛意识到了另一半的自己：身体的一面。当阿尔玛向约翰坦诚自己的爱时，阿尔玛改变了：

> 我爱你，这不再是一个秘密，且从来都不是。我爱
> 你，早在我让你用手指触摸石头天使的名字时，就开始

爱你了。是的，我记得年少时那一个个漫长的下午，我不得不留在室内练习音乐——那时听到你的玩伴叫你，"约翰尼，约翰尼！"我是如何忍耐这一切的，只是为了听到你的名字！我是如何——冲到窗前看你跃过门廊栏杆！我站在街区中间，与你有一段距离的地方，只是为了看到你穿着破旧的红色毛衣，围着那片空地赛跑。是的，我对你的爱早就开始了，从此以后，我再无法摆脱这份爱的痛苦，它一直在生长。我生命中的所有日子都居住在你的隔壁，那个软弱又分裂的我，爱慕着你的独身和你的活力。①

阿尔玛终于勇敢直白地表达了对约翰的欲望："我来到这里是为了告诉你，身为一个女性的优雅，对我来说似乎不再重要了。"②阿尔玛意识到拒绝性行为是错误的，因此开始追求性爱，抗争清教和男性的戒律。通过与约翰之间的关系，阿尔玛意识到了自己需要什么，想要什么，而现在约翰离开了她的生活，她可以尽情拥抱性与爱。只有这样，她才能体验作为一个独立的，完整的人的生活。

阿尔玛与罗杰，一位受人尊敬的年轻人之间的关系，以

---

① Tennessee Williams，*Summer and Smoke*，*The Theater of Tennessee Williams*（Vol. 2），p.245.

② Tennessee Williams，*Summer and Smoke*，*The Theater of Tennessee Williams*（Vol. 2），p.247.

另一种消极的方式推动了阿尔玛的觉醒。首先，罗杰无法唤起阿尔玛对他的热情。与身材高大、英俊，有吸引力的约翰相比，罗杰是一个身材矮小的可怜人，看起来就像一只麻雀。音乐会上，阿尔玛在演唱结束后，将全部精力都放在了约翰身上，她对罗杰的独奏充耳不闻。一天晚上，罗杰用一系列照片和明信片热情地招待阿尔玛，但阿尔玛心不在焉，她的大脑已被隔壁约翰家的狂欢派对占据。

在表演中，罗杰向阿尔玛求婚了。罗杰似乎是一个理想的结婚对象：他勤劳，对教会服务充满热情，在音乐方面也很有才华。但阿尔玛曾向约翰的父亲布坎南医生透露，她不爱他，也无法想象自己和罗杰同在一张床上：她对他没有任何身体上的激情。尽管如此，阿尔玛最初还是准备接受罗杰的求婚，因为她担心被剩下，而且罗杰在银行有一个体面的职位，阿尔玛的父亲也对他评价颇高。如果阿尔玛与罗杰结婚，她将会过上怎样的生活？她会像母亲一样受苦吗：成为传统婚姻和男性统治的受害者？

事实上，罗杰对阿尔玛也没有热情。他不在乎感情。例如，在聚会上，阿尔玛想让约翰开心。为了给约翰找一把扇子，阿尔玛从罗杰手中拿走他的扇子，交给约翰。罗杰什么都没有做，他只是感到"窘迫"，因而保持沉默。如果他真的爱上了阿尔玛，他至少会表达内心的愤怒，并做些什么来赢回阿尔玛的心。相反，他保持隐忍和沉默。后来，罗杰也意识到阿尔玛爱慕的是另一个男人，但他根本没有采取任何行动。毫无疑问，如果阿尔玛同意嫁给罗杰，他们的婚姻将重蹈父母的覆辙：令人窒息，没有生气，没有爱情。阿尔玛可能会步入母亲的后尘。

故事从喷泉开始，又在喷泉结束，但阿尔玛却再不是曾经的阿尔玛，因为她选择了不同的生活方式。阿尔玛打破了清教徒道德的束缚，学会了智慧，变得自力更生，并最终成功实现了反叛。

第四节　成熟的女人和两性的未来世界——《蜥蜴之夜》中的汉娜和玛克辛

威廉斯的女主角经历了女性解放的各个阶段，这些阶段记录了女性主义意识的成长：从被动的劳拉到叛逆的阿尔玛。随着他对女性看法的不断变化，威廉斯逐渐意识到女性真正的救世主是女性自己。他希望男人和女人能够自由交流，互助互爱，彼此尊重，相互同情。在《蜥蜴之夜》（1961）中，汉娜是一个耐心、隐忍、富有同情心、上帝般的女人。她是香农的精神导师，她也对酒店女老板玛克辛表现出理解和宽容。玛克辛最终为香农提供了一个避风遮雨的家以及性爱。因此，在汉娜和玛克辛之间，剧作家威廉斯创造了一个完美、理想化的女性。

《蜥蜴之夜》是威廉斯最后一部主要戏剧，是"庆祝人类忍耐力和尊严的最佳作品之一，在作者笔下的所有男性角色中，这部作品描绘了最'完整'和最'有同情心'的男性形象，在威廉斯的女性画廊之中——汉娜·杰尔克斯展现了最'复杂'和最'具吸引力'的女性形象"。① 《蜥蜴之夜》使威廉斯一举赢得了第四届纽约戏剧评论界奖，原因之一是该剧具有"富有同情心的诗意，既表明作者对农诺的爱、对汉娜的自然圣洁的爱以及对饱受折磨但仍在不断追寻的香农的爱，它也带来希望"。② 在戏剧一天一夜的时间跨度中，威廉斯以戏剧化的方式展现了人物的外部和内心冲突，使读者理解了他对剧中人物命运的关注和热爱，尤其是对女性人物。埃舍尔·杰克逊（Esther Jackson）观察到，"他的主角所追求的是上帝"，英格丽·罗杰斯（Ingrid Rogers）认为威廉斯的上帝是"有爱的上帝，而不是残酷报复的上帝"。③ 在等待上帝拯救的同时，人类可能会有小小的施泽行为，例如香农将蜥蜴放生或汉娜和马克辛把香农带到静水边来帮助他的身心恢复。

　　故事发生在 1940 年一个夏日的午后和晚上，一家乡村旅店坐落在郁郁葱葱的小山顶上，俯瞰着墨西哥的巴里奥港。主人公香农曾是一位圣公会神父，由于亵渎神圣和诱奸少女，被弗吉尼亚教会开除，现在是一名导游，这天他带来一个旅行团——一群来自德克萨斯州浸礼会女子学院的美国女人。在玛

① 　Alice Griffin，*Understanding Tennessee Williams*，p.217.

② 　Donald Spoto，*The Kindness of Strangers*：*The Life of Tennessee Williams*，p.249.

③ 　转引自 Alice Griffin，p.222.

克辛破败的旅店里，他精神崩溃了。科斯塔维尔德旅店的老
板玛克辛，是一位40多岁的寡妇，身材矮胖，精力充沛，英
俊的20岁左右的墨西哥男孩彼得罗是她的"非正式情人"。玛
克辛大声招呼着香农，声音像是吠叫的海豹一样，香农打算介
绍这个旅行团——11名老师和1名少年在这家乡村旅店入住。
濒临精神崩溃的香农在这里遇见了汉娜·杰尔克斯和她年迈的
祖父农诺。汉娜是一个40岁的独身主义艺术家，虽然她经济
窘困，但她和香农完全不同，祖父是"世界上年纪最大而且在
继续工作的诗人"。① 夜晚，在这个伊甸园般的科斯塔维尔德，
平静的海滩之上，汉娜和香农表现出"一种卑微的高贵，把对
方的绝望……高于对自己的关注"。②

聊天中香农告诉了汉娜他的过去和精神崩溃的原因。他
回顾对上帝、教会、性和人性的信仰。10年前，香农的教会
将他驱逐，因为他"私通和宣传异教，在同一个星期之内"，③
他引诱了一位年轻的教区居民，而且还在接下来的布道中斥责
了"西方神学"，指责"上帝是一个残忍的老朽的不守本分的
家伙，总是因为他自己在建造中的错误而谴责世界并残暴地
惩罚他自己所创造出的一切"。④ 离开教区后，香农开始了环

---

① ［美］田纳西·威廉斯：《蜥蜴之夜》，安曼译，《外国当代剧作选》
　　3，中国戏剧出版社1992年版，第476页。

② *Alice Griffin*，p.217.

③ ［美］田纳西·威廉斯：《蜥蜴之夜》，第461页。

④ ［美］田纳西·威廉斯：《蜥蜴之夜》，第463页。

球旅行，但性爱和饮酒的放纵使他只能勉强度日："我要是丢了这份差事，再到哪里去找呢？没有比布莱克旅社更低级的差事了。"他在到达旅店时说道，① 这可能是他最后一次做导游了。旅行团里凶悍的成员朱迪思·费洛斯要治他，因为他勾引了团里的一名少女夏洛特。他的老朋友玛克辛竭尽全力帮助他摆脱困境，劝他在这里待一段时间冷静一下。但由于他勾引夏洛特，情况愈发严重了。费洛斯女士给德克萨斯州打电话投诉他，所以他被解雇了。他突然歇斯底里起来，扬言要"游到中国"自杀。汉娜和玛克辛都希望能帮助他摆脱困境。玛克辛给他酒喝，但他意识到酒精和性爱也只能暂时帮到他，在和汉娜的聊天中，他逐渐平静下来。汉娜对人性的理解非常深刻，她甚至说服他，旅行团的抱怨是合情合理的，她还向他袒露自己的崩溃过往和战胜崩溃的经历。汉娜凭借她独特的洞察力，在每一个消极情绪中都能找到积极的一面，帮助香农面对他自己和生活。香农终于接受了玛克辛的邀请，留了下来。农诺在完成了他生命中最长最伟大的诗后，平静地死去，汉娜可能会继续她一个人的旅行。

总的来说，香农是一个积极的角色。他有弱点，精神和身体都需要治愈。这一次，田纳西·威廉斯笔下救世主的性别不同：汉娜是主要角色，玛克辛在一定程度上帮了忙。精神导师汉娜和务实的玛克辛一起拯救了这个陷入困境的男人。

---

① 　[美]田纳西·威廉斯：《蜥蜴之夜》，第 408 页。

香农的问题很明显，他的外表可以透露："身穿满是皱褶的白麻纱衬衫，他气喘吁吁，汗流浃背，眼神粗野。香农，35岁左右，是所谓'黑爱尔兰人'血统。他显然神经紧张。他曾一度精神崩溃，还要再次崩溃——也许要反复崩溃。"[1] 由于他的不良行为，这将是他最后一次做导游，他给自己带来了失败和厄运，他对顾客的行为确实是错的。费洛斯小姐说，为了这次墨西哥之旅，她们全年在浸礼会女子学院受苦受累，可结果却是个骗局。香农没有按照布莱克旅行社的宣传册中的时间表和行程办事，而且他的药丸高价收费。就像汉娜所说的，女士们攒了一年的钱才能实现这次旅行，但香农做导游好像是仅仅为了他自己的乐趣，他可能只沉迷于自己的享受。他在精神崩溃后被捆绑时还表达了对女性的偏见：

> 所有的女人，不管她们承认不承认，都希望看见一个男人被捆绑起来。她们一辈子都致力于此，就是要把一个男人捆绑起来。一旦她们抓到一个男人，或者尽她力所能及地抓到更多的男人，使他们处于捆绑的境地，那她们的生活目的就达到了，她们就心满意足了。[2]

在精神崩溃困在旅店期间，香农开始审视那些使他困惑

---

① ［美］田纳西·威廉斯：《蜥蜴之夜》，第 404 页。
② ［美］田纳西·威廉斯：《蜥蜴之夜》，第 515 页。

痛苦的选择：他回归教会的愿望，对玛克辛的依赖，对 16 岁夏洛特的性欲，对汉娜精神魅力的迷恋。当他阐述上帝的新形象时，他被赶出教堂，但他仍想回到教会担任牧师。在旅店里，他给主教写了一封长信求他原谅。

尽管他痛苦脆弱，但他对汉娜和农诺的同情和体谅表明他是一个有爱心且可治愈的人。第一眼看到汉娜和农诺时，香农就同情他们。他友善地帮助他们，他帮助老人上山，当汉娜由于拒绝入住感到绝望时，香农这样安慰她，"她会接待，别担心……在老板娘面前，我说话还能起些作用。"① 未经玛克辛的同意，香农十分温和地轻轻唤醒了老人，带着他到一间小屋去。善良的天性使他受人尊敬。后来，发现汉娜的房间屋顶漏雨，香农立刻选择与汉娜交换房间。当汉娜没能通过为德国人画图来赚到钱时，出于同情，香农立刻送给老人一张墨西哥钞票。他的希望和对罪恶的解脱就在于他对汉娜和她祖父的同情、关心和尊重，同时汉娜为他提供了一些精神上的安慰。汉娜告诉香农，没有人会让她感到厌恶，除非是不仁慈的暴力者。尽管香农自我放纵也很幼稚，汉娜鼓励香农放了可怜的蜥蜴。"我知道有些人，他们多少次都是恶魔般地互相折磨着。"她说，"可有的时候，他们确实彼此明白相互了解了。你知道，那么，如果他们是正派人，那他们就会竭尽全力互相帮助。"②

---

① ［美］田纳西·威廉斯：《蜥蜴之夜》，第 435 页。
② ［美］田纳西·威廉斯：《蜥蜴之夜》，第 489 页。

结尾时，香农接受了玛克辛的邀请，下山去了海滩。他终于下定决心与孤独的玛克辛一起生活并帮助她管理旅店，开始新的未来。

汉娜是香农的精神救世主：在她的引导下，香农摆脱了精神困境。像一位"文弱的女菩萨小姐"，汉娜在这部以基督教为原型的戏剧中扮演了一个基督化的救赎者。① 一些评论家认为，汉娜是为剧中的香农和玛克辛设计的上帝化身，"如果该剧有任何基督形象，那一定是汉娜。她的耐心，温柔和同情，真正传达了基督精神"，"威廉斯的道德观惊人的基督化：'他要求对所有人都心怀大爱。'"②

事实上，汉娜也有自己的困境，作为一个没有稳定家庭和男性伴侣的独身主义者，她的生活就是和她的祖父不断从一个地方再到另一个地方。他们通过老人背诵诗歌，汉娜画速写画来谋生。在 25 年的旅行中，汉娜和农诺依靠彼此生活。汉娜的父母去世后，农诺抚养汉娜，而汉娜则牺牲了自己的青春来陪伴这位老诗人。她属于那种"虽然年轻却又没有自己青春的人；年轻而又没有青春当然是很令人苦恼的"。③ 她对自己的生活很满意，她的耐力帮助她克服了心中的"蓝色恶魔"，即她的精神崩溃。

威廉斯对汉娜的描述非常独特，她"模样奇特——缥缈

---

① ［美］田纳西·威廉斯：《蜥蜴之夜》，第 517 页。
② 转引自 Alice Griffin，p.231.
③ ［美］田纳西·威廉斯：《蜥蜴之夜》，第 526 页。

尔雅，近似幽灵。她令人想起哥特式教堂中中世纪圣人的形象，但却生气勃勃。她可能 30 岁，也可能 40 岁。她具有完整的女性气质，又兼有半男半女的外貌——几乎永恒不变"，她有一种神奇而神秘的力量，以致香农"由于她的出现，突然镇静下来"。① 与汉娜聊过后，香农逐渐着迷于她的精神魅力。他一点一点地变化，不知不觉地依恋起汉娜，后来他真心地欣赏汉娜："你是一位女士，一位真正的、伟大的女士。"她的善良、慷慨热情使她成为一名真正的女性。香农现在才知道他来这里的目的是来见一个愿意帮助他的人，两颗心的交流很令人动容：

> 香农 [眼睛向下看着桌子，他的声音喧住了]：是来会见一位愿意帮助我的人，杰尔克斯小姐…… [他在椅子上迅速而尴尬地转过身子，似乎是避免让她看见他眼睛里的泪水似的。她对他很从容，很温柔，就像对她的祖父那样。]
>
> ……
>
> 汉娜：难道你只不过是过分沉溺于个人的自我斗争，以至于你不能发现有人愿意帮助你，哪怕是很小的帮助吗？我知道有些人，他们多少次都是恶魔般地互相折磨着，可有的时候，他们确实彼此明白相互了解了。你知

---

① ［美］田纳西·威廉斯：《蜥蜴之夜》，第 417 页。

道，那么如果他们是正派人，那他们就会竭尽全力互相
帮助。①

汉娜首先指出香农一直过分沉溺于个人的自我斗争和恐
惧，以至于他没发现有人愿意帮助他。她告诉香农，他需要在
"打破隔绝人们的大门，使人们可以互相接触了解，即使只有
一个晚上的时间也好……就像这样的夜晚，相互之间增进一些
了解，相互之间都有帮助对方的愿望"。② 人们必须努力打破
隔绝彼此心灵的大门，怀着理解、善良和同情携起手来，哪怕
只是暂时的。汉娜带着同情和尊重向香农伸出援手，提出两个
建议，一是香农必须学会忍受他生命中的紧张和恐惧，二就是
去接受。在汉娜的尊重和关心下，香农冷静下来，甚至对玛克
辛的态度也改变了，他意识到他的问题在于不相信任何人，是
汉娜让他明白了理解和沟通是解决人类痛苦和孤独的关键。香
农终于能够释怀内心的矛盾和冲突，与女店主玛克辛建立起积
极的关系。

汉娜对待生活的态度十分平静，对他人满怀爱和同情，
包括那些对她不友好的人。她的未来即使祖父去世后也不会改
变，但她能坦然接受一切。汉娜宁静地接受了农诺的离世，让
读者想起了诗中的树是如何平静地观察着苍茫的天空：

---

① ［美］田纳西·威廉斯：《蜥蜴之夜》，第488—489页。

② ［美］田纳西·威廉斯：《蜥蜴之夜》，第523页。

橘子的树枝是多么平静地

注视着开始发白的天空，

没有哭叫，没有祈祷，

也没有露出一丝失望的面容。

啊，勇气！你能不能够

再找一个寄生的归宿，

不仅在那金黄色的树枝之间

而且在我那胆怯的心府？①

　　威廉姆斯的戏剧中没有哪个主角比汉娜更勇敢。她的力量不仅使她成为一个强大而独立的人，而且成为他人的精神指引者和救赎者，就像"一尊中古时代的塑像"。在最后一幕中，当香农在给主教兴奋地写信时，汉娜观察到香农的行为"就像一个卫天使"，②是汉娜将香农从他的精神绝望中拯救了出来。

　　弗朗西斯·唐纳修（Francis Donahue）曾说，汉娜的"优雅天性，对受难者的敏感，对命运的坦然接受，以及她闪闪发光的存在，都使她有资格成为田纳西·威廉斯偏爱的人物"，她常被视为"威廉斯精神万神殿中最强大的人物"；③还有评论

---

① 　[美] 田纳西·威廉斯：《蜥蜴之夜》，第 547—548 页。

② 　[美] 田纳西·威廉斯：《蜥蜴之夜》，第 494 页。

③ 　转引自 George W. Crandell，ed，*The Critical Response to Tennessee Williams*，Westport，Connecticut：Greenwood Press，1996，p.151.

说汉娜代表着"精神的力量和仁爱的美德",作为精神救世主,给予香农精神上的爱和支持,汉娜被比作基督,荣格式的"好母亲",汉娜与圣母玛利亚、比阿特丽斯、科迪莉亚以及"中国［佛教］的观音"和印度女神塔拉都有相似之处。①

在玛克辛、汉娜和香农三个人的关系中,两位女性的个性使她们彼此不同。对于汉娜来说,精神修养、自我满足、无拘无束的生活以及对他人的善良远比物质享受更重要。至于玛克辛,务实是她的第一原则,她也重视一种不受约束的生活,表现出对传统规范的蔑视。从女权主义的角度来看,汉娜和玛克辛都通过经济上的自给自足来获得自己独特的身份,都可以自由地追求自己的兴趣,心理上的或身体上的,不受外界的压力和干扰。

如上所述,自给自足对于两位女性在男权制度中的平等和自由具有重要意义,在父权为主导的社会中,妇女完全被剥夺了支配财产的权利(这没有给妇女独立任何机会)。正如弗吉尼亚·伍尔夫在她的女权主义散文集《一间自己的房间》(*A Room of One's Own*)中所揭示的,"(在 19 世纪以前)首先,赚钱对她们来说是不可能的;第二,如果有可能的话,法律剥夺了她们拥有自己挣的钱的权利"。② 迈克尔·罗森塔尔

---

① 转引自 George W. Crandell,p.150.

② Virginia Woolf,*A Room of One's Own*,New York:Harcourt,1929,p.35.

（Michael Rosenthal）强调，"一半人对另一半人的经济征服是一个令人沮丧的事实，即使是最保守的男性压迫者也承认这一事实"。① 男女之间存在经济不平等——富人和穷人。因此，女权主义者强调女性的经济独立，伍尔夫表达了经济独立对女性进行艺术创作的意义，认为金钱是使女性成为作家，拥有最佳的创作心态所必需的。金钱使教育成为可能，教育不仅对作家至关重要，而且对于充分开发女性的潜力也是必不可少的。就汉娜和玛克辛而言，虽然她们的性格、生活方式和对异性的爱不同，但他们树立了女性解放的旗帜，为其他受压迫的女性提供了典范。

汉娜和玛克辛区别之一在于他们对钱的态度不同。开始，玛克辛不愿让汉娜和祖父留下的原因是汉娜没有钱入住。虽然被拒绝，但汉娜认为对于一个像玛克辛这样的"有逻辑的女人"来说这是合乎常理的：她完全了解金钱在人们生活中的重要作用。但是当玛克辛问汉娜是否完全破产时，汉娜的回答听起来像她为此很自豪。显然，汉娜并不为自己是否有钱感到骄傲或羞愧，即使她身无分文（事实上她经常为生活而烦恼），她仍然保留尊严和骄傲。相反，玛克辛把钱看成是重中之重，从与汉娜的聊天中可以得知这样的想法是不无道理的：

---

① 　Michael Rosenthal，*Virginia Woolf*，London &Henley：Routledge & Kegan Paul，1970，p.220.

　　这么说，你讲的可都是实情喽，其实呢，我对你讲
的也都是实话，你一来这儿，我就告诉你了，我刚刚死
了男人，他在经济上给我留下一个无底洞，要不是生活
的意义对我来说超过金钱的话，我早就干脆和他一起葬
身大海算了。①

没有钱，玛克辛就无法经营旅店维持生计，生活使她变得
现实。

　　与汉娜形成鲜明对比的是，玛克辛第一次出场就非常引
人注目，下身穿牛仔裤，上身着短衬衫，纽扣只开了一半，身
后是她的情人，一个非常年轻英俊的墨西哥人。她的生活方式
似乎是狂野的、性感的、不寻常的。作为一家老旅店的老板和
刚刚死了丈夫的寡妇，玛克辛必须坚强以面对旅店经营中的经
济危机。威廉斯这样定义玛克辛：

　　她有大海一般的开放和自由。我甚至可以想象她闻
起来像大海。时间对她来说是不存在的，只是天气和季
节的变化而已。死亡，生命，对玛克辛来说都是一样的，
她自己就是对自然的一个活生生的定义：精力充沛、贪婪
而朴实，也不多愁善感……当她说"我在九月从来不穿
衣服"时，我想她就是那个意思。她的衣服不应该看起

---

① ［美］田纳西·威廉斯：《蜥蜴之夜》，第 448—449 页。

来像刚洗的衣服，她丝毫不刻板，身上也不会有石脑油
的味道。她像云朵和潮汐一般无拘无束，自由放松。她
身上仿佛藏着一首原始的诗歌：即呼喊和回音。①

与精神超脱、神秘的汉娜相比，她是务实、开放、性感的。

　　虽然并没有过多提及她丈夫弗里德在世时的生活，但可
以看出来这场婚姻并不合她心意。首先，弗雷德死后，玛克辛
并不伤心。她告诉香农："弗里德已经是个老头子了……他比
我大十岁，俺俩没在一个床上睡觉已经……"② 她的丈夫不能
满足她的性欲。作为一个精力充沛的女人，没有正常性生活的
生活对她来说是难以忍受的。因此玛克辛在弗雷德死后不久就
忘记了他，重获自由。她有自由选择什么样的未来以及什么样
的男人。其次，即使在弗里德在世时，他也没有因妻子找情人
而感到屈辱冒犯：

　　　　他对我呀，那么有耐心，那么宽容，简直对我是个
　　侮辱。男人和女人啊，彼此就得挑动，这意思，你是知
　　道的。我是说，在弗里德去世之前 6 个月，我从魁布拉达
　　旅馆雇佣了那些弄潮儿，你猜他在乎吗？我和他们一块

---

① Tennessee Williams，*Five O'clock Angel*：*Letters of Tennessee Williams to Maria St. Just*（*1948—1982*），p.76.
② ［美］田纳西·威廉斯：《蜥蜴之夜》，第 406 页。

儿去夜泳，你猜他在乎吗？压根儿就不。①

　　事实上，和玛克辛还继续维持夫妻关系的弗里德是非常自私的，因为他压根不关心玛克辛，更别说爱她了。更糟糕的是，他们彼此不再讲话，玛克辛被束缚在一个没有爱的死气沉沉的婚姻中。然而寡妇的生活也不是无忧无虑的。尽管她可以和年轻的情人做爱，不至于那么孤独，但玛克辛仍然感到丢脸，因为她的情人不尊重她："如果你让雇员们对你太随便了，他们就不尊重你了，香农。而且，那——那是很丢脸的，如果不受人……尊重的话。"② 和男人上床并不能让她感觉被爱，也不能让她感到安心。

　　但作为一个意志坚强、不守规矩的女人，玛克辛不愿意让生活继续这样下去：无论别人怎样批评和干涉，她都作出了自己的选择。她是她自己；她不必假装礼貌，多愁善感。例如，由于她孤身一人，需要一个男人和她住在一起，所以当香农出现在山下时，玛克辛的喜悦是显而易见的。她真诚地邀请香农和她一起住在旅店，她决心与香农组建一个家庭；为此她用尽一切可能的手段，甚至试图通过揭露他的恶习来诱使他与她建立长期的性关系：

① ［美］田纳西·威廉斯：《蜥蜴之夜》，第 421 页。

② ［美］田纳西·威廉斯：《蜥蜴之夜》，第 495 页。

　　你对他讲过你问题的根源所在。你告诉他说，妈妈，你的妈妈，总是在你没有想好睡觉的时候去睡觉——于是你就做起小孩子的坏事，自己寻欢作乐了。又一次她抓住你正在干这件事，她用发刷的背面狠狠揍了你一顿，因为她说为了这件事，她必须处罚你，因为这件事，像触怒了妈妈一样，也触怒了上帝，她这样处罚你，那么上帝处罚起你来就不会比她更严厉些了……你说了，你爱上帝和妈妈，所以你洗手不干了，以便讨好他们，但是，这是你秘密的享乐，所以你对妈妈和上帝怀着一种秘密的怨恨，因为是他们使你放弃了这种享受的。于是，你就宣讲无神论的布道报复上帝，用和年轻姑娘发生关系来报复妈妈。①

正是玛克辛迫使香农承认自己的痛苦与软弱，而且，主教很可能不接受他的请求，他不可能回到教堂。总之，除了依赖于她的经济和性爱外，他别无选择。

　　剧终时，为了赢得香农的心，玛克辛做了一个惊人的转变，变得温柔体贴；威廉斯写道："显然，今天晚上的事态发展使她的精神更为焕发；她的脸上挂着一种淡淡的微笑，使人不禁想起了埃及或东方神灵的雕刻头像上那种冷静的、客观的、

---

① ［美］田纳西·威廉斯：《蜥蜴之夜》，第 496—497 页。

领会一切的微笑"①。毫无疑问，这一蜕变是香农接受她的主要原因。这个高潮使《蜥蜴之夜》有别于威廉斯的其他严肃作品。香农在汉娜和马克辛的帮助下幸存了下来，他接受和一个女人建立健康的性关系，他决定和玛克辛在一起。

两个积极的故事发展升华了该剧的结局，并为所有戏剧人物奏响了希望的音符。第一个是最老的诗人农诺终于实现了他的梦想，在生命结束前完成了他生命中最伟大的一首诗。农诺最终完完整整地听到并将它背诵，它的主题是死亡、欲望和重生，这是威廉斯最喜欢的主题。树上的橘子知道自己落在地上后会腐烂，但也会重生，所以在平静中死去。虽然复活是威廉斯戏剧中反复出现的主题，但这是第一次以尊严和希望来面对并接受死亡。老人平静去世意味着香农和汉娜的自由，香农最终卸下了精神负担，如释重负，汉娜则可以自由选择自己的未来。

另一个积极的情节发展则是蜥蜴，它是香农的象征，最终获得了自由。香农意识到蜥蜴的困境类似于他的困境，当他用手电筒揭示它时："看到了吗？这条大蜥蜴？在绳子的头上？像你！像我！像老爹和他的最后一首诗。"②香农也像蜥蜴一样被绑着，由此摆脱身体的束缚，就像汉娜的真理使他摆脱了精神的恐惧一样。放了蜥蜴——"上帝的造物之一"，香农第一

---

① ［美］田纳西·威廉斯：《蜥蜴之夜》，第550页。

② ［美］田纳西·威廉斯：《蜥蜴之夜》，第543页。

次在生命中感觉到尊严和解脱。蜥蜴的自由意味着他自己的精神自由，高尚的行为使他成为一个正直的人。

总之，这部剧的主线具有喜剧的特点和效果，香农在两位女性汉娜和玛克辛的帮助下，度过了精神危机，恢复健康、有意义地生活。这两位成熟的女性都是物质社会的自立者。汉娜是精神的化身，她从心灵上拯救了香农；而玛克辛是现实、肉体的化身，她为无家可归的香农提供生理上的满足和一个稳定的家。在威廉斯的作品中，女性的成长首次进入了一个新的阶段。换言之，只有妇女成为独立的人，她们才能在家庭和社会领域获得与男子平等的地位。当威廉斯进行他的艺术创作时，他总是想起他的姐姐罗丝，懦弱的姐姐成为《玻璃动物园》里被动而痛苦的女性角色的原型。剧作家通过揭示父权制的局限性，表达对这些妇女的同情和理解。随着女权运动和所处时代女性的进步，威廉斯受到启发，开始从一个新的角度看待女性。此后，他的女性角色更加叛逆，也更加坚定地追求自由生活，比如《夏日与烟》中富有反抗精神的阿尔玛。最后，威廉斯的女性在各个方面都变得完美，《蜥蜴之夜》里代表精神的汉娜和代表物质世界的玛克辛共同构成完美的女性形象。我们有理由相信，田纳西·威廉斯构想的理想社会就是男性和女性在一个人人平等的社会中和谐共存。

参 考 文 献

Apter，T. E.，*Virginia Woolf：A Study of Her Novels*，London：the Macmillan Press Ltd.，1979.

Avant，John Alfred. "Review of The Hungry Ghosts：Seven Allusive Comedies"，in *Critical Essays on Joyce Carol Oates*. Linda W. Wagner (ed.)，Boston：G. K. Hall，1979.

Bartkowski，Frances. *Feminist Utopias*，Lincoln：University of Nebraska Press，1989.

Barr，Marleen and Nicholas Smith. *Women and Utopia：Critical Interpretations*，Lanham Md.：University Press of America，1983.

Beauvoir，Simone de. *The Second Sex*. http：//www.marxist.org/reference/subject.

Bender，Eileen Temper. *Joyce Carol Oates，Artist in Residence*，Bloomington：Indiana University Press，1987.

Bethel，Lorraine. *Zora Neale Hurston and the Black Female Literary Tradition*，New York：Feminist Press，1982.

Bhavnani，K-K. and Coulson，M.. "Transforming Socialist

Feminism: the Challenge of Racism", *Feminist Review* 23 (1986): 81–93.

Blackwell, Louise. "Tennessee Williams and the Predicament of Women", in *Tennessee Williams: A Collection of Critical Essays*. Stephen S. Stanton (ed.), Englewood Cliffs, N. J.: Prentice-Hall, 1977.

Bloch, Ernst. *The Principle of Hope*, 3 Vols. Neville Plaice, Stephen Plaice, and Paul Knight (trans.), Cambridge, Mass.: MIT Press, 1986.

Bressler, Charles E., *Literary Criticism: an Introduction to Theory and Practice*, London: Pearson Education Inc., 2003.

Chin, Frank (eds.). *Aiieeeee! An Anthology of Asian-American Writers*, Washington: Howard, 1983.

Cixous, Helen. "The Laugh of Medusa", Keith Cohen and Paula Cohen (trans.), *Signs* 1 (1976): 875.

Cleaver, Eldrighe. *Soul on Ice*, NewYork: Dell, 1970.

Clifford, James. "Travelling Cultures", in *Cultural Studies*. Lawrence Grossberg, Cary Nelson, and Paula Treichler (eds.), London: Routledge, 1992, pp.96-116.

Cologne-Brookes, Galvin. *Dark Eyes on America: The Novels of Joyce Carol Oates*, Baton Rouge: Louisiana State UP, 2005.

Crandell, George W. (ed.), *The Critical Response to Tennessee Williams*, Westport, Connecticut: Greenwood Press, 1996.

Creighton, Joanne V., *Joyce Carol Oates*, Boston: Twayne, 1979.

Crosby, Christina. "Dealing with Differences", in *Feminists Theorize the Political*. Butler and Scott (eds.), London: Routledge, 1992, pp.130-134.

Douglas, Lawrence. "Scholarship as Satire: a Tale of Misapprehension", *The Chronicle of Higher Education* 42 (May 17, 1996): A56.

Ellis, John M., *Against Deconstruction*, Cambridge: Cambridge University Press, 1989.

Falk, Signi Lenea. *Tennessee Williams*, Boston: Twayne Publishers, 1961.

Felski, Rita. *Beyond Feminist Aesthetics*, London: Hutchinson Rdius, 1989, p.116.

Ferlazzo, Paul J., "Approaches to Teaching Gilman's 'The Yellow-Paper' and Herland", *ANQ* 17 (winter 2004): 55.

Friedman, Susan S., *Mappings: Feminisms and the Cultural Geographies of Encounter*, New Jersey: Princeton University Press, 1998.

Gaskell, Elizabeth. *Cranford*, London: J.M. Dent, 1977.

Ghymn, Esther Mikyung. *Images of Asian American Women by Asian American Women Writers*, New York: Peter Lang, 1995.

Gilman, Charlotte Perkins. *The Man-Made World, or Our*

Androcentric Culture, New York: Carloton, 1911, p.216.

—. "The Yellow Wallpaper". in *"The Yellow Wallpaper" and the History of Its Publication and Reception.* Julie Bates Dock (ed.), Pennsylvania: The Pennsylvania State University Press, 1997.

—. *The Living of Charlotte Perkins Gilman: An Autobiography*, Madison: University of Wisconsin Press, 1935, p.182.

—. *Herland.* Ann J. Lane (ed.), New York: Pantheon Books, 1979.

Griffin, Alice. *Understanding Tennessee Williams*, South Carolina: the University of South Carolina Press, 1995.

Gubar, Susan. "She in Herland: Feminism as Fantasy", in *Coordinates: Placing Science Fiction and Fantasy.* George E. Slusser (ed.), Carbondale: Southern Illinoise Press, 1983, p.141.

Gurein, Wilfred L., Earle Labor, Lee Morgan, Jeanne C. Reesman, and John R. Winllingham (eds.), *A Handbook of Critical Approaches to Literature*, 3rd ed., New York: Oxford University Press, 1992.

Hall, Ann C., *"A Kind of Alaska"* ——*Women in the Plays of O'Neill, Pinter, and Shephard*, Carbondale and Edwardsville: Southern Illinois University Press, 1993.

Hirsch, Foster. *A Portrait of the Artist: The Plays of Tennessee Williams*, Port Washington: National University Press, 1979.

Hurston, Zora Neale. *Their Eyes Were Watching God*, Urbana:

University of Illinois Pres, 1978, p.29.

Irigaray, Luce. *This Sex Which Is not One*, Catherine Porter (trans.), Ithaca: Cornell Univ. Press, 1985.

—. *Je, tu, nous, Toward a Culture of Difference*, Alison Martin (trans.), New York and London: Routledge, 1993, p.11-91, 107-129.

Kennedy, Donald. *Academic Duty*, Cambridge: Harvard University Press, 1997.

Kingston, Maxine Hong. "Cultural Mis-readings by American Reviewers", in *Asian and Western Writers in Dialogue: New Cultural Identities*. Guy Amirthanayagam (ed.), New York: Macmillan, 1982.

—. *The Woman Warrior: Memoirs of Girlhood among Ghosts*, New York: Vintage Books, 1989.

Kolodny, Annette. "A Map for Rereading: Or Gendered Interpretation of Literary Texts", *New Literary History* 11 (1980): 456-57.

Kristeva, Julia. "Women's Time", *Signs* 7.1 (1981): 13-35.

Lacan, Jacques. *Feminine Sexuality*, Juliet Mitchell and Jacqueline Rose (eds.), Jacqueline Rose (trans.), New York: Norton, 1982.

Le Guin, Ursula K., *Dancing at the Edge of the World: Thoughts on Words, Women, Places*, New York: Perennial

Library，1990.

—. *The Language of the Night：Essays on Fantasy and Science Fiction*，rev. ed.，London：Women's Press，New York：HarperCollins，1992.

—. *Earthsea Revisioned*，Cambridge：Children's Literature New England with Green Bay Publications，1993.

—. *Tehanu*，New York：Simon & Schuster，2001.

—. *The Other Wind*，New York：Penguin，2003.

—. *Tales from Earthse*，New York：Penguin，2003.

—. *A Wizard of Earthsea*，New York：Bantam Dell，2004.

Li，David Liwei. "The Naming of a Chinese American 'I'：Cross-cultural Sign/ ifications in The Woman Warrior"，*Criticism* 30 (1988).

Madsen，Deborah L. *Feminist Theory and Literary Practice*，Beijing：Foreign Language Teaching and Research Press，2006，p.128.

McClintock，Anne. *Imperial Leather：Race，Gender and Sexuality in the Imperial Context*，London：Rutledge，1995，p.6-7.

Millett，Kate. *Sexual Politics*，London：Virago，1977，p.23-57.

Mitchell，Juliet. "Feminism and Psychoanalysis at the Millennium"，*Women：A Cultural Review* 10.2 (Summer 1999)：185.

Mohanty，Chandra. *Feminism without Borders：Decolonizing*

Theory, *Practicing Solidarity*, Durham: Duke University Press, 2003, pp.106-23.

——. "Under Western Eyes: Feminist Scholarship and Colonial Discourses", *Feminist Review* 30 (1988): 61-88.

Murdoch, Iris. *The Sovereignty of Good*, London: Ark, 1985.

Nussbaum, Martha C., *Love's Knowledge: Essays on Philosophy and Literature*, New York: Oxford University Press, 1990.

O Brien, John (ed.). *Interviews with Black Writers*, New York: Liverwright, 1973.

Oates, Joyce Carol. *The Hungry Ghosts: Seven Allusive Comedies*, Los Angeles: Black Sparrow Press, 1974.

——. "Letter", *New York Times Book Review* 22 (Sept. 1974): 43.

——. *Unholy Love*, New York: Vangard, 1979.

——. *Marya: A Life*, New York: Harpercollins, 1986.

Okin, Susan Moller. "Justice, Gender, and the Family", in *Feminist Philosophies*, 2nd ed.. Kourany, Janet, James P.Sterba, and Rosemarie Tong (eds.), New Jersey: Prentice, 1999.

Parker-Smith, Bettye J., "Alice Walker's Women: In Search of Some Peace of Mind", in *Black Women Writers (1950-1980): A Critical Evaluation*. Mari Evans (ed.), New York: William Morrow, 1984.

Pearce, Richard. "Geography Lessons". Novel: A Forum on Fiction, Vol.32, No.3, *Victorian Fiction after New Historicism* (summer 1999): 449-452.

Peel, Ellen. *Politics, Persuasion, and Pragmatism: A Rhetoric of Feminist Utopian Fiction*, Columbus: The Ohio State University Press, 2002.

Piercy, Marge. *Woman on the Edge of Time*, New York: Fawcett Crest, 1976.

Rabine, Leslie W., "No Lost Paradise: Social Gender and Symbolic Gender in the Writings of Maxine Hong Kingston", Signs: *Journal of Women in Culture and Society* 12 (1987).

Rose, Phyllis. *Woman of Letters: A Life of Virginia Woolf*, London: Routledge & Kegan Paul, 1978.

Rosenthal, Michael. *Virginia Woolf*, London &Henley: Routledge & Kegan Paul, 1970.

Rossen, Janice. *The University in Modern Fiction: When Power is Academic*, New York, N. Y.: St. Martin's Press, 1993.

Ruddick, Sara. *Maternal Thinking: Toward a Politics of Peace*, Boston: Beacon, 1989.

Said, Edward W., *Culture and Imperialism*, New York: Viking, 1993.

Sanders, Scott Russell. *Writing from the Center*, Bloomington: Indiana University Press, 1995.

Sandoval, Chela. "US Third World Feminism: Theory and Method of Oppositional Consciousness in the Postmodern World", *Genders* 10 (1991): 14-15.

Sargisson, Lucy. *Contemporary Feminist Utopianism*, London: Routledge, 1996.

Segal, Howard. *Future Imperfect: The Mixed Blessing of Technology in American*, Amherst: University of Massachusetts Press, 1994.

Severin, Hermann. *The Image of the Intellectual in the Short Stories of Joyce Carol Oates*, New York: Lang, 1986.

Showalter, Elaine. *Faculty Towers: The Academic Novel and Its Discontents*, Philadelphia: University of Pennsylvania Press, 2005.

Sievers, W. David. *Freud on Broadway: A History of Psychoanalysis and the American Drama*, New York: Hermitage, 1955.

Smith, Barbara. "Toward a Black Feminist Criticism", in *The New Feminist Criticism: Essays on Women, Literature and Theory*. Elaine Showalter (ed.), New York: Pantheon Books, 1985, p.169.

Spivak, Gayatri Chakravorty. "Scattered Speculations on the Question of Culture Studies", *Outside in the Teaching Machine*, London: Rougledge, 1993, pp.255-84.

—. "Can the Subaltern Speak?", in *Colonial Discourse and Post-colonial Theory: A Reader*. Patrick Williams and Laura

Chrisman (ed. & intro.), London: Harvester Wheatsheaf, 1993, pp.66-111.

Spoto, Donald. *The Kindness of Strangers: The Life of Tennessee Williams*, Boston: Little, Brown and Company, 1985.

Tischler, Nancy M., *Tennessee Williams: Rebellious Puritan*, New York: The Citadel Press, 1961.

Tong, Rosemarrie Putnam. *Feminist Thought: A More Comprehensive Introduction*, Boulder: Westview Press, 1998.

Trachtenberg, Stephen Joel. "What Strategy Should We Now Adopt to Protect Academic Freedom?", *Academe* 82 (Jan. –Feb. 1996): 23-5.

Umansky, Lauri. *Motherhood Reconceived: Feminism and the Legacies of the Sixties*, New York: New York University Press, 1996.

Walker, Alice. *I Love Myself When I am Laughing: A Zora Neale Hurston Reader*, New York: Feminist Press, 1979.

—. *In Search of Our Mother's Gardens*, New York: Harcourt Brace Jovanovich, 1983.

—. *Meridian*, NewYork: Harcourt Brace Jovanovich, 1976.

—. *The Color Purple*, NewYork: Simon & Schuster, Inc., 1982.

—. *The Third Life of Grange Copland*, NewYork: Harcourt Brace Jovanovich, 1970.

Washington, Mary Helen. "An Essay on Alice Walker", in *Alice Walker: Critical Perspectives Pastand Present*. Henry Louis Gates Jr. and K. A. Appiah (eds.), NewYork: Amistad Press, Inc., 1993.

Weinbaum, Alys Eve. "Writing Feminist Genealogy: Charlotte Perkins Gilman, Racial Nationalism, and the Reproduction of Maternalist Feminism", *Feminist Studies*, Vol.27, Iss.2 (summer 2001): 271-303.

Wheare, Jane. *Virginia Woolf: Dramatic Novelist*, Houndmill, Basigstoke, Hampshire: the Macmillan Press Ltd., 1989.

Whelehan, Imelda. *Modern Feminist Thought: From the Second Wave to Post-feminism*, New York: New York Univ. Press, 1995.

Williams, Sherley Anne. *Give Birth to Brightness*, NewYork: Dial, 1972.

Williams, Tennessee. *Summer and Smoke. The Theater of Tennessee Williams*, 2 Vols., New York: New Directions, 1971.

—. *Five O'clock Angel: Letters of Tennessee Williams to Maria St. Just (1948-1982)*. Commentary by Maria St. Just. New York: Knopf, 1990.

Wollstonecraft, Mary. *Vindication of the Rights of Woman*, Hanmensworth: Penguin, 1975.

Womack, Kenneth. *Postwar Academic Fiction: Satire, Ethics, Community*, New York: Palgrave, 2002.

Woolf，Virginia. *A Room of One's Own*，New York：Harcourt，1929.

［美］艾丽斯·沃克：《紫颜色》，陶洁译，外国文学出版社1987年版。

［俄］巴赫金：《巴赫金全集》第五卷，白春仁，顾亚玲译，河北教育出版社1998年版。

曹雪芹：《红楼梦》，人民文学出版社1990年版。

丁文：《奏响生命的新乐章》，《国外文学》1997年第2期。

方克强：《原型题旨：〈红楼梦〉的女神崇拜》，《文艺争鸣》1990年第1期。

傅俊、陈秋华：《从反面乌托邦文学传统看阿特伍德的小说〈女仆故事〉》，《南京师范大学学报》（社科版）1999年第2期。

［美］海迪·哈特曼：《资本主义、家长制与性别分工》，王昌滨译，载李银河主编《妇女最漫长的革命》，三联书店1997年版。

李银河：《女性权利的崛起》，文化艺术出版社2003年版。

刘岩：《女性主义》，《外国文学》2012年第6期。

贺来：《乌托邦精神：人与哲学的根本精神》，《学术月刊》1997年第9期。

侯维瑞：《现代英国小说史》，上海外语教育出版社1995年版。

胡继华：《诗学现代性和他人伦理》，《东南学术》2002年第2期。

胡亚敏：《谈〈女勇士〉中两种文化的冲突与交融》，《外国文学评论》2000年第1期。

胡玉坤：《后殖民研究中的女权主义思潮》，《妇女研究论丛》2001年第3期。

[美] 罗斯玛丽·帕特南·童：《女性主义思潮导论》，艾晓明、朱坤领、柯倩婷、束永珍、陈翠平译，华中师范大学出版社2002年版。

马凌：《后现代主义中的学院派小说家》，天津人民出版社2004年版。

闵冬潮：《全球化与理论旅行：跨国女性主义的知识生产》，天津人民出版社2009年版。

[美] 乔·奥·赫茨勒：《乌托邦思想史》，张兆麟等译，商务印书馆1990年版。

[美] 乔伊斯·卡罗尔·欧茨：《我带你去那儿》，顾韶阳译，人民文学出版社2005年版。

[美] 乔伊斯·卡罗尔·欧茨：《他们》，李长兰、熊文华等译，译林出版社1998年版。

[美] 乔伊斯·卡罗尔·欧茨：《爱的轮盘》，国彬等译，中国社会科学出版社1989年版。

秦美珠：《女性主义马克思主义：思想历程、理论特征及其意义》，《当代国外马克思主义评论》2008年第6期。

[瑞士] 荣格：《荣格心理学》，三联书店1987年版。

陶家骏：《思想认同的焦虑：旅行后殖民理论的对话与超越精

神》，中国社会科学出版社 2008 年版。

[美] 田纳西·威廉斯:《玻璃动物园》，鹿金译，上海译文出版社 1982 年版。

[美] 田纳西·威廉斯:《蜥蜴之夜》，安曼译，《外国当代剧作选》3，中国戏剧出版社 1992 年版。

[法] 西苏:《美杜莎的笑声》，黄晓红译，载张京媛主编《当代女性主义文学批评》，北京大学出版社 1992 年版。

王富鹏:《人类未来文化模式的思考》，《红楼梦学刊》2001 年第 3 辑。

王丽莉:《论美国女作家吉尔曼的"黄色的壁纸"》，《外国文学研究》1995 年第 1 期。

王玲珍:《跨国女性主义及其对中国性别研究的影响》，载何成州、王玲珍主编《性别、理论与文化》第一卷，南京大学出版社 2010 年版。

[英] 弗吉尼亚·伍尔夫:《一个人的房间》，三联书店 1992 年版。

杨华:《反叛的互文性》，《广东外语外贸大学学报》2005 年第 7 期。

姚建斌:《乌托邦小说:作为研究存在的艺术》，《北京师范大学学报》(社科版) 2003 年第 2 期。

袁珂:《山海经全译》，贵州人民出版社 1991 年版。

[美] 詹妮特·A.克莱妮:《女权主义哲学:问题，理论和应用》，李燕校译，东方出版社 2006 年版。

张璐:《全球女性主义：关于女权主义的全球想象》,《妇女研究论丛》2010 年第 2 期。

张若冰:《女权主义文论》,山东教育出版社 1998 年版。

邹溱:《紫颜色的颜色和主题》,《外国文学评论》1994 年第 6 期。

致　谢

感谢南开大学性别文化与社会发展研究中心主任、南开大学文学院乔以刚教授为本书的出版所做的一切。

本书分工如下：刘英：导论、第一章、第二章、第三章第一节；李莉：第三章第二至四节、第四章。

本书中的部分章节曾经在《妇女研究论丛》《外国文学研究》《四川外语学院学报》《国外文学》《天津外国语学院学报》等刊物发表，在此表示感谢。

本书中的"西方女性主义理论概述"一节是和南开大学外国语学院回春萍的合作成果。"从他乡到她乡：吉尔曼女性主义思想的演进"一节是和中国民航大学张建萍的合作成果，刘英为第一作者。"欧茨短篇小说集《饥饿的鬼魂：七个讽刺喜剧》知识分子形象"是与南开大学外国语学院硕士研究生李珊珊合作完成，"回归'母亲的话语'：娥苏拉·勒瑰恩《地海传奇》六部曲中的女性书写实验"的作者是阮婧（绍兴文理学院元培学院）

感谢人民出版社的编辑老师为此书的编辑、校对付出的辛苦工作。

　　本书的脚注格式修改和文献目录整理得到南开大学外国语学院博士研究生贺佳、侯杰、石雨晨、舒进艳的热情帮助，南开大学外国语学院硕士研究生杨艾苒和郝国春分别翻译了第五章的第三节和第四节，在此一并表示感谢。

责任编辑:郭星儿
封面设计:源　源

图书在版编目(CIP)数据

多元视角下的美国女性主义文学研究/刘英,李莉 著. —北京:
　人民出版社,2019.12
ISBN 978-7-01-021570-9

Ⅰ.①多… Ⅱ.①刘… ②李… Ⅲ.①妇女文学–文学研究–
美国–现代 Ⅳ.①I712.065

中国版本图书馆 CIP 数据核字(2019)第 275704 号

多元视角下的美国女性主义文学研究
DUOYUAN SHIJIAO XIA DE MEIGUO NÜXING ZHUYI WENXUE YANJIU

刘 英 李 莉 著

人 民 出 版 社 出版发行
(100706　北京市东城区隆福寺街 99 号)

北京佳未印刷科技有限公司印刷　新华书店经销

2019 年 12 月第 1 版　2019 年 12 月北京第 1 次印刷
开本:880 毫米×1230 毫米 1/32　印张:9.75　字数:202 千字

ISBN 978-7-01-021570-9　定价:32.00 元

邮购地址 100706　北京市东城区隆福寺街 99 号
人民东方图书销售中心　电话 (010)65250042　65289539